著 みかみてれん
画 竹嶋えく
5
わたしが恋人に
なれるわけないじゃん、
ムリムリ!
(※ムリじゃなかった!?)
ATA-
NARE
Lovers?

CHARACTERS
王塚真唯《おうづかまい》
甘織れな子《あまおりれなこ》
WATA NARE
Friends?
Lovers?

小柳香穂《こやなぎかほ》
琴紗月《ことさつき》
瀬名紫陽花《せなあじさい》

脚を持ち上げられた。体勢が斜めに倒れる。
「うわあ！」
「それでは失礼します」
「やる前に言ってもらえません!?」

「ご気分は？」
「ずっと恥ずかしいです……！」
「ご心配なく。エステティシャンの民間資格は所持しています。ボディケアの技術でしたら、それなりに自信もございます」
花取単衣《はなとりひとえ》

{球技大会に向けて、バスケ猛特訓!}

ASHIGAY
5

CONTENTS

ダッシュエックス文庫

わたしが恋人になれるわけないじゃん、ムリムリ！（※ムリじゃなかった!?）5

みかみてれん

プロローグ

こわい、こわい、こわい……。

わたし――なんの変哲もない高校一年生、甘織《あまおり》れな子は、壁際《かべぎわ》に追い詰められていた。

目の前にいるのは、カエルを睨《にら》む蛇のような目をした女の子。

彼女はお昼休みの空き教室で、わたしに見事な壁ドンを繰り出している真っ最中だった。

「そろそろ返事を、聞かせてほしいのだけれど」

「ヒッ」

淡々と用件だけを述べた声に、わたしは怯《おび》えて身をすくめる。

枝毛ひとつないサラサラの長い黒髪が、カーテンのように外界をシャットアウトして、わたしは彼女の香りに閉じ込められていた。

琴紗月《ことさつき》さん。性格は無愛想かつぶっきらぼう。だけど、友達思いで優しいところもあって、実はすごくいい人……とまで言うのは難しいかもしれないけども！　わたしにとっては高校に入ってからできた大切なお友達だ。

そのはずだった。

「甘織」

硬質的で澄んだ声が、わたしの耳の中に入り込む。

十月の初旬。夏は暑く冬は寒い日本の四季で、もっとも過ごしやすい秋というボーナスタイム。なのに汗かいてきた……。

お昼休みの校庭からは、スポーツで盛り上がる男子の声が聞こえてくる。まもなく開かれる球技大会に向けて、日々盛り上がっているみたいだ。

けど、静まりかえった空き教室に響くのは、わたしの焦《あせ》った荒い息づかいだけ。

クラクラして、目が回りそうになる。

「む、ムリですってば～……」

押すと『ぷいぷい！』と音が鳴るビニールの人形みたいに、わたしは情けない声をあげる。

「紗月さんと恋人になれるわけないですよ！　ムリムリ！」

そう、すべては紗月さんから送られてきたメッセージに起因する。

こないだ、わたしはいろいろあって、とある決断をすることになったんだけど……。

その決断については、もう、致《いた》し方《かた》ない。

後悔するとかしないとか、そういう次元の問題じゃない。わたしは行動して、そしてあの人たちは受け入れてくれた。なので、一件落着！

――って思ってないと、普通に押しつぶされちゃいそうになるのでね！　あと今さらわたしが『後悔したー！』って言ってたらめちゃめちゃ失礼なことだからね！　死ぬ！

……で、だ。急なメンタルの谷は置いといて……。

その流れで、紗月さんが便乗してきたのだ。

『私とも付き合って、甘織』

人からの告白に便乗なんていうのは、真剣な想いを踏みにじるみたいでぜったいダメなことなんだけど、でも、紗月さんのそれはまじで便乗としか言いようのないタイミングだった。

だって、わたしに恋人ができた直後だよ⁉　『私とも』ってなんだよ！　そんな告白の仕方あるかよ！

なのでわたしはしばらく紗月さんから逃げ回ってたんだけど……。

それがようやく本日、お昼休みにめでたく捕まって、こうして空き教室に連行されてきた、という現状だった。

紗月さんはまだわたしを壁際に追い詰めたまま、顎《あご》に手を当てて問いかけてきた。

「どうして？」

「どうして⁉」

赤ちゃんはどこから来るの？　とでも聞いてくるような、無垢《むく》な問いかけだった。

もしかしたら、本当にわかっていないのかもしれない。告げる。

「だって、わたしにはもう、恋人が……その、いますし……」

顔をそらしつつ答える。口に出すと、現実という名の弾丸が胸に撃ち込まれるので、わたしもダメージを受けるのだ。

紗月さんは一拍おいてから、さらに尋《たず》ねてくる。

「それで？」

いや……いやいやいやいや！

「だめでしょ!?」

「別に今さら、ひとりやふたり増えたところで」

「そ、そういう言い方は！」

わたしは紗月さんを見返した。目が合う。うっ。

この人は、わたしの知っている限り、芸能人も含めてトップクラスの美少女で、だからこそ顔を近づけられると、見惚《みと》れるより先に恐怖がわいてくる。

ツンと尖《とが》った瞳を飾るまつげは長く。孤高の美しさは近づくと凍りつく雪の魔女みたい。わたしより背が高いくせに、なぜか頭はわたしより小さいというスタイルの持ち主である。

細いのに骨張ってるわけじゃなくて、体つきはしなやか。ここだけの話、実はわたしは見たことがあるのだけど、胸の形もすごくきれいでした……。（小声）

美少女すぎる顔面の圧が強すぎる。負けそうになる。だけどくじけそうな心を奮《ふる》い立たせて、なんとか踏ん張った。

だってそれは、いくら紗月さん相手でも、譲れないところだから。

「わ、わたしは、ひとりとか、ふたりとか、そういう気持ちで付き合おうとしたわけじゃなくて……。ちゃんと考えて、考えて、それで決めたことだから、数字で言われるの、なんかもによるから……」

この言葉が吐き出せなくて、紗月さんからのメッセージを、ずっと既読スルーしていた。

それが、ようやく言えた。

ただ、語尾が力なくかすれてゆくのだけは、避けようもなく……。うう……。

自分から拒絶しておきながら沈黙がこわくて、紗月さんの顔色を窺《うかが》う。

紗月さんは特になんとも思っていない顔で、わたしを平然と見返していた。

「ふうん」

わたしの話、ちゃんと聞いてましたよね……!?　不安になる。

「……それに、紗月さん、わたしのこと別に、好きでもなんでもないんでしょ……」

唇を尖らせながら、上目遣《うわめづか》いに紗月さんを見やる。

どうせ、前のように『好き好きラブラブちゅっちゅ』みたいな、愛のない言葉をささやいてくるのだろう。

だけど。

「そうね」

紗月さんは自分の髪を撫でつけながら、あっけなく答えた。

もはや取り繕《つくろ》うことすらしない……！

「っ！　どうせまた真唯《まい》に嫌がらせするために、わたしを利用しようとしてるんですよね！　紗月さんって、わたしのことなんだと思ってるんですか!?」

「………………」

そう叫んでも、紗月さんはまるで動揺せず。

どころか、ゆっくりとわたしに顔を近づけてくる始末。

「ちょ、ま」

この流れは、危ない。

透き通る肌と、雪原に咲いた小さな花のような唇が目に入ってきて。

わたしは――。

「だ、だめですよ！」

わたしはちゃんと、紗月さんの胸を突き飛ばした。

力の加減ができなくて、ドンって勢いで押しちゃったんだけど、紗月さんは少し後ずさりしただけで、ぜんぜん体勢を崩したりはしなかった。強い。

ちょっとだけ、ほっとする。いやいや、してる場合じゃない。

「だ、だめですから……紗月さん、それは……」

ドキドキする。今の流れは、拒《こば》まなければキスされていたんだろうか。

いや、紗月さんだってさすがに、恋人ができたばかりのわたしに……という気持ちと、紗月さんならやりかねん、という気持ちが同時に存在する。シュレーディンガーのキスだ。

「……そう」

自分の下唇を指でなぞる紗月さんは、ずっとなにを考えてるのかわからない無表情。

……怒らせちゃった、だろうか。

「別に。なんとも思っていないから」

「またわたしの心を読む……！」

「読んでいないわ。あなたが単純すぎるだけ」

わたしは紗月さんの行動の意味がさっぱりわからないのに、紗月さんだけがわたしのことをわかっていて、ずるい……。

「結局、なんなんですか、これ……ぜんぶ……」

わたしは汗かいた額《ひたい》にハンカチを押し当てる。

聞いても、紗月さんはぜんぜん答えてくれないし……。

「悪かったわね。時間を取って」

そのまま、髪を翻《ひるがえ》して去っていこうとするから。

わたしは、まるで置いてけぼりにされたみたいな感覚に襲われた。

「あ」

無茶を言われて、断って――。この居心地の悪さはどこかで覚えがあると思ったら、わたしが中学生のときにハブられるきっかけになった事件だ。

――人から誘われた際に、断ってはいけない。

かつてのトラウマが古傷のように蘇《よみがえ》り、足下が崩れていきそうになる。

わたしは思わず紗月さんを呼び止めた。

「あの、紗月さん！」

紗月さんが足を止める。

「わ、わたし、これからも、紗月さんと、友達でいたい！」

耳から聞くわたしの声は、少し震えていた。

だって、せっかく友達になれたのに。

「だから、これ、いつもの冗談だよね……？」

ごくりと生唾《なまつば》を飲み込んで、まるですがるように、問いかける。

「紗月さんは」

最悪を想像したわたしは、言葉を選んでいる余裕がなくて。

ストレートに、願いだけを、求めた。

「紗月さんは、わたしのこと、好きになったりしないよね？」

紗月さんが、ゆっくり振り返る。

その顔は、ほのかに、微笑んでいた。

「当たり前でしょう」

そう言ってくれた紗月さんに。

「いくらなんでもうぬぼれすぎよ。あまり図に乗らないように、甘織」

わたしは――膝《ひざ》から力が抜けそうになるぐらい、安堵《あんど》した。

「そっ、そうだよね！」

顔を輝かせる。

「紗月さんは愛とか恋とか、彼女とかデートとか結婚とか将来とか、そういうのまったく興味ない人間だもんね！」

「将来」

「いや、ちょっと枠をはみ出しちゃったけど！　ともかく、そんな感じで！」

わたしは、机の上に置いていたお弁当箱の包みと、ルーズリーフのケースを取る。教室を出ようとした紗月さんの隣に並ぶ。

安心感か、それとも突き放した罪悪感からか、わたしは無限に喋《しゃべ》り続ける。

「ていうか！　あんな風にからかってくるの、ひどいよ紗月さん！　わたし本気でどうしようか悩んでいたんだからね！　今回は許すけどさ、どんなに大事にお互いを想い合っている無二の親友でも、やっちゃいけないことはあるんだよ！　わかりましたか!?」

紗月さんは面倒そうにため息をつく。

「はいはい、悪かったわね」

それはようやく、いつもの紗月さんが戻ってきたみたいだった。

た、助かる……！　わたしが求めていたのは、これ……！

毒を吐く紗月さんは、まるでわたしの期待に応《こた》えるように。

「大丈夫よ。あなたのことを好きになるような人は、宇宙創成以来たったのふたりしか存在することはないわ。これまでも、そしてこれから先も」

にしては、ちょっと毒の濃度が濃いんだけど！

「もうちょっといてほしいなあ！」

とは言ったものの。そのふたりに好いてもらえた時点で、わたしの人生ができすぎているのは間違いないんだけどね！

紗月さんと途中で別れたわたしは、とんとんとんとリズミカルに階段を上る。

突き当たりの鉄扉。ドアノブに手をかけると、スムーズに開いた。

一面の青空が広がる、胸がすくような秋晴れの下《もと》。

屋上のコンクリートにシートを広げて、ふたりの女子が座っていた。

「あ、れなちゃん、ようやく来たー」

「やあ、れな子。きょうは風が穏やかで、屋上は気持ちがいいよ」

お弁当箱を広げたふたりが、微笑んでわたしを迎えてくれる。

ひとりは瀬名紫陽花《せなあじさい》さん。

緩《ゆる》くウェーブのかかった髪を伸ばした、綿毛みたいにふわふわの女の子。ぱっちりとした瞳に、甘い顔立ち。『理想の女の子』と書かれた看板の下に紫陽花さんがちょこんと立っていたら、人類は皆、シュプレヒコールを上げながら納得するであろう。

紫陽花さんはすごく優しくて、誰もが憧《あこが》れるヒロインみたいな女の子だ。けど、本当は主人公のような強い部分もちゃんとあって、わたしは紫陽花さんのことをひとりの人間として尊敬している。ていうかもう、崇拝している。紫陽花さんは天使です。

それともうひとり。隣に座っているのは、王塚《おうづか》真唯。

明らかに天然ものの金髪は、真唯がフランス人とのクォーターである証《あかし》だ。太陽よりも眩《まぶ》しいんじゃないかってぐらいの黄金の輝きは、真唯が内側から放つ光。いわゆるオーラみたいなものに違いない。

現役のトップモデルだけあって、立ち振る舞いや所作《しょさ》はお姫様みたいに気品があって、たおやか。芦ケ谷《あしがや》高校でも文句なし、トップの人気を誇っている。そんな彼女を指すあだ名はスパダリ。どんな人だって真唯と話すと幸せになってしまう、無敵のスーパー女子高生だ。

そして――。

「ご、ごめん、ちょっと遅れちゃって。あは、はは……」

ついさっきまで紗月さんに絡《から》まれていた……というのは、伏せつつ……。

紫陽花さんと真唯が空けてくれたスペースに、わたしが着座する。

ふたりに挟まれたわたしは、たどたどしくお弁当箱の包みを開く。初めて中学校の制服に袖《そで》を通した日のような、妙な気恥ずかしさと高揚感を覚えながら。

「で、でも、ふたりとこうしてお昼を一緒できて、嬉しいな」

噛みしめるみたいに言うわたしの言葉を聞いて、紫陽花さんと真唯は顔を見合わせた。それから、どちらからともなく、ふふっと小さく笑う。

「きょうは、紗月ちゃんも香穂《かほ》ちゃんも、どこか行っちゃったもんね」

「ああ。せっかく三人なんだ。学校で三人きりというのは初めてだが、こういうのもたまにはいいだろう」

「うんっ」

わたしには――わたしたちには、秘密がある。

誰にも言えない、他の人から見たらインモラルな秘密。

わたしは真唯に告白され、そして紫陽花さんにも告白されて、どちらも選ぶことができず。

――ではなく、どちらも選ぶことを決めて、そして。

それ以来わたしたち三人は、三人同士で付き合っているのだった。


わたしの恋人の紫陽花さんが「そういえば」と真唯を向く。

「真唯ちゃん、大丈夫だった？　イベント会場で、他にもいろんな人が聞いちゃってたよね。その……私たちのこと、噂になってたりとか」

確かに……！

あんなに目立つところで告白劇をしていたのだから、SNSのトレンドに入ったり、ワイドショーの人に追いかけ回されてプライバシーがなくなって心身ともに衰弱《すいじゃく》したり……!?

「まあ、多少はね。しかし、無視できる範囲さ」

と、**わたしの恋人**の真唯がスマホを持ち上げた。

「仮に、私に女性の恋人ができた、という話だったら、もう少しセンセーショナルに広まっていたかもしれない。けれど、それよりもうちょっとだけ、進んだ内容だっただろう？」

「それは、そうかも」

「ああ。王塚真唯が女性と、それも三人同士で付き合うなんて話は、あまりにも突拍子《とっぴょうし》がなくて、広まりようもなかったのさ。よくわからないイベントの演出だと思われたのだろうね。そういう意味では、れな子の決断に感謝するべきかもしれない……って」

わたしの恋人の真唯が、わたしを見て目を丸くした。

「どうしたんだい、れな子」

「え？」

「わあ、れなちゃん、顔真っ赤だよ」

「うぇ、あ、あの」

わたしの恋人の紫陽花さんが、わたしの額に手を伸ばしてきた。そのひんやりとした柔らかな手のひらに、またもわたしの全身がこわばる。

「だ、大丈夫。熱とかじゃないから。大丈夫、大丈夫……」

「そ、そお……？」

「う、うん！　パーフェクトれな子だよ！」

わたしの恋人の紫陽花さんが心配そうな顔をするから、ぶんぶんと手を振ってみせた。

やばい……。現実を正しく認識しすぎると、もう、なにも喋れなくなっちゃいそう！　このふたりが**わたしの恋人**？　わたし、まだ夢を見ているのか……？

体中パンパンにヘリウムガスが詰まったみたいな気分だけど、わたしはちゃんと眼前の会話にちゃんと参戦する！

「よ、よかったね、真唯！　わたしとのことが噂になって、真唯のお仕事が減っちゃったとかだったら、さすがにわたし、真唯のお母さんに土下座しなきゃいけなかったから！」

「君が気に病《や》む必要はないよ、れな子。すべての決断は私自身の責任だ。もし三人で付き合っていることが誰かに知られて、私が不利益を被《こうむ》ることになったとしてもね。私はあのときの選択を決して後悔はしないだろう」

うん、と隣の紫陽花さんが微笑みながら、うなずいた。

「私もだよ、れなちゃん。といっても、真唯ちゃんと違って、私には背負ってる責任とかはぜんぜんないけど……後悔していないって気持ちは、一緒だから」

「真唯……。紫陽花さん……」

あまりにもふたりがいい人すぎて、わたしは迂闊《うかつ》に泣いちゃいそうだった。

貧弱な魂が思わず『ふたりはこんなわたしのそばにいていい人間じゃないよ！　ちょっと今、催眠術師を呼んできて、わたしの記憶をぜんぶ消し去ってもらうね！』って突き放してしまいそうになるけど。胸を押さえてぐっと堪《こら》える。

だめだめ、決めたじゃん。わたしがするべきなのは、弱音を吐くことじゃない。

ふたりに好きでいてもらえるために、前を向き続けること。

そして、ふたりの『後悔しない』って言葉をウソにしないために、全力を尽くすべきなんだ。

だって言ったもん。ちゃんと、がんばる、って。

「えい！」

わたしはパンと顔を張った。真唯と紫陽花さんがびっくりする。

「どうしたんだい、れな子」

「邪念を排除した！　わたしは生まれ変わったネオれな子！　ただ前だけを見つめてひたすらに走り続ける勇気と愛の使者！」

「そんなにがんばりすぎなくても……。ムリしないでね、れなちゃん。自分のペースでがんばってくれたら、いいんだよ」

わたしの堕天使さんが早速、ネオれな子の決意を揺るがそうとしてくる。

紫陽花さんがそう言うならそうするね♡　紫陽花お姉ちゃんに甘やかされるのだーいすき♡って高速で手のひらを返したくなるけど、いいの！　大丈夫なの！

「というわけで、こちらをご覧ください」

わたしはルーズリーフのケースから、ふたつの紙束を取り出した。

真唯と紫陽花さんにそれぞれ手渡す。

ふたりが平坦な口調で読み上げた。

『恋人事業計画書』

紫陽花さんがちんぷんかんぷんな顔で、こっちを見る。

「って、なぁに……？」

わたしは存在しない眼鏡をクイと持ち上げるような仕草をしてから、背筋を正す。

この日のために、いろいろと準備をしてきたのだ。上手に話せるようにプレゼンっぽい動画もいっぱい見た。バリキャリぶった声で告げる。

「わたしがふたりの恋人になるに当たって、様々な取り決めを交わしたいと思い、最近ずーっと作っていました。さしあたっては、恋人契約を四半期、すなわち三ヶ月更新とさせていただきたく」

「恋人契約」

「さんかげつこうしん……？」

うなずく。

「はい。３ページをご覧ください。恋人契約というのは、先日に幕張《まくはり》メッセで当事者間の合意によって発生したものです。こちらはもちろんいついかなるときも、真唯（甲《こう》）や紫陽花さん（乙《おつ》）が一方的に破棄《はき》することのできる契約ではありますが、それ以外においても改めて更新タイミングを設けさせていただきたいのです」

甲と乙が顔を見合わせる。わたしこと丙《へい》（甘織れな子）はとりあえずここまでは理解してもらえたと仮定して、説明を進めることにした。

「更新の際ですが、甲と乙にはこちらの事業評価シートにスコアを記載していただいて」

「乙って呼ばれてるぅ……」

「ふむ、百点満点の評価シートか。これで君自身を評価してほしい、と。ずいぶんと項目がたくさんあるんだね」

「はい、20項目あります」

通信簿みたいに、5段階評価だ。カテゴリーは『誠実さ』や『優しさ』などの性格面から、『デート満足度』といった恋人として努力すべき項目まで。思いつく限り網羅《もうら》したつもり。

「わたしはふたりに『がんばる』と宣言しましたが、それが具体的には、どのように、どうやって、どの程度がんばるのかを表明しておりませんでした。これはそんなわたしのがんばり度を可視化するためのシートです」

がんばります！　だなんて、口だけならなんとでも言える。

いや、正しく日々を生きている人なら、それでも信頼を勝ち取れるのだろうけど。

丙はこれまでの人生、曲がりくねりながら生きてきたので、なによりも誰よりも、自分自身への信頼感がいちばんない！

それでも丙はがんばると決めたし、というかここでがんばれなかったらもう丙はぜったい自分を嫌いになってしまうので、がんばる以外の選択肢はありえない……！

とはいえ、いくら自分のためにがんばるっていっても『丙はがんばってる！　だからこんな丙を認めてよ！』なんて、独りよがりのワガママだ。

わたしがサボらずにがんばり、その上で、ちゃんとふたりが恋人として満ち足りた幸せを手に入れる。それが、行動で示すってことの意味。それが、正しいがんばり方。

というわけで。

「丙のがんばりを三ヶ月ごとに評価していただいて、結果、90点以下の場合は次回の契約更新を見送ってもらえたら、と」

大真面目《おおまじめ》に言ったわたし、もとい丙の提案に、ふたりは拍手と歓声で応えてくれる――。

ぜんぜん応えてくれなかった。ふたりの反応はむしろ冷ややかだった。

えっ。

「れ、れなちゃん――」

なにかを言いかけた乙を、そっと甲が手で制した。

「れな子」

「は、はい。まあ、わたしは丙ですが……」

「わかったよ、この評価シートは使わせてもらおう」

「ま、真唯ちゃんっ」

なぜか乙が目をつり上げて、わたしたちをにらんでる。乙陽花《おじさい》のそんな表情を見るのは滅多《めった》にないから、わたしは思わず怯《ひる》んで素《す》が出そうになった。

けど、甲は微笑を浮かべている。

「いいじゃないか。これはれな子が、努力の結果をフィードバックしてほしいと言っているんだ。テストの点数でもなんでも、自分のやった成果を目に見える形で評価してもらえるのは、モチベーションに繋がるだろう。面白い発想だよ」

「それは、そうかもだけど……でも、私の言いたいのは、そういうことじゃなくて」

「もちろん、わかっているよ、紫陽花」

甲は丙に向き直って「けれどね」と続けた。

「合格点に関しては、設定しないほうがいいだろうね」

「え？」

わたしは思わず甲を見返した。慌《あわ》てる。

「な、なぜですか！　わたしは顧客の皆様に喜んでもらえるように！　そのために心血を注いで恋愛事業計画書を作成して！」

「そうだね、君が私たちのためにがんばってくれているのは、ちゃんと伝わっている」

「でも……」

微笑む真唯を前に、わたしは急速に自信を失っていった。

「……わたしじゃ、90点はぜったいムリ、ってこと……？」

「その逆だよ、れな子」

「えっ……？」

わたしは顔を上げた。

おずおずと、問いかける。

「逆に……？　わたしは生きてるだけで百点満点ってこと……？」

「そうだよ」

なる、ほど――!?

我に返る。

「違う！　そんなに簡単に受け入れられない！　だって真唯はすぐわたしを甘やかすし！　わたしの自己肯定感はまだそこまで高まっていないぞぉ！」

「もう一押しか。頼んだ紫陽花」

「うん。あのね、れなちゃん」

波状攻撃だー！

紫陽花さんが胸の前で手を組み合わせながら、わたしを上目遣いに見つめる。うっ……。まるで瞬《また》く間《ま》にふわふわの翼に包まれたような気分……！

「私も真唯ちゃんも、相手がれなちゃんだから、告白したんだよ。付き合ってほしいって言ったんだよ」

やばい。その前置きだけで、最終的にわたしはほだされてしまうんだろうってことがわかる。

これは確実な未来予知……！

「だからね、いちばん大切なのは、れなちゃんがれなちゃんだってことなの。それだけでもう、百点満点……うぅん、点数なんてつけられないよ」

「うう、わたしはわたしだけで百点満点……全肯定紫陽花サン……ウウ、ウウウ……」

頭を押さえて悶《もだ》えるわたし。

おかしい。わたしの心が浄化されそうだ。ちゃんと光り輝く道を歩んでいるつもりだったのに、わたしはまた暗闇に向かっていたのか……？

だいたい、人からの評価ですべてが決まっちゃうなんて嫌だって思ったのに、結局わたしはまた、真唯と紫陽花さんの評価に身を委《ゆだ》ねようとしていた……。

そんな、そんなつもりじゃなかったのに……！

「わたし、変わりたい……。いつだって、きょうこの日から、新しい自分に手を伸ばすことが許されるのなら……。真唯とか紫陽花さんとかみたいになんかこうちゃんとしたいぃ〜！」

底なし沼から這《は》い上がるみたいに、わたしは太陽に向かって手を伸ばす。

その手を真唯と紫陽花さんが、そっと握ってくれた。

「大丈夫だよ、れなちゃん。私だって、嬉しかったよ。れなちゃんが私たちのこと、ほんとに真剣に考えてくれているんだっていうのが、わかったんだから。嬉しくないはずがないよ」

「ああ、その通りだ、れな子。ただね、それで私たちは君を追い詰めたいとは思わないよ。君は君のペースで、誰とも自分を比べなくてもいい。誰よりもまずは自分を大切に。その上で、私たちのことも大切にしてもらえればいいんだ」

どこまでもふたりは優しくて。

「紫陽花さん〜〜、真唯ぃ〜〜〜」

真っ黒なインクを洗い流すように、ふたりの優しさがわたしの胸に染《し》み渡る……。

「いろいろと自分ひとりで決めたのはね、すっごく偉かったよ、れなちゃん。えらいえらい。がんばり屋さんだね」

「だけど、君ひとりががんばりすぎなくてもいいんだ。三人のルールは、三人で決めていこうよ。だって私もワクワクしているんだ。なんせ、夢にまで見た日々がこれから始まろうとしているんだからね」

「うんうん。だめだよ、れなちゃん。私だってあれしようこれしようって、考えてるんだからね。私の楽しみ、あんまり奪っちゃ、メッだよ」

紫陽花さんがかわいらしく微笑んで、真唯ははにかむように笑って。

わたしはふたりに両手を握られたまま、心の中で涙を流す。

「あったかい……ふたりとも、あったかいよぉ……」

恋人……こんなに立派なふたりは、わたしの恋人なんだ……。

その重責にぺっちゃんこに潰《つぶ》されそうだけどさぁ、潰されたくないよぉ……。

だってわたし、だってわたし……。

ふたりに特別だって想われて、優しくしてもらって、幸せだもん〜〜〜〜〜〜！

情緒をぐちゃぐちゃにされた後で、真唯と紫陽花さんにたっぷりと慰《なぐさ》めてもらって……。

すべての元凶はわたしが二股《ふたまた》を選んだせいなのに、まるでマッチポンプみたいなお昼休みが終了……。わたしはほんと、なにやってんだ……。(まじで)

ひとりで廊下を歩いている最中、隣にひょこっと黄色いリボンが現れた。

「まあ、マイと紫陽花《アー》ちゃんを二股しといて、平然とメンタル病まない人間のほうがどーかと思うけどネ」

「香穂ちゃん……」

急に訳知り顔で現れた、人懐《ひとなつ》っこい飼い猫のような美少女は、小柳《こやなぎ》香穂ちゃん。

口の端から覗《のぞ》く八重歯《やえば》が特徴で、ちっちゃくて元気いっぱい、さらに明るく愛らしい性格から、芦ケ谷の妹の二つ名をほしいままにしている。どのグループに顔を出してもかわいがられるから、もしかしたら飼い猫じゃなくてアイドル野良猫なのかもしれない。

香穂ちゃんは自他共に認めるわたしの友達で、実は小学校時代からの幼馴染《おさななじ》みだったという衝撃の事実が最近判明した。そのせいで喧嘩もしたし、頭突きをしたりされたりしたけど、今はすっかり仲良しさんだ。

ちなみに紗月さん同様、わたしが二股宣言をした場に居合わせていたので、わたしが真唯と紫陽花さんと付き合っていることは当然知っている。

「ねえ、香穂ちゃん、最低なこと言っていい……？」

「いいよ。ものによっては石で殴るけどにゃ」

にっこり笑顔のまま、拳をグーにする香穂ちゃん。こわい。

わたしはぐったりしたまま笑う。

「殴られたくないけど聞いてはほしぃ……できれば共感して、優しく慰めてほしぃ……」

「のっけから最悪なのに、まだこの上をいく気か……!?」

驚愕《きょうがく》する香穂ちゃんに、わたしは関節が外れんばかりに肩を落とした。

「わたし、やっぱり不安だよ……。がんばるって決めたけど、がんばってもがんばっても、あのふたりに見合う人間に、なれる気がしないよ……」

それは紛《まぎ》れもなく、わたしの本音だった。

嘘ついたり、今までの自分の決意に後ろ足で砂をかけようとしてるわけじゃない……。でも、がんばりたいのも、不安なのも、両方がわたしの本音だから……。

片側一方だけがアクティブだと、隠したもう一方がどんどん肥大してって、弾《はじ》けちゃいそうになる。だから、香穂ちゃんに聞いてほしくて！　聞いてもらうだけなら、誰に対する裏切りってわけでもないよね!?

わたしの最低な発言に、香穂ちゃんは。

「……あー、まーねえ」

とりあえず、共感はしてくれた！　嬉しい。香穂ちゃん好き……。

「っていうかそんなの、明らかに付き合う前からわかってたことっしょ」

「そうなんだけど……」

でも慰めてはくれなかった。いいんだ、ありがとう、弱音を聞いてくれる人がいるってだけで、わたしは救われるから……。

大舞台で大見得《おおみえ》を切ってまで『付き合う』『幸せにする』って言ったけど、自信はまったくなくて。がんばり方さえも間違っていたのかもしれないって思うと、余計不安になる。

無敵のネオれな子はいったいどこにいるんだか……。とほほ、そんなの、わたしがいちばん会いたいよ……。（とほほ、て）

教室が見えてきた。わたしたちの、一年A組。

「はにゃ？」

香穂ちゃんが首を傾《かし》げる。その後ろ側のドアの前に、いつもわたしを称《たた》えてくれる神、長谷《はせ》川《がわ》さんがいた。困った顔で、来客の応対みたいなことをしてる。

目が合うと「あっ」と大きく反応されて。

「甘織さん、小柳さん、あの、お客さんが」

「わたしたちに？」

思わず、うおっ、とうめいてしまいそうになった。

長谷川さんの前には、五人の女子生徒が立っていた。うちのクラスじゃない。たぶんみんな、隣のB組の人たちだ。

その中にわたしは苦手な人物の顔を見つけて、思わず一歩後ずさる。たぶん長谷川さんと同じく、理不尽《りふじん》なクレーム客に対面したような表情をしてるに違いない。

香穂ちゃんだけが、のんびりと片手を挙げて挨拶《あいさつ》する。

「用？　どーかしたのー？」

五人が一糸《いっし》乱れぬ統率を発揮し、キッ、とこちらを睨《にら》みつけてきた。うわぁ。

先頭に立つ美女が、校庭まで届きそうな声をあげる。

「小柳さん！　それに甘織さん！　どうもごきげんよう！」

「ご、ごきげんよう……？」

彼女の名前は、高田卑弥呼《たかだひみこ》さん。長身で黒髪ロング。真唯や紗月さんよりさらに背が高く、170超え。

隣のB組のボスで、香穂ちゃん曰《いわ》くクインテットを目の敵《かたき》にしているらしいので、わたしもすれ違うたびによく舌打ちをお見舞いされたりしてる。こわいね！

ちなみにクインテットというのは、芦ケ谷高校一年A組のトップカーストに所属する女子生徒五人組を称するグループ名で、メンバーは真唯、紫陽花さん、紗月さん、それに香穂ちゃんと、なんか陰キャみてーな女がプラスワンで末席に収まっていたりする。

わたしがあわあわしている間に、香穂ちゃんが長谷川さんを「ありがと、もう行っていーよ」とニコニコしながら逃がす。長谷川さんは恋する乙女みたいな目で「ありがとうございます小柳さんっ……♡」と去っていった。香穂ちゃんのさりげない、できる女ムーブ……！

「え、ええと、それで、わたしどもになにか御用でしょうか……？」

「そうよ！　甘織さん！」

ひい。小型犬のわたしをバウワウと威嚇《いかく》してくる大型犬みたいだ。圧迫感がものすごいよ！

高田さんは胸に手を当てて、先ほどよりは落ち着いた口調で（あるいは自分に陶酔しているかのような雰囲気で）語り出す。

「四月に入学して、ちょうど半年目の本日。これまでも度重なる衝突を繰り返し、わたくしたちは押しも押されもせぬライバルとして、共に高め合い、学生生活を歩んで参りましたが」

「え？」

さも事実のように言ってるけど、わたし、高田さんと学校で絡んだことないんですが……。絡まれたことは多々あれど……。

わたしが知らないだけで、実はクインテットと高田さんは仲良くしてるんだろうか。わたしのいないライングループがあって、そこでは日夜楽しくお喋りを……。あっ、嫌だ！　また闇の扉が開く！

扉に必死にバリケードを作っている間にも、高田さんは戦車のように話を進めていく。

「しかし、そんなぬるま湯のような幸せな日々のままでは、いけないのだと気づいたのですわ……。いい加減、わたくしたちは決着をつけるべきなのです！　しっかりと、芦ケ谷の生徒たちにどちらが上なのかと示さなければ！　この学校がふたつに分裂してしまいますわ！」

高田さんはバッと両手を広げた。ひだを広げたエリマキトカゲみたいだった。

わたしはものすごく『あ、そうですか、じゃあこれで……』と言って、エリマキトカゲのような猛スピードで逃げ去りたい気持ちを抑える。だってここで逃げたら香穂ちゃんがひとりになっちゃうし、ていうかそもそも最初にわたし名指しされちゃったし！

「け、決着……？」

「ええ！」

ぴかっと高田さんが目を光らせる。ヒッ。

「あなた方クインテットと！　わたくしたち5déesse《ゴッディス》！　そのどちらが芦ケ谷高校一年生の頂点に君臨するか！　そう、決着をつけるのですわ！」

頂点に君臨する云々《うんぬん》はいったん置いといて。

「ごって……え、なんですか？」

「5déesse ですわ！」

なんでも知っている物知り香穂ちゃんに、視線だけで説明を求める。すると、高田さんの後ろにいた女生徒のひとりが答えてくれた。

「5déesse……つまり、フランス語で女神を意味する『déesse（ディース）』という言葉に、私たちを加えて、ゴッディス。これは英語読みの女神、Goddessともかけているんだよ、甘織ちゃん」

「な、なるほど……」

なんか、話したことのない人にちゃん付けで呼ばれて、すごい抵抗感がすごい。しかもこの人、どことなく口調が紫陽花さんに似てる気がする……。なんかねっとりしているから、雰囲気はぜんぜん違うんだけど。

「ふふっ、つまり女王を意味するあなたたちクインテットよりも、私たち女神のほうが名前の格的にも勝者。そういうことだよね、卑弥呼《ひみ》ちゃん」

「ええ、残念ながら、それが容赦のない世間の評価というもの。もはや勝負はついた……と言えなくもありませんが、その上であなた方にも直接対決の機会を与えて差し上げましょう」

「わー、優しー」

話を聞いていた香穂ちゃんが無感情に囃《はや》し立ててから、腕を組んで頬杖《ほおづえ》をついた。

「で、その機会って、なーに？」

「ええ、ええ、うってつけの場が、用意されているではありませんか。そう、クラス対抗で勝者を決める、球技の祭典――」

高田さんはバルコニーに立つジュリエットを見上げるロミオのように、片手をぱっと斜め上に伸ばした。

「――クラス対抗、球技大会が！」

隣で香穂ちゃんが「やっぱりー」とつぶやいた。

「ええ、球技大会でどっちが勝つかで決めよう、ってこと……？」

「ええ。これなら正々堂々、後腐れもなく、なによりも全学年に誰が勝者なのかを知らしめることができますでしょう？」

えええ……。

そのとき、わたしは気配を感じた。人の形をしたピカピカの輝きが、わたしの横に並ぶ。

「――なるほど、面白そうだね」

王塚真唯。クインテットの女王！

B組の誰かが「うわ」とうめく。

すごい。さっきまでアウェイにいたような気分が、真唯ひとりが現れただけでいともたやすく消え去った。今のわたしはまるで、最高ランクのフレンドにFPSを引率《キャリー》される新米シューターのよう……！

高田さんは真剣な面持《おもも》ちで、真唯を見返している。

「王塚真唯さん。ではこの戦いを受けていただける、と？」

「私個人なら、いくらでも相手になってあげるのだけどね」

真唯が苦笑いする。その横に、さらにふたり。

「私は嫌よ。面倒だもの」

「そう言うと思ったよ、紗月」

「私は、どっちが上とか下とか、決める必要ないと思うなあ」

「なるほど、ありがとう、紫陽花」

紗月さんと紫陽花さんがやってきて、A組前の廊下にはクインテットが集結した。

やはり五人集まると、ビジュアルの見映《みば》えがものすごい。

わたしは高田さんたちのことをなにも知らないけど、単なる一般通行人として見たら、わたしを抜いて4対5でも、クインテットが負けることはありえないように思える……。

「だそうだ。悪いね、高田さん。こっちのみんなは平和主義の集まりで、みんな優しいんだなあ、れな子」

「えっ、あっ、うん、はい」

一般通行人が急にステージにあげられたので、懸命にうなずく。

「しょ、勝負とか、わたしはあんまり自信ないので。すみません」

そう言った直後だ。最初に食って掛かってきたのは、さっき話しかけてきた、紫陽花さんに口調の似てた女の子だった。

「ねえ、瀬名紫陽花！　あなたはそうやって自分だけはクラスカースト興味ありませんみたいな顔をして、ちゃっかりとクインテットで甘い汁をすすっているんだよね！」

「ええー？　私そんな風に見えちゃうかな？　鈴蘭《すずらん》さん」

「それ以外のなんにも見えないけどね、いつだってお高くとまっちゃって！」

紫陽花さんに剣呑《けんのん》な態度で指を突きつける、鈴蘭さんと呼ばれた女の子。その罵声《ばせい》を皮切りに、次から次へとB組の子が話しかけてきた。

はぁ、と気だるそうにため息をついた前髪の長い女の子は、紗月さんに絡んでくる。

「面倒って、その気持ちはわかる。でもだったら、さっさと負けちゃえば？　興味ないんだったら、どっちでもいいでしょう」

「心からどうでもいいことに時間を割くのが、そもそも嫌だわ」

「そう。その気持ちもわかる。誰も、負けるとわかっている勝負はしたくないものね」

その言葉にはなにも返事をせず、紗月さんはただただ面倒そうに、窓の外へと顔を向けた。

小さな女の子がぴょんっと前に出てきた。香穂ちゃんに笑いかける。

「ねーねー、カホリンはどう？　しょーぶ、やりたくないのー？」

「あたしはぶっちゃけ、どっちでもいいけどにゃあ。でも、クインテットのリーダーはやっぱマイだと思ってるから、マイの決定に従う感じかにゃー」

「えー、一緒に楽しいことしようよー。ねーねーねーねー」

舌っ足らずな女の子に体を揺さぶられて、香穂ちゃんはされるがまま。

わたし、気づいちゃったんだけど。

……なんかさっきから、微妙にキャラかぶってない？

わたしたち五人と、あっちの五人。まったくの偶然なのか、あるいはあえてかぶせてきたのかはわかんないけどさ。

高田さんは自信満々な女王様っぽいタイプで真唯に対抗してきてるし、他の三人もそれぞれ雰囲気が、フェミニンな紫陽花さん、クールな紗月さん、妹っぽい香穂ちゃんみたいで……。

いや、だとしたら。

もうひとりは、わたしっぽい雰囲気の子……ってこと!?

どんな子が出てくるんだろう。すごいオドオドして、目も合わせられないような陰キャ丸出しの子だったらどうしよう……！

わたし、そういう目で見られてるってことじゃん！

違う。わたしは陽キャなんだ。誰がなんと言おうと、わたしは陽キャだ！　完全無欠の高校デビューしたんだ！　誰にもバレてないんだ！

だから最後の子はきっと、どこにでもいるような平凡で量産型な感じの女の子が……。

前に歩み出てきたのは。

瞳に星を浮かべた、かわいらしい女の子だった。

「ねっ、れな子クン。わたしね、前から実はれな子クンとお喋りしてみたかったんだ。へへへ、こんな初対面になっちゃったけど、でもこの出会い方にもきっと意味があったんだよね！　よろしくね、わたし、照沢耀子《てるさわようこ》！」

「なんでだよ！」

「えっ!?」

わたしは思わず叫ぶ。なんでこんな、明るく優しそうで頑張り屋っぽい感じの、一昔前の少女漫画の主人公みたいな女の子が来るんだよ！　ぜんぜん違うだろ！　よく見ろわたしを！

「あ、れな子クンって、運命とか占いとか信じないタイプ？　そっかそっか、なんかちょっとかっこつけちゃったかな？　うー、恥ずかしい。でもね、れな子クンとってもかわいいから、もしそうだったらよかったなーってわたし思っちゃったんだ。へへへ」

「やめろぉ！」

「ええっ!?」

わたしは人目もはばからず叫ぶ。そうやってぐいぐいと人の心の中に入ってこようとするんじゃないよ！　もうちょっとわたしとキャラかぶせてきてほしかったよ！

しかもこの子、高田さんグループの中でいちばんかわいい……！　もちろん好みはあるだろうけど、身長もわたしと同じぐらいだし、つるんとしたボブカットもばっちり手入れされてて光沢《こうたく》が輝かしいし……。

「と、とにかく、わたしはれな子クンといい汗流して、友情を深めたいって思っているから、どうぞよろしくね！　球技大会、がんばろうね！」

「お、お手柔らかに………」

ぐいぐいと来られて、ぶんぶんと手を握られて、わたしは思いっきり背を反《そ》らせて顔を背《そむ》ける始末。

いやだ、あっちからぐいぐい来る陽キャ、こわい……。こわいよー……。

うう、わたしは陽キャなんだ……。ただ、光にも強度というものがあり、自分より圧倒的にまばゆいものを見ると、目が潰れてしまう生き物というだけなんだ……。

と、そんなわたしの苦悩する態度が真唯に見られていたらしく。

「少なくとも、ひとりでも断るつもりのある人がいる以上、グループでの勝負はできないよ」

ああっ、ごめんなさい、またわたしのせいで断らせてしまって！　これに関しては、わたしはただ己《おのれ》の闇に飲み込まれそうになっていただけなんです！

高田さんは主《おも》にわたしと紗月さんを睨みつけて、それからフンと胸を張った。

「わかりました。お昼休みも終わってしまうことですし、今は退《しりぞ》きましょう。ですが、わたくしは諦《あきら》めませんよ。必ず、あなた方をやる気にして差し上げます」

背を向ける高田さん。みんなそれぞれ捨て台詞《ぜりふ》を吐いて、去ってゆく。

「れな子クン、まったねー！」

「は、はい、また……」

ぴらぴらと手を振り返す。できればあんまり顔を合わせたくないんだけど……でも、そういうわけにもいかないいんだろうな……！

クインテットのみんなとともに、教室に戻っていく。

わたしは静かにため息をついた。

そりゃ、真唯の隣にいさせてもらうことで、高校生活は数えきれないほどのたくさんのメリットを享受しているもんですからね。

みんなに一目置《いちもく》かれるようになったりだとかさ。洗面所の前でぺちゃくちゃ話して居座っている女の子だって、わたしを見ると『あー、甘織さんごめんねー☆』ってすぐに笑顔でどいてくれるし。いつまでも席を占領されて行く場所がない……という目にも、遭《あ》ってない。

男子も女子も基本、好意的に話してくれる。暗黒の中学時代を経験しているわたしにとって、これがどんなにありがたいことなのか、わかりすぎるほどわかる。チート級の加護だ。

たまに男子に遊びに誘われたり、あるいは立場を妬《ねた》んだ女子が舌打ちしてきたり。そんなことはあるけど、大げさにダメージ食らっているのはわたしが人間関係力の低すぎる元陰キャだからであって、メリットに比べたら小さすぎるデメリットのはずだ。

クインテットにいてすごく得をさせてもらっているのだから、得した分の税金ぐらい払うのは当たり前。

わたしは、今回の一件もそんな風に思っていた、のだけど……。

やがて、この騒動は、小さな台風が勢力を増してゆくように、わたしの感情を飲み込む一大イベントに発展してゆくことになるのだが——。

初めての恋人ができたばかりのわたし（自分にはもったいないほどの美少女が！）（それもふたり同時に！）は、必死に毎日を生きるのが精いっぱいで！

学校生活の懸念《けねん》なんて、まるで考えられるわけもないのであった。

グループ名『5déesse の間』(4)

その1

クイーン：というわけで、ついに宣戦布告しましたわね。

姫百合：さっすが、ひみちゃん！

クイーン：これでもう、後には引けなくなりましたわ……ふふ、ふふふ……。

クイーン：吐きそうですわ。

miki：みっきみきー！

miki：みきみき！　みっきぃー！

クイーン：ミキさんはどうしましたの。

クイーン：悪い魔法使いに魔法をかけられて、喋《しゃべ》れなくさせられましたの？

姫百合：いやわかんないけど、最近マイブームっぽくて……。

miki：みきみぃーき！

クイーン：うるさいですわ！

クイーン：ああもうとにかく！　私たち5déesse《ゴッディス》が芦ケ谷《あしがや》高校の頂点に立つために！

クイーン：なんとしてでも、勝負を承諾《しょうだく》させるのです！　例え、どんな手を使ってでも！

姫百合：どんな手でも、って……どんな手？

クイーン：それは。

クイーン：これから。

クイーン：考えますわ！

姫百合：そっかぁ。

miki：みきみっきぃー！

クイーン：なんて？

姫百合：とっておきのアイデアがあるらしいよ。

クイーン：それ適当に言ってません？

クイーン：ミキさんのアイデアって……。落とし穴を掘るとかじゃありませんよね……。

miki：例えば、誰かひとりを校舎裏に呼び出して、退路を断ってから追い詰めて、因縁《いんねん》をふっかけたり。小さな嫌がらせを繰り返して、恨みをため込ませたり。あるいは、誰かの持っている大切なものを壊したりすれば、いいんじゃないかな！

クイーン：えっ？

姫百合：えっ？

第一章　がんばると決めた新生活は、最初からムリ！

Friends? Lovers?


人間関係っていうのは、いわゆる正解を選び続けるゲームのようなものだ。

例えば友達が冗談を言った。その際の正解は、笑うことだったり、ツッコミを入れることだったり、寒いとスルーすることだったり。

その場の流れ、ムード、人間模様に応じて、正解は刻一刻と変わり続ける。

しょうもない冗談に大爆笑したことで、周りから『なんだあいつ……』という目で見られ、好感度があなご下がり（うなぎ上りの対義語的な……）する可能性だってある。

はっきり言って、難しい。

学校生活の間、選択肢は常に突きつけられる。

友達の愚痴にどういう反応を示すか。同意するのか、同調するのか、励ますのか、慰《なぐさ》めるのか。それらを選ぶとして、どの程度の強弱なのか。

世間の陽キャの方々は『そんなの見ればわかるじゃん』とか言ったりする。読心術《どくしんじゅつ》？　っていうか魔法？　いやいや、答えは辺りを漂っているのだ。

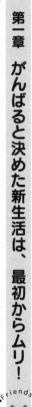

それが『空気を読む』ってこと。

気象予報士さんが雲の動きや湿度の変化によって、翌日の天気を見極めるみたいに。陽キャの方々は、微妙な表情の変化や声のトーン、周囲の反応に応じて常に（そして瞬時に！）正解を導き続けるものなのだ。

やっぱり魔法じゃないか……わたしにはできない……。

がんばってがんばって、ひとつの正解にたどり着くことができたとしても、高速で出題される問題のそのすべてを早押しクイズみたいに正解し続けるのは、到底ムリ。脳のＣＰＵが焼けこげちゃう。

だからわたしはあの日、屋上に逃げ出したのだ。

とまあ、早くもハードルが高いんだけど、ここまでが『普通』の人間関係の話。

といいますと、そうじゃないものも？　そう、あるんです。

それが『特別』な人間関係。

わたしが選んだ三人で付き合うというルートは、まさしく明らかな正解がなく、お互いが相談しながら『じゃあこれが正解ってことにしようか？』『うん、そうだね』と毎回足を止めて話し合って、真っ白な地図を埋めてゆく冒険の旅だった。

しかもその冒険の旅は、空気っていう手がかりすらもないから、目隠ししたままで進んでゆくようなもので……。

なにもかもが手探り。これは鉄板っしょ！　と選んだ選択肢が、もうド地雷の可能性だってある。どう考えたってハードモード！

ムリじゃん!!!

それでも、それでもだ！

やると決めたのだから、わたしはありったけの夢をかき集め、探し物を探しに行くのだ。ワンピース！

なんか一瞬やぶれかぶれになっちゃったけど……。まあ、つまりはそういうことだ……。

今から始まるのは、わたしの『恋人』としての、第一の試練。

ただ、わたしが空気を読むことができないからといって『特別』な人間関係がわたしに合っていないとも限らない。未来は常に未知数だし、それに。

わたしは、初見のゲームは攻略サイトを見ずにプレイするタイプなのだから……！

「って、人間関係はゲームじゃないんだよ！」

朝っぱらから、わたしはベッドの上、うつぶせになって顔を枕にうずめていた。パジャマ姿のまま、片手にはスマホを握りしめている。

カーテンから差し込む陽の光はしゃっきりと真新しく、今が完全に朝だということを証明していた。ぐぐぐ……。

「だってゲームなら、選択肢を選ぶだけだけど……現実は、その選択肢を選ぶための能力がない……！　ってなっちゃうしさあ……」

今わたしが直面しているのは、恋人としてのルールのひとつだった。

真唯《まい》と紫陽花《あじさい》さんにヒアリングしたんですよ。

なにかわたしにしてほしいことはある？　って。

もちろん恋人として最初の行いだから、できる限りハードルは低くしてもらって……。

そしたら、しっかりとご要望をいただきましてね。

とりあえずということで、真唯からひとつ、そして紫陽花さんからひとつ。

今回はその、紫陽花さんからのリクエストにお応《こた》えするために、わたしはこうしてベッドの上で悶《もだ》えているというわけだ。いや、悶えているのはわたしの勝手なんだけども！

ああ、だめだ、約束の時間だ。

これ以上うだうだしてたら、紫陽花さんががっかりしてしまう。そしたら紫陽花さんに『やっぱり、れなちゃんと恋人は……ちょーっとムリかなーって……。あと三回生まれ変わったら、また友達からよろしくね～』って言われてしまう……。

わたしはゲーム中で一個しか手に入らないエリクサーを使うような気分で、通話ボタンを押した。

うう、えいやあー！

うう、心臓が痛い。

自分から誰かに電話をかけるなんて家族を除いたら、高校に入ってからは真唯にちょこっと、香穂《かほ》ちゃんに何回かぐらいだ。

そもそもメッセージを送るだけでも緊張するってのに、そんなわたしが紫陽花さんに電話とか……。恋人ってしんどいなー！

現実逃避するかのように、脳がぎゅんぎゅんと悲鳴を羅列《られつ》する。

コールはしばらく続いて、そして——。

電話が繋がった。

『…………………』

しばらく無言。

あれ、こ、これ、繋がってるよね……？

「…………あのー」

宿題をやってこなかった生徒が自己申告しなきゃいけないときのテンションで声をかけると、電話の向こうからはもぞもぞという衣擦《きぬず》れ音が聞こえてきた。

するとさらに間が空いてから。

『はぁい、もしもーし、い、い、……』

という、ふにゃふにゃふにゃの声が聞こえてきた！

ふにゃふにゃの……ふにゃふにゃの紫陽花さんだ……！

口をぱくぱくと開け閉めする。

言うべき言葉のクローゼットを上から下までひっくり返した後に、わたしは極めてありきたりな挨拶《あいさつ》を述べた。

「……お、おはよう、ございます……」

にゅふふ……という、女児が頰をくすぐられたような声がする。

今の、紫陽花さんの……!?

『れなちゃん、おはよぉ』

ふわぁぁぁ！

やばい。寝起きの紫陽花さんの声が、耳にダイレクトアタックを仕掛けてくる。負けそう。むしろずっと負けてる。人生で一度も勝ててない。

「え、えーと……。あの、ご要望通り、お電話したわけですが」

『うん……。うふふ、なんだか、ドキドキしちゃうね』

「そ、そうですね、すごく」

紫陽花さんからのリクエストは『休日のモーニングコール』だった。

弟ふたりの準備を整えなきゃいけない紫陽花さんにとって、平日の朝は戦争らしく、休みの日はその反動でかなり怠惰《たいだ》に過ごしてしまうから、ということで。

朝の八時に、わたしからモーニングコールをかけることになっていた。

それぐらいならわたしだってできそうだ、って思ったんだけど……。

かなりギリギリのラインだった。わたしはまだまだ電話という陰キャ抹殺兵器を克服できていないので……。

ともあれ、紫陽花さんを起こすという目標は達成だ！

「じゃあ、紫陽花さん。きょうも一日健《すこ》やかにお過ごしください！」

『うん。あ』

わたしは電話を切った。

切ってから、今、紫陽花さんなにか言いかけてなかったか……？　と気づいて震えた。

……あれ？

モーニングコールって、目覚ましみたいなもの……だよね？

虚空《こくう》への問い。その返答は、再び鳴り響く電話、だった。

「うわあ」

びっくりした。着信はもちろん、紫陽花さん。

「は、はい、もしもし……」

『うん……。ごめんね、れなちゃん。もしかして、忙しかった？』

「いや、そういうことはぜんぜんまったくないんですが」

わたしは早口で答えた。もしかしたら淡泊に聞こえてしまったかもしれない。

『だったら、その……もうちょっと、れなちゃんの声が聞きたいな、って……。だめ？』

「だ、だめじゃない、ぜんぜん！」

小さな子に袖《そで》を引かれるようなおねだり。わたしは懸命に首を横に振った。

「な、なんかごめんなさい。わたし、なんか間違えちゃった、よね……？」

『ううん、私のほうこそ、ワガママなお願いをして、ごめんね』

「それは、別に……。寝起きの紫陽花さんの声、かわいかったし……」

『そ、そぉ……？』

「う、うん」

再び、間が空く。

……でも、なんでだろう。

前に紫陽花さんと電話したときよりも、無言の時間がこわくない。

用もないのに会話を続けるなんて、わたしのすごく苦手なことのはずなのに。

『あのね、夏休み、一緒に旅行したときの話、なんだけど』

「うん」

『あの頃はまだ、れなちゃんのこと、好きかどうか、はっきりとわかっていなかったっていうか……たぶん、友達だと思っていたんだけど』

「う、うん」

『でもね、起きてすぐに、れなちゃんが隣にいるのって、なんか、いいなって思ったんだ。だからね、きょうも、嬉しかったよ。起きてすぐ、れなちゃんの声が聞けて』

「そ、そっか」

耳が熱い。こんな会話、万が一家族に聞かれたらって思うと、とてもじゃないけどハンズフリーにとかできない。

布団をかぶる。ベッドの中で紫陽花さんとふたりきりになったみたいな気分だった。

紫陽花さんの確かな好意を感じて、頭の中が白《しら》んでゆく。けど、霧《きり》がかったような世界でも、わたしはちゃんと言葉を探す。

だって、わたしは紫陽花さんの。

「わたしのほうこそ……朝から紫陽花さんとお喋《しゃべ》りできて、幸せだよ」

『……ほんと？　迷惑じゃなかった？』

「うん、嬉しかった。また紫陽花さんのお姉ちゃんになったみたいで」

『……おねえちゃん？』

「う、うん」

いかん、肉声もヤバだったけど、電話だと耳元でささやかれているみたいで、これはこれで属性の違うヤバがあってヤバみの沼が深い……。

『……でも今は、おねえちゃんじゃない、でしょ？』

どこか口を尖《とが》らせたような声に、わたしの鼓動が跳ね上がる。

う、うう。もちろん、わかってますけど……。

「そう、ですね……」

『ね。今は、なぁに？』

言わせようとしてくるじゃん！

「あれですよね、あれ」

『あれじゃわかんないもん』

どうしても言わせようとしてくるじゃん!!!

『ねーねー、なぁにー、なぁにー？』

しかもちょっとずつご機嫌がおむずかりになってゆくじゃん……！

わたしは布団をかぶって、その上さらに声をひそめて、神様にだって聞こえないような音量で、申し上げた。

「こいびと、です……」

『…………』

紫陽花さんは少し黙った後で。

『……うんっ』

これ以上ないほど嬉しそうな声で、お返事をしてくれた。

くっ…………メチャクチャ恥ずかしかったけど、喜んでくれたのなら、いい、か……！

いやいや、そうじゃない！　だってわたしは紫陽花さんの恋人なんだ。恋人ってことは対等な力関係でしょ⁉

だったら、わたしだってワガママ言ってもよくない⁉

ふっふっふ、今度は紫陽花さんを恥ずか死《し》させてやるんだからね……。

「ね、ね、紫陽花さんからも言ってほしいな。紫陽花さんはわたしのなんですかーって」

『うん。恋人だよ』

「…………………」

踏み込もうとしたところに、カウンターパンチが置いてあったような気分です。

『こいびと、だよ、れなちゃん。ふふっ』

「あの、えと……」

『私ね、瀬名《せな》紫陽花はー、甘織《あまおり》れな子の、恋人なんですよー』

畳みかけてくるじゃん!!!

このままわたしは、紫陽花さんに殺されるのかもしれない。幸せな死に方だな。そうかな？

「なんでそんなに平気そうなの⁉」

『ふふふ、へいきだもーん』

仮に。電話の向こうで恥ずかしがった紫陽花さんが枕に顔をうずめながら、足をジタバタしていたとしても、わたしにそれを察知する術《すべ》はない……。

そう考えると、これから先ずっと紫陽花さんがどんな嘘をついても、わたしには見破れない気がする……。

「あ、紫陽花さんとの温泉旅行、楽しかったねえ！」

無理矢理に話を方向転換する。せめて紫陽花さんの恥ずかしそうな態度を引き出さないことには、終われない。

「まさかおねえちゃんごっこを真唯に見られちゃうなんてねえ！　大誤算だったけどねえ！　あれは恥ずかしかったねえ!?」

『そうだねえ、びっくりしちゃったねえ』

なんでそんな穏やかに相槌《あいづち》を打てるの！　わたしが弱っていることが丸わかりだからか!?

「ま、また機会があったら、いつでもなってあげるからね、紫陽花さんのお姉ちゃんに！　わたしが！　ね、ね！」

『んー、でも、それはもういいかな。だって今は、恋人のれなちゃんにいっぱい甘やかしてもらえるし』

そっ、そんな！

恋人か姉妹かなんて、そんなの、どっちかしかないなんてこと、ないじゃん！

わたしは思わず、めいっぱい叫ぶ――。

「お姉ちゃんと妹でも、恋人にはなれるし！」

『わっ』

音量調節がバカになって、大きな声が出てしまった。

「ご、ごめん！」

『う、ううん、大丈夫。っていうかー……』

こ、これは、よからぬことを言われる前フリのやつだ。

『れなちゃん、そーゆーのがいいの……？』

「そういうわけではないです！」

ただ、なんていうか、あの紫陽花さんはかわいい紫陽花さんの中でも、格別にかわいかったから！

ほら、陰キャって一度の成功体験を何度も何度も反芻《はんすう》して、しゃぶりつくすものじゃん！

友達と遊んだあのゲーム楽しかったな……。一緒に遊んで、楽しかった……。ああまた遊びたいな、楽しかったな……。って何度も何度も！

それで何年後かにリメイク版が発売して、いざやってみたら思ったよりハマれなくて、ああそうか、わたしが楽しかったのはゲームじゃなくて、友達と遊んだ時間だったんだ……って、二度と戻らない日々を想って涙する生き物じゃん！　いや、わたしは陽キャなんですが！

『……れなちゃんがしたいなら、またするけどー……うう』

「やったー！」

わたしは思わずガッツポーズをした。姉妹ごっこの件だけじゃない。紫陽花さんがようやく恥ずかしそうにしてくれたからだ。

そりゃ寝起きのテンションでやったことを、素面《しらふ》の状態でやるのなんて、恥ずかしいに決まっているよね。でもやっぱりね、恋人っていうのはフェアじゃないといけないからね。

わたしが喜んでいると、電話の向こうからぼそっと。

『……れなちゃんって、ちっちゃい女の子が、好きなの？』

「そうじゃないんです！」

『香穂ちゃんみたいなー……？』

「違うんです！」

わたしは全身全霊で否定した。

誤解を、誤解を解かないと！　この誤解は放っておいたらものすごい勢いで拡散されて、取り返しのつかないことになりそうな気がするので！

はっきりと言葉にして伝える。

「わたしは、ちっちゃい子が好きなんじゃなくて、158センチ15歳の紫陽花さんが時折素《す》に戻ったりしてすごく恥ずかしそうにしながらもちっちゃい女の子の真似をしてわたしのことをお姉ちゃんって呼んで甘えてくるそのシチュエーションが大好きなだけなんです！」

『…………………………そっかぁー……』

なぜだろうか。明確に言語化すると、よりどうしようもなさが増したような気がしたのだけれど……！

紫陽花さんとのモーニングコールを終えて、ぐったりとしたわたしはお布団からなんとか這《は》い出す。恋人としての責務、完遂《かんすい》してしまったな……。これは文句なしの百点満点！　試練その1、突破完了！

あさって、月曜日の真唯との約束もそうだけど、『これをして！』って言われる分には、割と気が楽だ。だって正解がわかっているからね。

いや、それでもドッタンバッタン大騒ぎしちゃったんだけどね……。

「ふぅ……」

ただ、これから先もわたしが恋人の務めを果たせるのかどうかは、まだわからない。わからないなりに、がんばってやっていこう。それが生きるってことだからな、甘織れな子。

なんか、朝から体がぽかぽかしちゃったな……。軽くシャワーでも浴びてこようかな。

わたしが部屋を出ようとしたところで、妹と鉢合わせた。

「あっ、お姉ちゃん」

「あ、うん、おはよう」

妹――甘織遥奈《はるな》はわたしの二個下。中学二年生なのに、すでにわたしよりもちょびっと背が高い……。部活動（バドミントン部）に青春を捧《ささ》げており、なんか区内ではそれなりに有名な選手になってしまったようだ。

運動神経は言うまでもなく、顔もそこそこかわいいし、なにより物怖《ものお》じしない度胸とコミュ力で、陽キャの名をほしいままにしている。あまりお姉ちゃんを置き去りにするなよ……？

甘織家のできる方とできない方なんて言われたら、不登校になってやるからな……？

姉妹の仲は、普通だ。喧嘩もするし、めちゃめちゃうざったいときもあるけど、どこの家もそんなもんだっていうし。趣味もぜんぜん合わないなりには、よくやってると思う。

でもなんでこんなところに。たまたま前を通りがかったところなのかな。いや、もしかすると、苦情か!?

「あっ、ごめん、うるさかった？」

「ううん、それは別に。お姉ちゃんが夜中にひとりでゲームやってるときの独り言のほうが、よっぽどうるさいし」

「誠に申し訳ございません」

さ、最近はそんなに言わなくなったじゃん……。そんなには……。

平謝りすると、妹はしばらくその場から動かずに、わたしから顔を背《そむ》けている。

「えーと……なに？」

なにこの間《ま》。

「いや、別に」

明らかになにか言いたそうなんですが……。

「誰と電話してたの？」

「えーと、紫陽花さんと」

「ふーん」

妙な緊張感だ。クラウチングポーズしたまま、いつ鳴るかわからないスタートの合図を待っているような、そんな気分。

「そういえばお姉ちゃんって、真唯先輩とどうなったの？」

「え!?」

わたしは両手で心臓を押さえた。

どうなったって……それは、あれですか……？　わたしが真唯に押し倒されて、それを妹に目撃された……その後の話、ってことですか……!?

なんで今ごろ蒸し返すんだよ！

「な、な、なななな、なんで？」

「だって」

妹はハキハキと告げてくる。

「あれ以来、続報とか聞かないし。真唯先輩にはなんか聞きづらいし。お姉ちゃん急にめちゃくちゃ落ち込んでたから、フラれたのかなーって思ったけど、知らない間に立ち直ってたし」

「う、うん、なるほど、確かに」

確かに妹から見たここ最近のわたしは怪《あや》しさMAXだ。しかも部屋で自撮りの練習始めたり、コスプレイベントのパフォーマンスのための発声練習とかしてたからな……。

「順当にフラれるにしても、それだけじゃなさそうだったから」

「順当て」

いや、わかるけど。

わたしは思わず腕を組む。ここで『真唯と付き合うことになったよ』って言うのは簡単だけど、妹は紫陽花さんの連絡先知っているわけで……。

『お姉ちゃん、真唯先輩と付き合ってるって知っていました!?』みたいなことを妹が迂闊《うかつ》に紫陽花さんに口に出したとき、もし紫陽花さんが『うん、れなちゃんは私とも付き合っているんだよ。私と真唯ちゃん、二股《ふたまた》されているんだ（にっこり）』なんて答えた日にゃあ。

さんざんわたしに人間関係で説教してきた妹のことだ。

『──お姉ちゃん。甘織家の恥は、身内であるあたしが責任をもって処断するね』

包丁でそのまま胸を刺されそう…………。

だめだ。だめというか、人生の終わりだ。

殺されないにしても、わたしが実家を出ていくまでの間、ずーっと妹に最悪な目で見られ続ける……。リアルに嫌だ……。

そうなったら、真唯と紫陽花さんに頭を下げて、助《すけ》さん格《かく》さんを引き連れた水戸黄門《みとこうもん》みたいに『ほら、わたしが傷ついたり、不幸せな思いをすると、ふたりが悲しむんだからね！　だからわたしに優しくしなさい！』って、土下座で頼むしかない。嫌だあ！

わたしはものすごく慎重に言葉を選んで、妹に口を開く。

「真唯とは、その、いろいろ、いろいろあったよ！」

「いろいろってなに？　付き合うことになったの？」

ごまかそうとしたのに、がっしりとわたしの心臓握って離さないじゃんこいつ……。

「ファッションショーにも招待されたし、お母さんにも会ったんでしょ？　それでなんにも進展ないの？」

「そ、それは……」

だめだ。わたしの話術でごまかすのはムリだ。わたしは最後のジョーカーを切る。

「い、いいじゃん別に！　なんで妹に報告しなきゃいけないの！　そんなの恥ずかしいから、この話はもうおしまいね！」

場に伏せられたカード『姉の強権』をオープンし、ムリヤリに話題を終わらせる！

このフィールド破壊の効果によって、妹はすごすごと退散するしかなく――。

「はあ？　さんざん今まで手伝ってあげたのに、なに言ってんの。関係なくなくない？」

「それもそうだけど！」

だめだ！

わたしが妹の力で高校デビューしたという過去がある限り、わたしが高校生活で手に入れる恩恵のそのすべては、妹の力ということになってしまう！　お前わたしの筆頭株主かよぉ！

もはややられる前にやるしかないのか？　わたしが妹の心臓をブチ抜くしかないのか……？

どうせ殺されるなら先にやるしか……ひ、ヒヒヒ、やるしかないのか……!?

危険な考えに頭が支配されそうになったところで、妹がようやくわたしの心臓を手放した。

「はぁ……。もういい、わかった。本気で嫌がってそうだし、聞かない」

「それがいい!!」

わたしが喝采《かっさい》すると、白い目を向けられた。

「なーんか都合の悪いこと隠してそうなんだけど……」

「よしてください！　邪推《じゃすい》ですよ！　証拠はあるんですか!?　ねえ証拠は!?」

「敬語になってるし……」

「わたしもう行きますから！　それではごきげんよう！」

しゃかしゃかと小走りで立ち去る。追ってはこなかった。ホッ。

お部屋に戻って着替えを持ってお風呂場に向かい、シャワーを浴びているその最中だった。

妹が追撃を仕掛けてきたのは、わたしが全裸で極めて無防備なタイミングであった。

「お姉ちゃんさあ」

「それはルール無用の残虐ファイトじゃないか!?」

すりガラスの向こうから聞こえてきた声に、わたしはビビり倒す。今度はなにを言ってくるんだ、こいつ……。

「──シスコンなの？」

どおりでわたしの部屋の前にいたと思ったら！

「紫陽花さんとの電話、盗み聞きしてたの!?」

「いや、そこが聞こえただけだよ」

ひょっとして、わたしが紫陽花さんと姉妹ごっこしたことも知っているのか……!?　どこから漏《も》れた!?　最重要国家機密だぞ！

「だってしょうがないじゃん！　お姉ちゃんは妹のこと、かわいくてかわいくて仕方ない生き物なんだから！」

「……は、はあ？」

紫陽花さんに投げつけたのと同じ種類のボールの、そのスペアを妹にもそのままそっくりブン投げる。

「かわいい妹がワガママ言ってきたら、そんなのなんでも聞いちゃうって！　だってかわいいんだもん！　シスコンとかじゃなくて、お姉ちゃんだったらそんなの当たり前じゃん！」

　わたしは紫陽花さんのかわいさを全力で力説する。

「あんただって妹がいたらぜったいわかるからね！　どんな悲しみからも守ってあげたいって思う理由なき愛情の向かう先！　それが妹なんだって！」

　叫び声が浴室に反響する。

　そのわたしの言葉に、妹は。

「…………………………」

　しばらく黙り込んだ後で、独り言のようにつぶやいた。

「……キモ」

　紫陽花さん5歳を見たことないから言えるんだよ、お前はー！　これだから心に愛のない女はさ、もうこれだからさー！


　はあ……。なんかきょうは朝からどっと疲れた……。

　シャワーからあがったわたしは、メンタルポイント充電のために、PS4《フォー》くんと蜜月の時を過ごすことにした。きょうはこれからフォーくんにさんざん甘やかしてもらうんだ、へへへ。

　しばらくごろごろしていると。

　ピンポーン、とチャイムが鳴った。

妹がきょうも社畜のように部活に行ったので、今、おうちにはわたししかいない。仕方ない。だるいけど立ち上がる。

インターホンを取る。勧誘とかだったらヤだな……。

違った。

『甘織れな子さんのお宅ですか？』

わたしはだばだば走って、玄関のドアを開いた。

「紗月《さつき》さんじゃん!?」

「こんにちは、甘織」

そこには、よそ行きの格好をした、とてつもない黒髪美少女が佇《たたず》んでいた。

紗月さんがわたしの部屋にいる……。

テーブルを挟んで、わたしは正座していた。

なにゆえ、紗月さんが……？　真唯とのＦＰＳ対決はとっくに終わったのに……。

美少女がわたしの部屋にいるという珍事に、脳がバグりそうになる。いつまで経《た》っても慣れる気がしない。

「……」

「……」

無言が、身を切られるような無言が！

さすが紗月さん。紫陽花さんや妹とは比べ物にならないほどの無言力だ。（※無言力とは、その人が黙っているときに発するプレッシャーを数値化したものである。実は香穂ちゃんが地味に高い）

これ以上耐えられない。水の入った洗面器から顔をあげるような気持ちで、声をかける。

「あの、紗月さん……きょうは、いかなるご用件で……」

「大した用事じゃないんだけれど、アルバイトまで少し時間が空いていて」

「地殻変動によって、我が家がドーナツ屋さんとの間に移動した……？」

「そういうわけじゃないけれど」

なんだか紗月さんの歯切れが悪い。普段は妖刀村正《ようとうむらまさ》みたいな火力出すのに。

もしかしてきょうの紗月さんは、ゆるふわ紗月さんか……？　あらら、間違えて逆方向の電車に乗っちゃった☆　みたいなテンションで我が家にやってきたのか？　そんな紗月さんだったらわたしも、もうちょい肩肘《かたひじ》張らずに友達付き合いできるかも……？

ゆるふわ紗月さんは、ふんわりと唇を開く。

「それで、瀬名とはもうキスしたの？」

「ぶっ」

ぜんぜん斬れ味落ちてないじゃん！

最短距離で最速で斬り込んでくるじゃんよ……。さぞかし名のある剣豪か？

「なんで、紗月さんがそんなこと、聞いてくるんですか!?」

「そういえばこの部屋であなたとキスしたわね、って思い出して」

「そんな軽い世間話みたいなノリで!?」

あまりにも自由な紗月さんを見ていると、人間関係における正解なんて、もしかしたら虚像なのかもしれない……って思わされる。

ううう、わたしはもじもじしながら、胸の前で両手の指を絡《から》ませ合う。

「まだ……ですけど……」

「そう」

「…………………………聞くだけ聞いて、特になにもないんですか！」

「別にキスなんて、どうってことないでしょう。するもしないも」

「……わたしと初めてしたときは、あんなに慌《あわ》てふためいていたくせに」

「もう覚えてないわ。そんな過去のキスなんて」

めちゃくちゃ澄まし顔で微笑む紗月さん。台詞《せりふ》だけ聞いたらメチャ経験豊富なお姉さんみたいじゃん……ファーストキスだったくせに……。

ただ、その微笑はすぐに引っ込んだ。

紗月さんはどこか陰のある表情で告げてくる。

「きょう来たのはね、あなたに改めて謝ろうと思って」

「わ、わたしに？」

「ええ」

思わず不穏な気配を感じてしまった。

まさか、わたしの知らないところで、なにか悪事を働いたのか、この人……!?

「あ、紫陽花さんに、わたしと紗月さんがキスしたことあるとか、言ってませんよね!?」

「言っていないけれど。それは言ったらまずいのかしら」

「えっ？　いや、たぶん……？」

だって友達と友達がキスしてたなんて聞いたら、そりゃ、ショックを受けるんじゃないかな……？　どうだろう……。

「例えば、真唯と香穂がキスしたことがあるって聞いたら、あなたはどう思うの？」

どう思うか。

「……別に、かな……？」

だって、あのふたりがキスしても、それはなんか遊びの延長みたいなイメージだから、かも。

とうの香穂ちゃんも、真唯に対してはなんか軽い感じだったし……。

「だったら、案外大丈夫なのかも……？」

そもそも真唯は、わたしと紗月さんがキスしたことも知っているわけだし。

そう丸め込まれそうになったわたしに、紗月さんがぽつりと付け加える。

「私は、瀬名に言うのだけはやめておいたほうがいいと思うけれど」

「えっ？　そ、そうなんですか？」

「そうね。だから私も黙っていてあげるわ。私があなたの元カノだ、っていうことは」

「言い方ぁ！」

誰が誰の元カノだ！

わたしと紗月さんはたった二週間付き合っていただけで！　そのあとさっぱりと別れて友達に戻ったわけで！　今は、ぜんぜんそんなの引きずってないし！

あ、あれ…………？

顎《あご》に手を当てる。わたしは神妙に問いかける。

「…………わたしと紗月さんって、元カノ同士、なんですか……？」

「それは、そうでしょう」

なんか、自分の生まれ育った星が実は地球ではなかったのだ！　みたいな衝撃が脳を突き抜けていった。

こ、こんな凛《りん》とした美女が、わたしの元カノ……？　そんな！

「いや、でも、あの！　あれはあくまでも付き合ったフリであって！」

「それも今さらじゃないの」

確かにキスしたり、一緒にお風呂入ったり、お泊まりしたりしたけど……！　真唯にはもう、完全に付き合っているんですよー！　ってノリで暴露しちゃってたけど！

「紗月さんが、わたしの、元カノ？　わたしが紗月さんの、元カノ……？　そんなことを、紫陽花さんが知ってしまったら……？」

すがるように紗月さんを見ると、紗月さんは目を逸《そ》らした。

「たぶん、ものすごく、気を遣《つか》われるわね」

想像する。

『れなちゃんって紗月ちゃんと付き合ってたの!?　どうして紗月ちゃんがれなちゃんなんかと!?　れなちゃん、どんな裏技使ったの？　紗月ちゃんの弱み握ってる……とか？』

違う！　解像度が低い！

今の紫陽花さんは、わたしの恋人なんだから！　それなのに、わたしを過度に下げるような発言をするわけないじゃないか！

だから正解は、こう！

『れなちゃんって、紗月ちゃんと付き合ってたんだ。えー、知らなかったなあ。……ね、れなちゃんって、実はまだ紗月ちゃんのこと、好き、だったりする？　そうだよね、紗月ちゃん、とっても素敵な女の子だもんね……。それなのに、私と付き合ってくれて、ありがとね』

顔をあげる。

「胸が痛いです、紗月さん！」

「そうでしょう」

　基本的に紗月さんはなにを考えてるのかぜんぜんわかんないけど、真唯に対する対抗心と、紫陽花さんに対するダダ甘感情だけは本物だ。瀬名紫陽花ガチ崇拝勢《ぜい》として、信頼できる。

「わかりました……。わたしと紗月さんの一切はこれからもご内密に……」

「そうね。あとで真唯にもそう言っておくわ。それで、話は戻るのだけれど」

「あ、はい」

　そういえば、わたしに謝ることがあるとかなんとか。

「あなたに、おかしなメッセージを送ってしまった件よ」

「えっ？」

　メッセージって……。私とも付き合って、のやつだよね。

「あの話はもう、空き教室のやり取りで終わってませんでした？」

「あなたはそう思っていたのね。でも、私はそうは思っていなかったわ。甘織は、私がどうしてあんなことをしたのか、聞きたがっていたでしょう」

「ええ、まあ……」

　そりゃ、紗月さんはただのイタズラであんなことをするような人じゃない。……人じゃないか？　どうだろう、急に自信なくなっちゃった。

でも、考えなしにとりあえず安易に行動して、後から思い返して後悔することは多々あるみたいだ。今回の件もそのひとつなのかもしれない。案外迂闊《うかつ》な紗月さん……。

「迷惑をかけたわけだから、キチンと話をしておこうと思って」

「紗月さんってそういうところ、自分に厳しいですよね……。偉い……」

「安心していいわ。ちゃんと他人にも厳しいから」

「それはそう！」

自分を律する強靭《きょうじん》な精神性を、他人にも要求するのが紗月さんだった。そしてそれができない人間をきっちり『カス』とこき下ろしてくるのも、紗月さんだ。とんでもねえ女じゃん。

「ええと……じゃあ、なんであんなことをしたんですか？」

紗月さんはキッパリと言った。

「それは言いたくないわ」

「ちょっと!?」

思わず聞き返しちゃったけど、紗月さんは大真面目《おおまじめ》だった。

「どうしてあんなことをしたのか、言いたくないが私の答えよ。以上」

「そんな、キチンと話をする、って……」

「したでしょう、今」

「ええっ!?　そういうこと!?」

肩の力を抜いて、紗月さんが微笑んだ。

「あのときは、ついごまかしてしまったから。ようやく胸のつかえが取れたわ」

ごまかされていたことも気づかなかったし、紗月さんの中でのOKラインもぜんぜんわかんないけど……。

でも、まあ……。

「そうですか……それなら、わかりました」

紗月さんが言わないと決めたことを、わたしが聞き出せるわけがないし……。

それに、なんかほんとにスッキリした笑顔だったから、もうそれでいいかな……。

たぶん、真唯からわたしを奪い取ってやるぅー、とかそういう動機だったんじゃないかな。

でもそのルートだと紫陽花さんも不幸になると気づいちゃったから急遽《きゅうきょ》取りやめたとか、案外そんな理由なんじゃないかな……。真唯のことになると、急に視野が狭くなっちゃう問題。

紗月さんは、自分の腕時計を見やる。

「話は終わったけれど、どうしようかしら」

「あ、まだ時間あります？」

「割と。なに、キスしたいの？」

「そういうからかい方はやめてもらえませんか!?　恋人がいるんですから、もうしませんよ！

わたしと紗月さんはただの元カノでしょ!?」

「元カノって言うと、急にアリな気がしてくるわね……」

「確かに…………じゃなくてぇ！」

納得した自分を瞬時に否定する。見解の反復横跳びに目が回りそうだった。

「そんなただれた恋愛観は封じ込めて……。せっかくですし、ゲームしましょうよ、ゲーム」

「ゲーム？」

わたしは闇商人のような笑みを浮かべる。

「紗月さんも真唯にゲーム機返しちゃったから、飢えているでしょう、ゲームに。フフフ、ねえ、会いたかったでしょう、フォーくんに！」

「それは、別に」

「なんで!?　一日ゲームで遊べないと、手が震えてきませんか!?」

「そんなことはまったくないけれど。あれは勝負のためにやっていただけだし。……でも、まあ、そうね」

紗月さんはいつかの日みたいに、わたしの横に並んで座る。PS4のコントローラーを受け取って、ドキッとするような笑顔を見せてきた。

「なければないで困らないものだけれど、でも、あなたがどうしてもしたいのなら付き合ってあげてもいいわ」

「わ、わーい」

相変わらず油断すると心奪われてしまいそうな笑顔だ。隣に来るといい匂《にお》いがするし……。

（しかもこの匂い、なんか知ってるし……！）美人すぎるんだよ、紗月さん……。

口には出さないけど、その付き合ってあげるだったら、わたしはいついかなるときも大歓迎なんですよ、紗月さん！

「それじゃあどのゲームで遊びますか？」

「どれでもいいの？　なら、そうね。これは、どう？」

紗月さんが選んだのは……。

ふたりプレイできるゾンビシューティングゲームだった。

「それは……」

それは、わたしが真唯とも、紫陽花さんともプレイしたことのあるやつ……。

なんだろうこの、人畜無害な小市民であるわたしが、女の子をとっかえひっかえしているみたいな罪悪感は……。

……まあいいか！　友達と遊ぶゲームなら、何回やっても楽しいし！

「やりましょうやりましょう！　操作も紗月さんがやってたＦＰＳとだいたい似たようなものですし！」

そう、一緒にプレイすることに価値があるんだ。

これは儀式みたいなもの。わたしと紗月さんが、再び友達付き合いをするための儀式。だってもうギクシャクなんてしたくないし！

ただ、プレイしてすぐに、衝撃の事実が発覚した。

「紗月さん、操作なんにも覚えてないじゃん!?」

「私、興味がなくなった事柄は、すべて頭から消え去ってゆくのよ」

「こわぁ……」

あんなに楽しそうにしてたのに、なにもかもぜんぶ、真唯との勝負のためだったのかよ……。

わたしの大好きなフォーくんを利用しやがって、この女、このぉ……！

わたしは妙な怒りを覚えながら、現れるゾンビを次々と撃ち抜いていったのだった。

＊＊＊

妹に傷つけられた心と、紗月さんに振り回された情緒《じょうちょ》を、なんやかんやでフォーくんに癒《い》やしてもらい……。

どうにか学校に行くためのメンタルポイントを回復させた、問題の月曜日。

そう、わたしの『恋人』としての試練その1のパート2……。語感が悪い……。

わたしは、ダイニングテーブルの席について、そわそわしていた。

「あら、早いのね、れな子」

「う、うん、まあ」

普段はこのぐらいの時間にのそのそ起きてくるのに、きょうはすでに準備完了。それどころか、髪やメイクなどのビジュアルに関しては、明らかにいつもより力を入れている。

お母さんがバターを塗った食パンのトーストを出してくれた。

「誰かと待ち合わせ？」

「そんな感じ」

「いいわねー」

……なんか、どういう顔してここに座っていればいいのか、わからなくなってきた。隅っこを見つめながら、食パンをもぐもぐする。

彼氏と待ち合わせかな、とか思われているのかな。お母さんは突っ込んで聞いてこないから助かるけど、それはそれで弁解の機会がないから、必然的に最善手は沈黙となる。

せめて、妹がダイニングにやってくる前に家を出たい。食パンを嚥下《えんか》し終えたタイミングで、スマホが震えた。

「あ、じゃあ、あの、行ってきます」

「はい、いってらっしゃい」

お皿を流しに下げて、カバンを背負う。

お母さんの微笑みは、いかにも私はすべてを理解していますよ、という保護者っぷりがにじみ出ていて、正直やっぱり、相当恥ずかしかった。

玄関で靴を履《は》いているところに、リビングのほうから「おはよー」という妹の声が聞こえてくる。危なかった。危機一髪だ。『なに色気づいてんの？』とか言われたら、たとえ悪意がなかったとしても、明日の始発電車で温泉旅館に家出してしまいそうだった。

ドアを開ける。きょうも朝は快晴で、午後から天気が崩れるらしい。

家の前には、一台のリムジンが停《と》まっていた。

その傍《かたわ》らに、可憐《かれん》な笑みを浮かべている女の子。わざわざ外に出て待っていた彼女の、黄金《こがね》色に染まったススキ原みたいな長い髪が秋風に揺れる。

「おはよう、れな子」

「う、うん……おはよ」

お母さんにも妹にも、おめかししているなんてことを、ぜったい突っ込まれたくなかった。

なぜなら、それは。

たぶん、ぜんぶ図星だからだ。

「きょうは、ありがとう。私のワガママに付き合ってもらって」

「ううん、ぜんぜん。っていうかむしろ『朝一緒に登校しよう』だなんて、つつましやかすぎて、本当に真唯か？　って思ったぐらいだし」

「そうかい？　ならもうちょっと勇気を出してみるべきだったか……」

「いえ実にちょうどいい塩梅《あんばい》だったと思います！」

紫陽花さんのモーニングコールに対して、真唯からの要望は『迎えに行くから、一緒に学校に行こう』というものだった。

それもできそうな気がしたので、わたしはリムジンの後部座席に並んで座っている、というわけだ。

片道20分ちょっとの通学路、車はスムーズに都内の車道を走っている。窓の外を景色が流れてゆくのが不思議なほどに、穏やかな時間だった。

「なんかこういうの、久しぶりだね」

「確かに、君をリムジンに乗せるのは、料亭に向かったとき以来かな」

「あ、そうじゃなくて、真唯とふたりでのんびりするのが、って話」

「ああ……うん」

真唯は少し恥ずかしそうに、目を伏せた。

「そうだね。このところ、私は君を少し避けていたものだから……」

「今はもう、平気？」

「もちろん。幸せだよ」

隣に座る真唯を、ちらちらと眺める。トップモデルとして君臨する真唯は、いつも完璧な美貌をたたえている。

それは年頃の女の子が、きょうはおしゃれしよ！　とか意気込むようなレベルじゃなくて、才能、環境、そして毎日のたゆまぬ努力によって形作られた美貌だ。

わたしは真唯が普段どういう活動をしているのか、わかんないけど……でも、真唯が一生懸命お仕事がんばっているのは知ってるし、大変だろうなって思うから。

「あのさ、真唯。もし短い時間でもいいから、真唯がわたしとお話したいな、とか、ちょっと息抜きしたいなって思ったら、すぐ連絡してくれていいからね」

「……それは？」

「いや、こういうこと、ちゃんと口に出して言ったことなかったな、って思って……。その、それでちょっとでも幸せメーターがプラスされたら、いいなー、って」

真唯がふふっと笑った。

「私は、れな子の都合も考えず、いつも一方的に電話をかけたりしていたけれどね」

「そ、それでも。ほら、わたしがオッケーだよって言ってかけてくるのと、なにも言わずにかけてくるんじゃ、また真唯のテンションも違うじゃん」

「君の繊細な気遣いには、感謝を禁じ得ないよ」

陰キャ独特の、全方位に迷惑かけないように恐縮しまくる思考が、真唯に言わせると『繊細な気遣い』になってしまうのか……。

……まあ、そう受け取ってもらえるんだったら、それはそれで。

ふと、わたしは気づいた。

「なんか、真唯。さっきから、あんまりこっち、見てなくない？」

「そうかな。私は普段通りだし、そんなことはないんじゃないかな」

「えっ、だってさっきからぜんぜん目が合わないし！　いや、普段はわたしが目を背けているから合わないんだけど！」

「やあ、外にきれいな桜が咲いていて、ついね」

「今は十月だ！」

わたしは意地でも真唯と目を合わせたくなったので、その膝《ひざ》をぺしぺしと叩く。気安いボディタッチはするのもされるのも苦手なわたしだけど、なんか真唯にはいける。大富豪でスペードの3がジョーカーに勝てる原理かもしれない。

「真唯、ねえ、真唯。真唯真唯、まいまいまいまいまいまい」

遊びに来た親戚の幼児みたいにせっついていると。

「……わかったよ、れな子」

真唯は観念したように、こっちを見つめてきた。

うっ、大きな蒼《あお》い瞳が、目の前いっぱいに広がって……。

て、照れる！

慌てて顔を背ける。ぜんぜんいけないじゃん！

実際に見つめ合っていたのは、一秒にも満たない時間だっただろう。なのに、まぶたの裏には真唯の顔が焼きついて離れない。一秒が24時間にもなってしまいそうな鮮烈さだった。

「ああ……」

真唯が感嘆《かんたん》のため息をついた。

「私は君と、本当に、恋人同士になったんだな」

「う、うん。そうだよ」

「一度は諦《あきら》めた未来だったから、なんというか」

真唯がはにかむ。

「胸がいっぱいなんだ」

「……」

そんなにわたしのことを好きでいてくれる真唯に、わたしはちゃんと好きの気持ちを返すことができるのだろうかって、また不安になってしまう。

真唯も紫陽花さんも、めいっぱい等身大の愛をくれるのに、わたしはそれぞれに半分ずつの愛しか返せなかったら、破綻《はたん》しちゃう関係性なんだから。

わたしは、二倍の好きをしっかりと、伝えなきゃいけないのだ。

「ねえ、真唯！」

「な、なんだい？」

大きな声を出して景気づけたわたしは、真唯にずいっと詰め寄る。

「今はまだぜんぜん頼りないわたしかもしれませんが！　わたし、がんばりますからね！」

「そ、そうか。うん、嬉しいよ。でも、無理はしないように」

「それはわかってます！」

多少どころか、けっこうムリしなきゃだめだけどね！　真唯の手前、物わかりよく素直にうなずいておくけどさ！

「真唯がしたいことをして、わたしもしたいことをして、ふたりでハッピーになろ！」

「お互いのしたいこと、か」

「うん、あの」

わたしは真唯から最大限、目を逸らしつつ、尋ねる。

「まだ、したいんだよね。真唯は、その……わたしに、あの、昔、紙に書いたみたいなこと」

「それは」

真唯もまた、口元に手を当てて、足を組みながらそっぽを向いた。

「ただ、君を傷つけるようなことは、もうしないと約束するよ」

「したいかしたくないかで言えば!?」

「世の中を二元論で片付けようとするのは、あまりよくないことだと思うんだ。イエスとノーの間にある数多《あまた》の選択肢を、私は大切にしたい」

なんか急にわたしみたいな詭弁《きべん》を使い始めた……。

「真唯、真唯、王塚《おうづか》真唯！」

「くっ、面映《おもは》ゆい……」

また膝をぺちぺちすると、分厚い扉をこじ開けるみたいにして、真唯が苦悶の表情と共にうめいた。

「したいとも……。あのときの欲求は、なにも変わってはいない……。私の好きというのは、そういうものだ……」

真唯はあまりにも恥ずかしそうな顔をした。恥ずかしそうにするだけ成長だな……とわたしは思ってしまった。

そういえば、紫陽花さんも友達と恋人の違いは、えっちな気分になるかならないか、って言っていたような……。あれはわたしの夢だったかな……？

まあわたしは女の子相手にいやらしい気持ちになることは、これまで生きてきて一度もなかったので、共感はできないんだけど……。

でも、理解はできる。漫画とかで読んだことあるので。

「そんなあなたのために、わたしは考えてきました」

わたしはリュックから、スケッチブックを取り出した。

めくる。

『おさわりタイム制、導入』

真唯は衝撃を受けた。

「おさわりタイム……だと!?」

「そう」

心の眼鏡をクイとあげて、わたしは努《つと》めて事務的に解説する。役になりきらないと恥ずかしいので！

「真唯がやりすぎてしまわないように、時間を区切ってしまえばいいと思いまして。これなら双方、合意的にいちゃ……いや、さわったりができるでしょ？」

いちゃいちゃと言いそうになって、口をつぐむ。いちゃいちゃは、なんか、双方向のイメージがあるので……！

「なるほど……君は天才か。最初の時間は？　6時間ぐらいかな？」

「丸一日なんの予定もない日のカラオケフリータイムじゃないんだぞ！」

急に調子を取り戻してきた真唯に、内心焦《あせ》りつつ、でもなんか懐《なつ》かしくて嬉しいと思いつつ、わたしは手のひらを前に突き出した。

「ただし！」

わたしはここから先が大事なのだと強調しつつ、スケッチブックをめくる。

「おさわりタイムをすると、同じ時間分のおさわられタイムが発生します！」

「それは……？」

「わたしが真唯をさわります」

「なんだって」

真唯が驚く。

そう、これが真唯のやりすぎ防止の秘策。『自分がされて嫌なことは人にしない！』を教え込ませるためのやり方だ。高校一年生の女子相手に、イヌのしつけみたいだけど！

実際に真唯は、わたしが膝枕したときに、すごい恥ずかしがっていたし。攻撃力はずば抜けているけど、防御力は薄い、アサシンみたいなタイプで、たぶんなにかされることに関しては、人並みに照れちゃうんだと思う。それなら抑止にもなるだろう。

あとは……せっかく恋人になると決めたのだから、わたしのほうからも真唯にアプローチをしたほうがいいのかな、という思いもあり……。ただ、自分から『あの、さわりたいんですケド……』と言い出すのはハズい……。

でも最初にルールで設定しちゃえば、わたしも『そうかー、触らなきゃいけないのかー！仕方ないなー！　ルールだからなー！　カーッ！』って勢いでいけちゃうというわけだ。

いや別にしたいわけではないんですけどね。あくまでもルールですからね、ルール。仕方ないなー！　ルールだからなー！

と、いうわけで。

「とりあえず、やってみますか」

「い、今かい。そんな、車内でだなんて」

「車内でできないようないやらしいことはしないでね!?　学校に到着するまでだから、お互い3分ずつぐらいで、ほらほら」

せっつくと、真唯もようやく覚悟を決めた。

「わかった、やってみよう」

「それじゃあ、おさわりタイム、開始です」

わたしは真唯に向き直って、軽く両手を広げる。そのいかにも無防備なわたしに、真唯はおっかなびっくりと手を伸ばしてくる。

頰に触れられた。

「ん……」

こそばゆい。真唯が手の甲で、わたしの頰を撫でる。

「れな子……」

「う、うん」

「好きだよ、れな子」

手の甲がすすすと首筋へと下がってゆく。

あの、一応さわられる身構えはしていたんですが、しっとりと愛をささやかれるのは完全に予想外ですね……。

真唯がわたしの胸に顔をうずめるようにして、抱きついてくる。わたしは両手を広げたまま、されるがまま。だってそういうルールだから！

「柔らかいな。れな子の匂いがする」

「くっ……」

は、恥ずかしいな！

自分からスキンシップを提案しておいて恥ずかしがるのも恥ずかしいので、わたしはぐっと唇を閉じてこらえる。ただ、指先から真唯の好意が思う存分伝わってきて、身体はわずかに汗ばんでいってしまう。

背中を撫でられ、頭を撫でられ、頬を撫でられ。買ってもらったばかりのぬいぐるみ並に大切にされて、ようやく3分が終了。わたしは解放された。

「はぁ、はぁ……。こ、こんな感じです……」

最初に提案したのが3分でよかった。リハビリで10分とか見栄《みえ》張ってたら、もう一回家にシャワー浴びに帰らなきゃいけないところだった。

わたしはそそくさと髪を直しながら、上目遣いに真唯を見上げる。

「ど、どうだった？」

「うん、うん……。久しぶりに、れな子に触れられて、よかった。幸せだった」

感無量、みたいな顔で言われて、胸が熱い。

悔しいけれど……こんなの、どう考えても嬉しい。

なんかもう率直に、人に好かれるのは、きもちがいいし……。

今さらになって、わたしは真唯と友達と恋人だの言い合っていた時期は贅沢《ぜいたく》で、あの時間もきっと楽しかったんだろうな、なんて思い出してしまう……。

いや、恋人はぜんぜん友達の上位互換じゃないから、あれだけどね。ただ、スキンシップはなんか気持ちいいよね、的な意味でね。ね。

ただーし！

「次はわたしの番だからね、真唯！」

「ああ、もちろん。君に与えてもらった幸せに対して、私も幸せを返したいからね」

「それでは」

3分のタイマーをつけて、と。

とりあえず、ええと……。

真唯の頬に手を伸ばそうとする。これぐらいなら、わたしにだって。

その手をパシと掴まれた。

「ちょっと真唯!?」

「うん、なんだい？」

「いや、なにしてんの。離してくれませんか⁉」

「え？　ああ、うん。そうだね」

真唯が手を離す。なんなんだ。

いや、真唯はまるで注射をされる寸前の子供のように、緊張している様子だった。

これは、よもや……。

手の甲で、真唯の頰を撫でる。

「んっ……」

真唯がぴくっと震えた。

これは………。

瞬間、お風呂で香穂ちゃんの柔肌に触れたときの記憶が蘇る。あのときの羞恥心《しゅうちしん》と、そして秘めやかな高揚感が……！

髪型を崩さないよう慎重に、真唯の後頭部を優しく撫でる。

「……」

真唯はなるべく声を出さないように、唇をきつく結んで黙り込んでいた。

普段は硬質的で美術品めいた美しさの真唯が、今は頰を紅潮させて、とても人間らしい表情を見せている。

ひえ……。こんなの、わたしのほうが恥ずかしくてどうにかなってしまいそう。3分なんてとても耐えられない……！

……だが、わたしは香穂ちゃんとのお風呂を経《へ》て、確実にレベルアップしてしまっている。経験値がわたしという人間を強くした！

相手が真唯ということを除けば、お風呂で一対一、裸同士の状況のほうがよっぽどヤババだったからね。つまりはこんなの余裕で、余裕……いや、なんとか耐えられる！

その頭を包み込むみたいに、ぎゅっと抱きしめる。

「真唯」

「う、うん……」

無敵のネオれな子が、真唯の耳にささやく。

「かわいい、真唯」

「そ、そんなことを……」

今すぐにジタバタしたそうな真唯に、微笑みかける。

「かわいいよ、真唯。かわいい」

「君のほうが、よっぽど……」

「ううん、今の真唯、すっごくかわいい」

それは、心からの言葉だった。

真唯はわたしの背中に手を回して、わたしのことを受け入れてくれる。

「……君は本当に、ファム・ファタールだ。私の心を、弄《もてあそ》ぶ……」

「ふふふ」

今だけは調子に乗ったっていいはずだ。誰も見ていない車内で、真唯はわたしの腕の中にいる。抱きしめられて、恥ずかしそうにしている。

きれいでかっこいい真唯じゃなくて、ここにいるのはかわいい、同年代の女の子。わたしは真唯とさらに心の距離を縮めることができたみたいで、嬉しかった。

「真唯はほんとに、わたしのこと、好きだね」

おさわりタイムの3分を終えて……、わたしは気安く頬をつついてやる。真唯がむくれた。

「……くっ、そんな言葉、誰から教わったんだ！」

「わ、わたしのオリジナルだし！」

「私のことを好きなのは、君のほうだろう！」

「そ、そりゃ！　まあ！　好き、ですけど!?　好きでもないのにおさわりタイムとか言ってたら、そんなのダメすぎでしょ！」

「わかった。私が君を触った時間分だけ、触られる代わりに金銭を譲渡するというのはどうだろう。お互いにとっても悪い取引では」

「そんなにわたしに触られるのが嫌か!?」

「嫌なはずがない！　ただ、恥ずかしいじゃないか……！」

「お互い様だから！　わたしの気分も味わってよ！」

ぎゃあぎゃあ言い合う。

それこそ何年ぶりみたいなやりとりに、わたしは思わず頬を緩《ゆる》めた。結局、友達として好きだった相手は、恋人になったところで変わらず好きで。

でも、あれ。そうなってしまうと、紗月さんから告白されて、心情的に断る理由がなくなってしまいそうなので、ちょっと良くない気がした。いや普通は恋人を何人も作らないんだよ！　わたしは普通を捨てたんだけどさ！　ダメダメ！

車が校門前に到着。

ふたりで登校したことへの言い訳としては、通学途中、真唯に拾ってもらったことにしようと決めていた。これならきっと自然なはず。

「ありがとう、花取《はなとり》さん」

そう真唯が運転席に声をかける。黙礼する花取さんを見て、わたしは思わずギクッとした。

そういえば……。

車はふたりきりじゃなかった。運転手さんがいたんだった……。

しかもあの、おそらくわたしを憎んでいるであろう花取さん……！　いや、でもどうだろう。

花取さんは真唯のことが大好きみたいだし、わたしと真唯が付き合うと知ったら、それはそれで応援してくれたりとか……。

真唯が笑いかけてくる。

「実は花取さんはね、基本は朝10時から20時までの勤務時間なんだ」

「ご心配なく。休憩も2時間いただいております」

花取さんが謎の補足をしてくる。わたしは「う、うん」とうなずいた。

「だけど、きょうれな子と通学するんだと言ったら、ぜひ自分に運転手をさせてもらいたいと申し出てくれて。花取さんもよっぽどれな子のことが気に入っているみたいだ」

「恐縮です」

バックミラー越しに、花取さんと目が合った。

まるで花に集《たか》る毒虫を見るような、光のない目をしていた。

ぜんぜん応援してくれそうな気配がない!!!

「は、ははは、そ、そうなんですねー……いやー、嬉しいなー……」

「ど……甘織様。どうぞ実りある一日をお過ごしくださいませ」

今、ぜったい毒虫って言おうとしたでしょこの人。

「あ、ありがとうございます………」

せめて実りある一日は過ごしたいな、とわたしは心から思った。

＊＊＊

なのに、学校についたらついたで。

「あら、甘織さんじゃありませんか。ずいぶんと陰気な顔で歩いていらっしゃるのね」

「げ」

休み時間に、廊下で出くわしてしまった。高田卑弥呼《たかだひみこ》さん。通称高飛車《たかびしゃ》さんだ。

「聞きましたわ。あなた、本日王塚さんとご一緒に登校されたとか。リムジンに乗って、ド派手に朝から全校生徒の目をかっさらったらしいではありませんか」

「そ、そういうつもりじゃなかったですけど……！」

ただ話しているだけなのに、めちゃくちゃ責められているような気になってしまう。なんでわたしがひとりのときに来るんだ！

実際、わたしが真唯と一緒にリムジンから降りると、通学途中の生徒たちからはどよめきのようなものが湧きあがっていた。

その視線は羨望《せんぼう》一色であり、もし芦ケ谷《あしがや》がお嬢様学園なら『まあ、王塚さまと甘織さまですわ！』『お二方、本当に仲がよろしいのね』『ええ、クインテットの方々は、本当に皆さま素敵で、憧《あこが》れてしまいますわ』という会話が巻き起こっていただろう。

わたしは完全に虎の威を借るコアラだったのだけど、真唯とともに浴びる視線はきもちよかった……。これであと半年は元陰キャだとバレずに戦えそう。

なのだけど！　少しイイ目を見たら、すぐこれか！　陽キャ税の取り立てが厳しすぎるよ！

「調子に乗らないでくださいまし」

「ヒッ」

怯《おび》えるわたしに、高飛車さんが顔を近づけてくる。

「あなた方クインテットは、あくまでも暫定同率一位。それも、戦いから逃げている臆病者の集まりですわ」

「に、逃げているわけじゃ……」

「なにか？　反論できる根拠が、甘織さんにはありますの？」

さらに詰め寄られる。こわいよぉ！

頭の中が真っ白になってゆく。

ここで30分ぐらいもらえたら、気の利《き》いた一言も返せるかもしれないのに、現実は無情。止まった時の世界に入門することはできない……。

「あ、あの、えと……わた、わたし……」

わたしがなにも言葉を発せずにいると、高飛車さんはつまらなそうな顔をして。

「ふ、せいぜい首を洗って待っていることですわ。誰が芦ケ谷の頂点に君臨するか、それがわかるときはすぐに来ることでしょう」

鼻で笑って、去ってゆく。

た、助かった……ザコだから見逃してもらえた……。このまま人気《ひとけ》のないところに引っ張り込まれて、暴言を連打されたら、わたしの心が死んでしまうところだった。

なんなんだろ……。辛辣《しんらつ》な態度は紗月さんもそうだったけど、でもぜんぜん違う。ようするに、敵意の有無だろうか。わたし、人のそういうの苦手なのかな……。

とぼとぼと教室に戻ってゆく。

喉元《のどもと》過ぎると、今度は悲しくなってきた。

わたしほんとに情けない……。クインテットに入って、少しは強そうな人とも普通にお喋りできるようになったと思ったのに。責められると目の前が真っ暗になっちゃう。

せめてもっと受け流すとか、かわすとか、そういうことができればよかったのになあ……。

『学年でどっちが上かとか興味ありません!』ってきっぱり言うとか……。

頭の中で何度も時を巻き戻して、言うべきだった台詞《せりふ》を探し続ける。

良くないことだとわかってるんだけど、どうしても止められなかった。

「香穂ちゃん～～……」

「えっ、なに、なになに?」

教室に入ったところに、フリーの香穂ちゃんがいた。わたしはよろよろと前屈《まえかが》みになって、香穂ちゃんの胸に抱きつく。

「どうしたどうした。おーよしよし。いったいなにがあったの」

「もうわたし、一生香穂ちゃんの隣にいる……。そばから離れない……」

「なにプロポーズみたいなこと言ってんの。まさかプロポーズだったりスル？」

「うう、じゃあプロポーズでもなんでもいい……」

ぺち、とおでこにチョップをされた。あ痛。

「まーたそうやって、すーぐ他の女の子にちょっかい出す。こいつめ、こいつめ」

「そ、そんなことしてないし……」

女子同士のコミュニケーションで、抱きついてても別に誰からもなにも言われることはないけど、なんだか恥ずかしくなってきた。立ち上がる。

香穂ちゃんは腰に手を当てて、片目をつむる。

「ま、しょーがない。なんか弱ってるみたいだし、話聞いてあげようじゃん」

「さすが香穂ちゃんわたしの親友～……」

「はいはい、はいはい」

お昼休みに、香穂ちゃんに話を聞いてもらえることになった。これできょうお布団の中で何時間も悲しみのリピート再生をせずに済むかもしれない……。ありがとう香穂ちゃん……！

「ところで、れなちんさ。今朝マイマイとリムジン乗って一緒に登校してきたらしいじゃありませんか。あー羨ましい羨ましい……」

「香穂ちゃんにまで嫌われたら死んじゃうからねわたし!?」

わたしは悲鳴をあげた。誰かの好感度があがれば、誰かの好感度が下がる。この世界はなんて困難なバランスでできているんだ!


ちなみになんだけど、真唯と一緒に登校した件については、紫陽花さんにもしっかりと突っ込まれた。紫陽花さんは「ふふふ、そういうことなんだねえ」となにかを察したみたいに微笑んで、それ以上はなにも言ってこず……。

ふたりのお願いは、基本、お互いには教えていない。もちろん気になるだろうけど、張り合ったり、不公平で喧嘩したりしないように、とのことだ。真唯と紫陽花さんがケンカなんて、わたしはぜんぜん想像つかないけど。

「ちょ、ちょうど道の途中で拾ってもらって」

「わかった。じゃあそういうことだね」

紫陽花さんがにこっと笑う。わたしも不器用な愛想笑いで応じた。うう、恥ずかしい!

「ははあ、高飛車さんに絡まれたわけだ」

「うん……」

お昼休み。グループでご飯を終えた後で、わたしと香穂ちゃんは適当な踊り場で立ち話をしていた。

教室の外に出るのは少し怖かったけど、香穂ちゃんがいるから安心だ。香穂ちゃんさえいれば、どこにでも行ける。わたしのご主人様だワン……。

「そいつは災難だったにゃあ。あたしがいたら、ぺぺっとその場を丸く収めてあげられたのに、守ってあげられなくてごめんね」

「くぅーん……」

香穂ちゃんに顎《あご》の下をわしゃわしゃされて、心の傷が修復されてゆく。

同時に人間の尊厳がグングン失われている気がしたけど、背に腹は代えられない……。なにかを得ればなにかを失う。この世界は困難なバランスでできているのだ……。

「なんであんなにクインテットを目の敵《かたき》にしてるんだろ……」

「上昇志向の強い子は、どこにだっているからにゃあ。あたしから見たら、マイを本気で下剋《げこく》上《じょう》できるって思ってるんだったら、とんでもない自信だけど」

「あ、やっぱりそうだよね」

あちこちのグループに顔を出している香穂ちゃんは、クインテット一の事情通だ。ゲームだったらたぶん、好感度を教えてくれるポジション。

強いもん」

「クラスでは、いちおートップカーストの子たちだね。見た目がよくて、声が大きくて、気が
「わたしB組の生徒のこと、ぜんぜん知らないなあ……。B組では人気があったりするの？」

万馬券どころか、百億馬券……！

「残念ながらオッズは1：1億ぐらいだにゃ」


う……。わたしの苦手なタイプの人たち……！

わたしが顔をしかめたのを見て、なぜか香穂ちゃんが少し嬉しそうに笑う。

「れなちん、人の悪口聞くのも好きじゃなさそうだもんねー」

うん……たぶん、そう。

例えば真唯とか紗月さんとか、知っている人への悪口だとダメージは倍増するけど、そうじゃない人の悪口も聞いててしんどい。

ただそれは、わたしが聖人君子だからってわけではもちろんなくて、人への悪口を聞くたびにぜんぶ自分を顧《かえり》みてしまうからだ。

『あいつ空気読めなくてさー』って話を聞くと、自分は空気を読めているかどうかが気になって仕方なくなるし。『馬鹿のくせに調子に乗ってさ』って会話を耳にすると、わたしテストの点数もそんなによくないから、調子に乗らないようにしないと……。って己《おのれ》を戒《いまし》めたり。

ようは落ち着かないのだ。ここにいない人の話をしてても、わたしが非難されているような

気分になってしまう。

　これは性格がいいとは違うだろう。むしろすごく自意識過剰なのかもしれない……。

「ま、それじゃなるべく悪口っぽくならないよーに言うけど、5oddes《ゴッディス》の子たちはねー」

　香穂ちゃんはそんなわたしに配慮してくれつつ、メンバーの紹介をしてくれた。

　リーダーが高田卑弥呼さん。美人で背が高く、運動神経がいい上に、親がお金持ちらしい。

「しかも勉強がすごくできて、なんと入学以来、決して三位を譲ったことがないのだ！」

「うわあ」

　思わずうめいてしまった。

「それはなかなか、なかなかの話ですね……」

　だって三位って……三位ってことはさあ……！

　香穂ちゃんもウンウンとうなずく。

「しかも、うちのツートップは、他の人には目もくれず、ずっとふたりで勝負を続けているわけだからにゃあ……。あんな風になっちゃうのも、わかるっていうか。でもわかるのと、人に迷惑かけるのはまた違う話だからね、れなちん！」

「あっ、はい」

　共感の沼に落ちそうになったわたしの腕を、ぐっと引き寄せてくる香穂ちゃん。

　う、うん、確かにそうだ。悔しいからって、人に八つ当たりしてもいい理由にはならない。

「他の面々はねー、紗月《サー》ちゃんとキャラ被《かぶ》っているのが、亀崎千鶴《かめさきちづる》ちゃん。アーちゃんとキャラ被っているのが、羽賀鈴蘭《はがすずらん》ちゃん。そしてあたしとキャラ被っているのが、根本《ねもと》ミキちゃんだよ」

「そんなざっくりとした説明ある!?」

めちゃくちゃ驚いちゃった。確かにキャラ被っているなって思ってたけど！　それってみんなの共通認識なんだ……。

それから、三人の話も聞いた。亀崎さんは図書委員で、羽賀さんは生徒会に所属する子。そして根本さんは謎のギャルらしい。謎のギャルて。

「説明は、以上！」

香穂ちゃんがやり切った顔を見せた。後半、すごい適当だったけど……。

「あ、えっと、照沢《てるさわ》さんは？」

わたしとキャラが被って……いや、ぜんぜん被ってないけど！　明るくてかわいくてぜんぜん被ってない照沢さんについて尋ねると。

「んー？　ええと、あの子はねー」

香穂ちゃんが話しだそうとした、そのときだった。

「あっ、い、いた！　大変です、甘織さん、小柳《こやなぎ》さん！」

飛び込んできたのは、いつもわたしを賛美してくれる平野《ひらの》さんだった。

「なになに、どーしたの？」

「うわっ、クインテットの小柳さんがこんなに近くに……！　恐ろしくかわいい……っ！　じゃ、じゃなくて！」

平野さんは邪念を振り払うように首を振ってから、告げてきた。

「琴《こと》さんが、Ｂ組の人たちに連れていかれちゃったんです！」

えっ、紗月さんが……!?


わたしと香穂ちゃんは走っていた。

平野さんはトイレに行く途中で、廊下で紗月さんがＢ組の子に絡まれているところを目撃したらしい。なんとなく不穏な雰囲気を感じて、隠れて眺めていたら、そのまま紗月さんが三人がかりで校舎裏のほうへ連れていかれてしまったとか。

先日の宣戦布告の件もあって、それでわたしたちクインテットに知らせようと、探し回ってくれてたようだ。

「紗月さん、大丈夫かな……！」

「まっ、サーちゃんなら平気だと思うけどねえ」

「うん……」

香穂ちゃんはそう言うけど、わたしは心配だった。

いくら紗月さんが大人びているからといっても、まだ高校一年生の女の子だ。同年代の相手三人に囲まれて、平気でいられるはずがない。

わたしなんて、一対一でも泣きそうだったんだ。紗月さんだってきっと今、心細いだろう。

あの人たちに逆らったりするのは、正直めちゃめちゃこわいけど……。手とか震えちゃうけど！　今すぐ早退してすべてを忘れて眠りたいけど！

でも、だからって放っておけないよ！

わたしのことを紗月さんがどう思っているのかはわからないけど……わたしにとって紗月さんは、大切な友達だもん！

予報通り、午後から空には分厚い雲がかかっていた。

今にも雨が降りだしそうな中、渡り廊下を走り、校舎裏へと向かう。

曲がり角を曲がる。そこには。

泣いている女の子がいた。

「紗月さ――」

思わず声をかけようとして、気づく。

……ん？

「甘織、香穂。なに？　急用？」

「あ、いや…………」

見たままを説明すると、校舎裏の壁際《かべぎわ》に追い詰められたように紗月さんが立っていて、その前に三人の女子――高田さんと照沢さんを除く5oddes の子たち――がいる。

そして女子のひとりはメソメソと泣きべそをかいていて、その両脇に立つ女子が雪山でクマに遭遇したような目で紗月さんを見つめている。

こ、これは…………!?

「サーちゃん大勝利じゃん……」

そういうこと!?

女の子を慰めていたほうのひとりが、こちらも涙目で叫ぶ。

「な、なんでそんな酷《ひど》いこと言えるの……!?　信じらんない！」

「酷い？」

紗月さんが鬱陶《うっとう》しそうに視線を向けると、三人がたちまちビクッと震えた。

ヒッ。わたしも巻き添えで震えた。

「なんの用かと思えば、こんなところまで連れてこられて、あなたたちの心底退屈でくだらない話に付き合ってあげたのに、よく平然とそんなことを言えるわね。厚顔無恥も甚《はなは》だしいわ」

「む、難しい言葉つかって、いい気になっちゃってさ！」

「あら。できる限り馬鹿向けの言葉遣いをしてあげたのだけど、これでもまだ不十分だったのね。私の想定を遥《はる》かに上回る馬鹿だったなんて。よく芦ケ谷に入学できたわね。よっぽど苦手なお勉強、がんばったのね」

「しょ、勝負しなさいよぉ……どちらが上か、決めるためにぃ……！」

紗月さんが発言者を見やる。ロックオンされた羽賀さんはあからさまに狼狽《うろた》える。

「じゃあ、あなたと私で勝負をしましょうか？」

「……え？」

「今ここで勝負をして、それが終わったらもう金輪際《こんりんざい》、あなたは私に関わらないように。なんでもいいわ。あなたが今言いだしたことだもの。さあ、なにをするの？」

「ま、まって、それは」

ずいと顔を近づける紗月さん。

羽賀さんは「ひえ……」とうめき、迫られた分だけ後ずさりする。

「さあ、あなたたちが散々言ってきたことよね。逃げるのは卑怯者《ひきょうもの》、って。……ねえ？」

それはまるで、村娘をかどわかす魔女のような光景であった……。

わたしは一体なにを心配していたのだろう。

三対一だからって、紗月さんが負けるわけないじゃないか……。相手を誰だと思っているんだ。あの琴紗月だぞ……。

「お、覚えておけよ〜〜〜！」

昭和みたいな捨て台詞を吐いて、三人がドタバタと逃げ出していった。

それをしばらく見送ってから、ハッと気づく。わたしは紗月さんに駆け寄った。

そうだ。なんでもないフリをしていても、紗月さんは見栄っ張りだから、実はすごく内心傷ついている可能性だってある。

「ね、紗月さん、大丈夫？　その、怪我《けが》とかないよね？」

「ええ」

紗月さんはさらりと黒髪を払って、昼下がりのコーヒーブレイクとなんら変わりのない平穏な態度。

マジのガチでなんでもなさそうな顔をしているじゃん……。

「もし拳銃でも持ち出されていたら、少しは身の危険を感じたでしょうけれど。所詮《しょせん》は高校一年生の小娘が三人。物の数ではないわ」

「紗月さんも同い年でしょ!?」

「相手より精神的に優位に立とうと思ったら、自分のことは棚に上げておくべきなのよ。それであとは、弱い相手を執拗《しつよう》に狙って各個撃破すればいい。それだけだわ」

いや、簡単に言いますけど、あなた……。

確かにFPSでも、数的不利な状況ではまず相手の人数を減らすことに全力を注ぐべき……。

できるかどうかはともかくとして、セオリー通り……。

紗月さんがこちらに向き直った。

「心配して、助けに来てくれたの？　ふたりとも」

「え？　いや、まあ……」

さっきまではそのつもりでしたけども……。

香穂ちゃんがあっけらかんと笑う。

「必要なかったみたいだけどねー」

「ふうん」

紗月さんは素《そ》っ気《け》なく言った。

「ありがとう」

「う……うん」

なんかこういう風に自然にコミュニケーションしてもらえるのが嬉しくて、なんだかんだ、駆けつけてきてよかったな、という気持ちになってしまう。

香穂ちゃんが人差し指を立てて、笑った。

「ま、これでB組の子たちもみんな懲《こ》りたと思うよ。クインテットの切り込み隊長の刀で真っ二つにされて、しばらくは絡んでこないっしょ！」

素《す》がネガティブなわたしでさえ、そう思っていた。

紗月さんが連れて行かれた件に関しては、即座にグループメッセージで、クインテット内での情報共有が完了し、そして、この件はこれで片がついたのだ、と。

このときは。

＊＊＊

「昨日は大変だったみたいだねえ」

休み時間。紫陽花さんが心に染《し》み渡る温泉みたいな声で、わたしを癒《い》やしてくれた。

きょうは朝から平和な一日を過ごせている。きっとこれから先もずっとそう。

わたしの人生に辛《つら》いことや悲しいことは、もうなにひとつ起きることはなく、残りの高校生活はバラ色なのだった。人生完結！

……というわけで、その一環として、わたしは今、教室で紫陽花さんとお喋りをしていた。

「こう言ったらあれだけど、ターゲットにされたのが紗月さんでよかったのかも……」

もしわたしだったら、数秒でピエーッ！　って泣いちゃってただろうから。

でも、そしたら香穂ちゃんと紗月さんが助けに来てくれたかな？　もう一生の恩義を感じちゃうな。パシリになるよ。

香穂ちゃんが言うには、紗月さんが狙われたのは単独行動が多かったからだろう、とのことだ。それは確かにそうなんだけど、クインテットでいちばんケンカ売っちゃいけない人が紗月さんじゃない？

「ね、目をつけられたのが紫陽花さんだったら、どうしてた？」

「私かあ」

紫陽花さんは白い雲を追いかけるみたいに視線を浮かべると、こてんと首を倒して。

「とりあえずは、お話ししてみるかな。お昼休みだったら時間もあるだろうから、どうしてこんなことをしたのか、いろいろ聞いてみたりすると思う」

「あ、相手が聞く耳をもたなかったら……？」

「んー。やっぱりそれでも、辛抱《しんぼう》強くお話を聞いてみる、かな。だって見知らぬ人じゃないし、同じ学校の生徒だもん」

わたしは紫陽花さんが女子に囲まれて敵意を向けられている光景を想像する。

なんか、悲しくなってくる……。

「で、でもやっぱり、危ないと思うなあ……」

「大丈夫、大丈夫。私ね、中学生のときは、けっこうそういう場面に遭遇したこととか、あったんだから」

紫陽花さんの発言に、わたしは驚愕《きょうがく》した。

「そ、そうなの!?」

「うん。仲裁とか、何度かしたことあるよ」

ぜ、ぜんぜん想像つかない。紫陽花さんが、ケンカの仲裁……？　どういうこと。

「中学時代の紫陽花さんって、もしかして……」

「え？」

まさか紫陽花さんって、昔は荒れてた……とか!?

一瞬、髪を金色に染めてプリン頭になった紫陽花さんが浮かんだ。ヘソ出し姿に超ミニのスカートを穿《は》いて、でっけーストラップをカバンにつけた目つきの悪いヤンキー紫陽花さんだ。

ひょっとしてそっちの意味で高校デビューしたの？　紫陽花さん……。

「ど、どんな人だったの？　中学の紫陽花さんって」

わたしのろくでもない想像をよそに、紫陽花さんは「ふふっ」と笑う。

「ナイショ」

やっぱりヤンキーだったんですか!?　紫陽花さん！

そうか、だとしたら様々な謎も氷解《ひょうかい》してゆく……。

紫陽花さんが家族思いなのも、不良は家族に優しいものと相場が決まっているから……！

ポジティブで案外ノリがいいのも！　裏表がないのも！　ぜんぶヤンキーだから！

「あー、なんだかれなちゃん、ヘンな想像してそう」

「そ、そんなことは」

紫陽花さんはくすくす笑っている。

「中学校ではね、生徒会長やっていたんだ、私」

「へ、へー……って、生徒会長!?」

そんなの、学校内でトップの中のトップじゃん！

そうか、生徒会長は生徒会長として生まれてきて、生涯、生徒会長をやるものだと思っていたけど……。生徒会長だって、高校に入ればリセットされて、一般生徒になるのか……。

「びっくりした?」

「う、うん……。でも、言われたら言われたで、すごく腑に落ちたっていうか」

元生徒会長さま……。縁遠い人種だったんだな、紫陽花さん……。

「あ、だからって、校則にガミガミうるさく言ったりしないからね」

「う、うん、そうだね」

芦ケ谷はある程度、常識の範囲内で制服のカスタムが容認されていて、紫陽花さんも学校指定じゃない細いリボンをつけている。

似合っててかわいいけど、率先して校則を守る立場の生徒会長がするファッションではないと思う。その緩さが、なんか紫陽花さんっぽい。

生徒会長かあ……。

「紫陽花さんが生徒会長だったら、生徒みんな大ファンになっちゃいそう」

ファンクラブができたりさ。っていうかなんだったらわたしが作っちゃう。

そしてファンクラブ内で上下戦争が巻き起こり、発足人であるわたしは後から来たスクールカースト上位の女の子に凄《すご》まれ、すごすごと会長の座を明け渡してしまうのだ……。やがてファンクラブにすら居場所がなくなったわたしは引きこもることに……。

　妄想ですら報《むく》われない幻覚を見るのはやめよう！

　紫陽花さんが指でちっちゃなハートを作った。あ、かわいい！

「れなちゃんも、私のファンになっちゃう？」

「なっちゃうなっちゃう。紫陽花さんの真似コーデしたり、髪型とか似せちゃうかも」

「えーなにそれ、すっごいかわいい。しよしよ」

　両手を胸の前で合わせて、にっこりする紫陽花さん。かわいいのは紫陽花さんなんだよ。

　でも、紫陽花さんのコスプレをするわたしか……。鏡を見たら我に返って死んじゃいたくなりそう。自分を瀬名紫陽花と思い込む甘織れな子は、もう犯罪なんよ。

　そこに、真唯がやってきた。

「なんだか楽しそうな話をしているね」

「うん、真唯ちゃん。そういえば真唯ちゃんって、中学校の頃は部活とかやっていたの？」

「私はなにかやりたかったんだけど、家庭の事情で許されなくってね。どこかの部活に入らなければならなかったから、紗月のいる文芸部に籍を置かせてもらっていたよ」

「わあ、紗月ちゃんと真唯ちゃん、同じ部活だったんだ」

「別に、同じってわけじゃないわ」

紗月さんも会話に加わってきた。昨日、大暴れした大怪獣サツキドンだ。

「真唯は気が向いたときにだけやってきて、適当に過ごしていたじゃない。私の勧《すす》める本だって、ぜんぜん読まなかったくせに」

「君は読書家だからね。私はそのペースに追いつけなかったんだ」

「ものは言いようだわ」

するると、紫陽花さんがわたしに話を振ってくださる。

「れなちゃんは、中学校では部活動とかやっていたの？」

「え!? わ、わたしですか？」

やばい。この流れはもしかしてと薄々危ぶんではいたものの……！ どうしようか。いや、真実を隠しながらも決して肝心なところは語らず、誤解させるテクニックを用いよう。

「わたしはね、一応、バスケ部に所属していたよ」

「ええー、そうだったんだ。なんだかちょっと意外」

「あ、あんまり真面目《まじめ》には出なかったけどね。うん……」

そう、入部初日に顔を出して、そこから一ヶ月ぐらい筋トレさせられる生活がつらくて、もう行かなくなって転部願いを出したことを言い換えてみた。これがコミュ力です。

「れなちゃん、バスケ経験者だったら、心強いね」

「え？ あ、うん。そうですね」

頭にハテナマークを浮かべつつ、うなずく。

なんの話だっけ。体育の授業かな。

「うん、確かに」と真唯も同意する。紗月さんは興味なさげに席に戻っていった。

いったいなんのことか。それは次のホームルームですぐにわかった。


黒板に書かれている種目。そこには、ソフトボールとバスケットボールとあった。

女子は全員、この二つのどちらかから選ばなければならないというわけだ。当然、わたしはソフトボールを選びたい。だって個人の責任がバスケに比べて軽そうだから……！

なのに、だ。わたしの名前はバスケットボールの下に書かれている。

どうしてこうなった!?

わたしがわなないている間にも、ホームルームは進行してゆく。

クラス委員の清水《しみず》くんと香穂ちゃんが黒板前に並んで立ち、ノリノリで名前を記入する。

「ふんふふーん、やるからにはやっぱ勝ちたいよねー！」

くそう！

ここでわたしが『えー、だるいからソフトボールがいい笑』って言えば、おそらく通るだろう。なんたってわたしはクインテットの甘織れな子。クラスの上位！　カースト！　女子！

だけど……。

上位カーストというのは、たとえば顔がかわいかったり、話が面白かったり、勉強ができたり、おしゃれだったりするものだ。だからこそ人々の敬意を集めて、貴族的な地位に収まることができる。

つまり、日和《ひよ》った態度やナメられる行動ばっかりやっていると、それはスクールカースト上位としてふさわしくないということで、みんなからの反感を買い、最終的にはクインテットのグループからもつまはじきにされてしまうのだ！

だって、クラスのみんながわたしに期待しているわけだし！　元バスケ部なんて言ってしまったから！

どこがクインテット権限の使いどころか。それをしっかりと見極めなければならない……。

いやしかし、それは今なのか……？　どうなんだ……？

わたしが成り行きを見守っていると、バスケチームのメンバーが決定した。成り行きを見守りすぎた気もするけど、しかし静観はわたしの状況を著《いちじる》しく好転させた。

バスケ五人の枠の中に、クインテットが三人。

わたしと香穂ちゃん、それに紗月さんだ。

「ソフトボールはマイマイに無双してもらうとして！」

「できる限りのことはしよう」

真唯が胸を張ると、ソフトボールを選んだ女子たちが一様にほっとした顔をする。紫陽花さんがぱちぱちと手を叩いた。

「さっすが真唯ちゃん」

「ふふ、君にまでそう言われると、普段以上の実力が発揮できそうだ。よし、わかった。ならば私がA組に勝利を進呈することを誓おうじゃないか」

ソフトボールを選んだ女子たちが、もはや恋するような視線を真唯に注いでいた。芦ケ谷のスーパーダーリン……！

「そして！」

さらに香穂ちゃんがバンと黒板を叩く。

「バスケチームには我がクラスの二大エースがひとり！　サーちゃんを配置することによって、どちらも穴のないA組最強のフォーメーションが完成するというわけだよ！」

個人的には真唯と紗月さんのバッテリーも見てみたかったけど、それは紗月さんが嫌がりそうだし。ていうか、紗月さんにはうちのチームにいてもらいたいし！

「うちのクラスの女子、強すぎね？」

腕を組んだ清水くんが、しみじみとつぶやいた。男子たちも皆、同意している。（ちなみに男子はフットサルとバレーボールをやるらしい）

「よっしゃ、みんな、がんばろうねー！」

えいえいおー、と香穂ちゃんがひとりで拳を突き上げる。反応がなかったことが不服だったのか、わたしめがけて指を突きつけてきた。えっ!?

「がんばろうね、れなちん！」

クラスの注目が集まる。えっ、えっえっ！

慌てて、香穂ちゃんを真似て拳を突き上げた。

「え、えいえいおー？」

「そう、そゆこと！」

香穂ちゃんがにっこりと親指を立てた。クラスに楽しげな空気が流れる。よ、よかった……。

正解だったみたいだ。

チーム分けも完了し、球技大会は再来週。それまでにわたしも、せいぜい紗月さんと香穂ちゃんの足を引っ張らない程度には練習しておかないと……！

しかしここから先、まさか球技大会があんなにも負けられない戦いになるとは……。

わたしの人生、順風満帆《まんぱん》なんじゃないんですか……!?　真唯や紫陽花さんといっぱいデートして楽しいだけの高校生活で、もういいじゃないですかー！　やだー！

へ グループ名『5déesseの間』（4）

その2

クイーン：……。
クイーン：まるでお通夜ですわね。
鶴ちゃん：うう……。
鶴ちゃん：あの人、ひどい……なんであんな心ないことが言えるの……？
鶴ちゃん：まるで泉みたいに罵詈雑言《ばりぞうごん》が湧き出してきて……。琴紗月《ことさつき》ぃ……。
クイーン：……そんなに、してやられたんですの？
姫百合：もう、大変だったんだからね！　あいつは悪魔だよ、悪魔！
クイーン：ただの王塚真唯《おうづかまい》の腰巾着《こしぎんちゃく》ではなかった、ということね。
鶴ちゃん：もしかして……。
姫百合：？
鶴ちゃん：あの女……。王塚真唯に金で雇われた、ボディーガード……。
鶴ちゃん：いや、殺し屋なのでは……？

姫百合：!?
クイーン：そんなまさか。
鶴ちゃん：あのときの眼光。あれはまさしく、人を殺していなければ説明がつかないわ……。
姫百合：どうりで……！
姫百合：でもそうしたら、どうすればいいの!?
姫百合：王塚真唯を倒したら、殺し屋に狙われちゃうよ!?
鶴ちゃん：いいえ、逆よ、羽賀《はが》。
姫百合：!?
鶴ちゃん：王塚真唯をカーストトップから転落させることによって、その求心力を失わせることができれば……！
姫百合：金で雇われている琴紗月は、金でこちらに寝返る……!?
鶴ちゃん：じゅうぶんにありえる、現実的なビジョンだわ。
クイーン：そうかしら……。
姫百合：つまり……やるしかない、ってことだね……。
鶴ちゃん：そう。そしてそのためにはまず、クインテットの戦力を削《そ》ぐ必要があるわ。
鶴ちゃん：だとしたら、狙うのは──。

第二章　地道な練習とか、わたしにはムリ！

学校帰り、スポーツ用品店でバスケットボールを買った。

自分専用のバスケットボールだ。

幼い頃の記憶が蘇《よみがえ》る。小学校の体育の時間。みんなで思い思いのボールを持って、体育館でボール遊びをしていた記憶。

大きくてゴツいバスケットボールが格好良くて、わたしはひとりで遊んでいたかったんだけど、でもボールの数が少なかったから、独り遊びはだめだよって言われて、ムリヤリにバスケをする集団に入れられてしまって。
4、5人ぐらいでボール回しをするものだから、わたしがバスケットボールに触れられる機会は少なくて、なんだか思ったのとは違って、悲しかったなあ。
中学でバスケ部に入ったのも、その影響だったんだろうな。そしたら今度はボールに触らせてもらえなくて、人間関係もうまくいかず、またすぐ辞《や》めちゃったんだけど……。

帰り道。自分だけのバスケットボールを撫でながら、ふと思う。

こうして、ボールを買えば、いくらでもひとりで遊べたんだよね。

わたしはぜんぜんその考えに思い至らなかった。だってバスケットボールは学校のもので、学校でやるのが当たり前のことだと思っていたから。

ＳＮＳにひとりで書き込んでみた日のこと。初めてパソコンでゲームをした日のこと。自分で自分の前髪を整えてみた日のこと。ぜんぶ『あっ、それやっていいんだ!?』の繰り返し。

こんな風に、一歩一歩自分の世界を広げてゆくのだなあ、と他人事《ひとごと》みたいに思って、わたしはおうちについた。

明日は帰ってきたら、近所の公園にボールを持っていこう。自分だけのバスケットボールが嬉しくもあり、少しだけ気恥ずかしくもあった。

家からちょっと歩いた先。閑散《かんさん》とした市民公園のグラウンド。

二面あるバスケットコートには、学校のジャージを着たわたしがひとり。

だむだむだむ……。ボールが地面を叩く音が響いている。

な、なんか……恥ずかしい……！

こういう、お外でひとりプレイしているようなスポーツ選手って、基本上手《うま》いっていうか、なんか孤高の努力家！　みたいなイメージあるのに……。

わたしはおたおたとした手つきで、ただひとりドリブルをしているばかり……。

犬の散歩しているご老人や、学校帰りの若者が通りがかるたびに、妙に汗かいてしまう。下手《へた》が下手なりにがんばっているよ、ぷっ、みたいな。

あー微笑ましいですねー、みたいな。そんな幻聴が聞こえてくる。

ヤダヤダ……人に見られるんだったら、もっともっと上手になってから公園デビューしたかった……。お部屋で一年ぐらいドリブルの練習をしてから、とか……！　球技大会は終わっちゃうけど！

せめて、誰か一緒に付き添ってくれてたら、もうちょっと人の目も気にならなくなるだろうに。ひとりはつらい。誰でもいいから、誰でも……！

そんな風に思っていると、チリンチリンとベルの音がした。びくっとして振り返る。

「やっほー」

「──か、香穂《かほ》ちゃん！」

わたしは顔を輝かせた。

「どんな武器でもいいって思ってたら、環境武器の最強アサルトライフルが落ちてた気分！」

「ぜんぜんわかんないけど、喜んでくれているってことはなんとなくわかる」

自転車を停めた香穂ちゃんが、てくてくとやってくる。

香穂ちゃんもジャージ姿だ。ただし、下はプリーツのジャージスカートになっていて、動きやすそうな上にオシャレだった。クインテット！（感動したときに出る言葉）

「ど、どうして香穂ちゃんがここに……？」

「そんなキラッキラの期待を込めた目で見られると『たまたま通りがかっただけ』ってボケづらいにゃあ……」

香穂ちゃんは、しかしスマホを突きつけてきて。

「そもそも、あんな『きょうからバスケの練習するね！　公園で16時半から練習するね！　ひとりで練習してくるね！』なんてメッセージ連打してきて、どうしてもこうしてもないでしょうが！　チラチラがえぐい！」

ひん……。でも来てくれるなんて思わなくて……。

ちなみに同じことを紗月《さつき》さんにもやったんだけど、そっちは鬼スルーされている。

「ありがとう、ありがとう……やっぱり香穂ちゃんはわたしの大親友……」

「まったくもう、調子のいい女だにゃあ……。いーけどね、あたしだって練習したかったし。これでれなちんの残り大親友ポイントは20ポイントです」

「大親友ポイントってなに!?」

急に知らない設定出てきた。

「あんまり都合良く消費されると、大親友から友人に降格し、知り合いになり、赤の他人になります」

「今回で、どれぐらい消費したの……？」

香穂ちゃんは指を一本立てた。

「100ポイントぐらい」

「もうあと20ポイントしかないじゃん!? 香穂ちゃん今すぐ帰って! メッセージもぜんぶ消すから! わたしひとりでがんばるから!」

「まあ冗談として」

あたしをおちょくってスッキリしたかのように、八重歯《やえば》を見せてきて笑う香穂ちゃん。ぐぬぬ……また手玉に取られてる……。

「へいぱすぱす」

「あ、うん」

確か胸の前から、突き出すみたいに、と。

ぽい、とボールを放る。

香穂ちゃんはぱしとキャッチして、その場でドリブルを始めた。人のドリブルの出来映《できば》えがわかる職人などではありませんが、なんとなくサマになっている気がする。あるいはそれは、単純にべらぼうにかわいい香穂ちゃんがやっているからかもしれない。

「よっしゃ、れなちん、来いっ」

「わ、わかった!」

わたしは腰を落として、香穂ちゃんに突っ込んでゆく。ディフェンスならそれなりに自信があるんですよ！　普段、ＦＰＳで反射神経鍛えてますから！

　手を思いっきり前に出して、ボールを鮮やかにカット！（すかっ）

「……」

「にゅふふ」

……カット！（すかっ）

カットカットカット！（すかすかすか）

香穂ちゃんは器用にボールを左右に動かすと、あっという間にわたしの横を抜き去っていった。ああっ。

　そのまま、ゴールに向かってジャンプシュート。放物線を描いたボールは、すぽっと見事にネットを通過した。

「おっ、入った」

「えええええ……」

　わたしは唖然としたまま、そのボールの軌跡を目で追いかけていた。そ、そんな。

「香穂ちゃん、こんなにバスケうまかったの……？」

　転がっていったボールを拾い上げた香穂ちゃんが、胸を張る。

「ま、今はバスケ選手のコスプレしてるからカナ」

「そんなばかな！　それができるんだったら香穂ちゃんこの世のすべてで無双できるじゃん！

コピー系能力者かよ！」

「うける。れなちんはリアクションが大きいにゃあ」

香穂ちゃんを楽しませるためにやっているわけじゃないんだけど……！

「コスプレはともかく、あたしそこまで上手じゃないよ。人並みよりちょっとできるぐらい。

つまりこんなあたしに手も足も出ないれなちんは」

「わたしは」

香穂ちゃんが口元に手を当てて、八重歯を覗《のぞ》かせながら「ぷぷぷ」とあざとく笑う。

「ざこ♡　ってこと♡　ざーこ♡」

「こいつぅ！」

わたしは再び香穂ちゃんに挑みかかった。

もう手加減してやんないからな！　わからせてやる！

しかし……。


「れなちん、よわよわ♡　体力なし♡」

「あたしにぜんぜん勝てないじゃん♡　負け負け♡　まーけ♡」

「あーあ、まーた負けちゃうねえ♡　れなちん、ほんっと負けるの大好きだねえ♡」

わたしは地面に突っ伏しながら、叫んだ。

「ちくしょうー！」

ぜんっぜん勝てない……。もう20連敗ぐらいした。なんなら、一度もボールに触れていない。降り積もる屈辱《くつじょく》の雪に、腰まで埋まってしまった気分だ。

香穂ちゃんが舌を出して笑う。

「ごめんごめん、あんまりに楽しくて、やりすぎちゃった。そこまでボコボコにするつもりはなかったんだよ。よちよち、よちよち」

そのちっちゃな手で、わたしの頭を撫でてくれる香穂ちゃん。

飴《あめ》と鞭《むち》があまりにも露骨だよぉ……。なのに、優しくされると嬉しくなっちゃうよぉ……。どこを刺激すれば、どこが反応するか完全に知り尽くされているみたいに、わたしの脊髄《せきずい》を香穂ちゃんにコントロールされている……。

ちくしょう、ちくしょう……なおさら悔しい……。

「もう香穂ちゃんとバスケやんない……」

「えー？　拗《す》ねちゃったにゃ？　れなちん、拗ね拗ねれなちんちゃん？」

「つーん」

頰を膨《ふく》らませたまま、そっぽを向く。香穂ちゃんを困らせてやるんだもん。

「れなちん、れなちん、れーなちん。こーっちむーいて♡」

つんつんとつつかれても、反応なんてしないぞ。く、くすぐったいけど。

頰にぴたと手を添えられた。む。

そのままゆっくりと香穂ちゃんの方を振り向かせられる。

「うえっ」

びっくりするほど近くに、香穂ちゃんの顔があった。

じーーーーっと視線の熱さがすごすぎて、わたしの顔が一瞬で燃え上がる。ひっ。

トドメに美少女の上目遣《うわめづか》いと、ウィスパーボイスのようなささやき声。

「れなちん……ごめんにゃ。反省しているにゃ。許してほしいにゃあ……」

真っ正面から脳を揺さぶられる。

「うううううう……許す……」

「やったー、だかられなちん大好きにゃ♡」

香穂ちゃんに頭をポンポンされる。

こないだの土下座といい、謝罪のバリエーションが豊富で、しかも一個一個が必殺の一撃みたいな威力だ……。こんなの理由なく泥水を頭からかぶせられても許しちゃう……。

だめだ。陽キャモードの香穂ちゃんと相対《あいたい》すると、なにひとつわたしの思い通りに事が運ばない。スーパーお嬢様に振り回されるメイドみたいな気持ちになってきた。

「香穂ちゃん、とりあえず今、眼鏡になろっか……」

「スポーツしとる最中なのになぜ!?」

そのほうが、わたしが香穂ちゃんの上に立てるから……！

なにひとつ生産性のある意見をひねり出せず、わたしはうなだれた。香穂ちゃん強い……。

勝てない……。

「っていうか、さっきから引っかかってるんだけどー。れなちんさ。遠慮してない？」

「遠慮？」

はてさて。

「なーんかディフェンスのプレッシャーを感じないっていうか、へっぴり腰っていうかさ。距離あるんだよね。もっとぴったりとくっつかないと、手も届かなくない？」

「そ、それは」

ドキッとした。もちろん心当たりある。

だって……。

「そしたら、香穂ちゃんの体に触っちゃうかもしれないじゃん……！」

「いやいや、いやいやいやいやいや」

真顔で手を振られた。

「スポーツってそういうもんでしょ!?」

「そんな！　どさくさに紛《まぎ》れて香穂ちゃんにボディタッチするとか！　恐れ多い！」

「こないだあたしに抱きついて慰《なぐさ》められてたじゃん!?」

「あれはあれ！　緊急事態だったから！　これはこれだよ！」

なぜわからないいんだ！

ドリブルしている香穂ちゃんのまっすぐな瞳が、一挙一動を余さずにわたしのすべてを見通すようにこっちを見つめてきて、そんなの照れちゃうし……。しかも香穂ちゃんすっごく体細いから、触れたら押し倒しちゃうかもってなるし……。

つまり、ようするに。

「香穂ちゃんがかわいすぎるから悪いんだよ！」

公園のバスケットコートにわたしの叫びが響く。

そこで香穂ちゃんの瞳が妖《あや》しげに輝いた。

「へー♡」

「うっ！」

また墓穴を掘った気がする！

香穂ちゃんが小悪魔デビルな笑みを浮かべて、両手を広げた。

「よっしゃ。それじゃおいで」

「なにが!?」

「これは女体《にょたい》に慣れる特訓」

「わたしも女体なんですけど!?」

自分の体をぺたぺた触ってみせるけど、香穂ちゃんは認めてくださらなかった。

「れなちんがそのままじゃ、同じバスケチームのあたしが困るでしょ！」

「うっ！　そ、それはそうだけど！　でも相手チームにはきっと香穂ちゃん並にかわいい子とか、いないし！」

「いたらどうすんの！」

「いません！　香穂ちゃんは世界一かわいいよ！」

「だとしても」

香穂ちゃんは自分が世界一かわいいことを難なく受け入れつつ。

「相手がどうであろうと、れなちんはどーせ触れないね。だって練習でできない人が、本番でできるわけないんだから。あたしだって撮影会の前は、いっつもひとりで鏡とカメラ使って、映《ば》えの研究してるし！」

コスプレイヤー香穂ちゃんの努力まで意見に上乗せされて、わたしは撃沈した。

「わかったよ！　わかったってば！　やるよ！　やればいいんでしょ！」

その代わり、後悔するなよ！

わたしは眼鏡香穂ちゃんの体を洗ったこともあるし、それになにより、真唯《まい》にはおさわられタイムでたっぷりと体をあれこれしたんだ！　したかな？　したことにする！

だったら陽キャ香穂ちゃんのひとりやふたり……。また『にゃっ』みたいな声をあげさせてやるからな！

「このぉ……」

わたしは香穂ちゃんの二の腕をぷにっとつまんだ。とても柔らかい。あまりにも細い。だめだ。もう恥ずかしくなってきた。

「もっともっと！」

「え、えい！」

今度は脇腹にタッチする。ふにっと柔らかく、だけどしっかりとした肉の感触があった。否応《いやおう》なく、背中を流したときの香穂ちゃんの裸体がまぶたの裏に浮かぶ。

「そんなんじゃぜんぜんだめだよ！　オフェンスに突破されちゃうよ！　全力でぶつかってきなさいよ！　ドーンと！」

「わ、わー！」

香穂ちゃんが体ごと突っ込んできた。ぶちかましを食らって、わたしは後ろ足で踏みとどまる。まんま、香穂ちゃんを抱きしめるような形になってしまった。

運動してたから、香穂ちゃんの体はぽかぽかで、小動物を抱いたようなきもちよさが……！

っていうか、香穂ちゃんがめちゃめちゃ押してくる！　ちょ、ちょっと！

「どっせーい！」

「うわうわうわうわ！」

恥ずかしがっている場合じゃない。全力で対抗しないと、地面に転がされる。

わたしは香穂ちゃんの華奢《きゃしゃ》な体を抱きしめながら、思いっきり歯を食いしばって、まるで相撲を取るみたいな形になっちゃって。

でも。ちっとも耐えられず、そのまま押し倒された。うわあ！

背中を軽く打ちつける。いたた……。

ゆっくりと顔をあげると、香穂ちゃんはちょこんとわたしの腰の上に馬乗りになっていた。

乗っかられているはずなのに、ぜんぜん体重を感じないのは、香穂ちゃんが軽すぎるからだ。

体をまたぐように女の子座りをして、わたしの胸の上に手を置いている。

こ、この体勢はやばすぎじゃないですか……!?　いろいろと……！

くっ……。顔を背《そむ》ける。

「れなちん」

「なんですか――……」

むにむにと胸を手のひらで押される。肺が圧迫されて息苦しいですよ……。胸を触るのなら、もうちょっと優しく……。いや！　それも困りますけど！

香穂ちゃんがぼんやりとした顔で告げてきた。

「あたしに乗られて顔真っ赤にしているれなちん、なんかめっちゃエロいね」

「納得いかないー！」

わたしは飛び起きる。上に乗っていた香穂ちゃんが「わひゃ」と後ろに倒れていった。


とりあえず……。香穂ちゃんの荒療治《あらりょうじ》で、女体には少し慣れた……気がする……。どちらかというと、このやろー！　って気持ちのおかげだけど……。

それからまたちょっとオフェンスとディフェンスを交互に練習して、わたしと香穂ちゃんはベンチに座って火照《ほて》った体を休めていた。

「ふへー、疲れたねえ」

「つ、疲れました……」

「れなちんはテク磨くこともさておき、もうちょっと体力つけなきゃかもね」

「これがFPSの世界なら、キーを操作するだけで何時間でも走り続けられるのに……」

わたしが苦しげにうめくと、香穂ちゃんが「ゲーム脳だにゃ……」とつぶやいていた。

辺りは暗くなっていた。外灯の明かりに照らされた香穂ちゃんは、今までとちょっと違ったしっとりとした雰囲気で口を開く。

「れなちんさ、マイマイやアーちゃんとは、あれからどう？」

「どう、って」

視線を向けると、香穂ちゃんは微妙に首を傾けて、顔を見せないようにしてきた。

「ほら、言ってたじゃん。不安だよーって。学校では、別になんでもなかったような顔で、振る舞っているみたいだけど」

ああ、うん。

「まあ……その節《せつ》は、聞いてくれてありがとうね……。今はなんか、ボチボチやってます」

前に頭突きされたところがじんじんと痛みだしたような気がして、おでこをこすった。

「ふーん……」

一拍の間を置いたあとで。

「あたしは中学からコスプレやってて、男女関係のごたごたとか、噂話とかでけっこう聞いてきたから、三人で付き合うとか、ぜったいうまくいくはずないって思ってるけど」

「う……。それは、まあ、はい」

「でも、昔っかられなちんは、あたしの想像の及ばないことばっかりしてきたから、もしかしたら、って思う気持ちもある」

「それは」

応援してくれてるんだろうか。わたしの無謀な挑戦を。

鼻先に指を突きつけられた。むえ。

「勘違いしないでにゃ。これはあくまでもれなちんの友達としてのあたしの意見。一般ＪＫとしてのあたしとか、マイマイ推《お》しのあたしとかは、非難ごうごうだからね！」

「う、うん」

「ただあたしは、れなちんみたいに、真剣に恋人について考えたことなんてないから、れなちんの決めたことを常識的にとか言って非難するのは、なんか違うなって思っただけ！」

立ち上がった香穂ちゃんが、その場でゴールに向かってボールを投げる。

ボールはゴール手前で失速。地面を転がってゆく。

「香穂ちゃんは、恋人がほしいって思ったことないの？」

「マイマイのことは、あれはノリでっていうか、陽キャのコスプレするなら恋人ぐらい作っておくべきかなって思っただけで、深い意味はなくて！」

「でも、好きって」

「好きは好きだけど！　そういう好きじゃないっていうか！　あたしは、まだれなちんみたいに好きとかアイしてるとか、よくわかんないっていうか！」

香穂ちゃんがボールを拾いに走ってゆく。

薄明かりに照らされた顔は、赤くなっている気がした。

「つ、つまり！　泣き言言ってもいいし、あたしが聞いてあげるけど！　マイもアーちゃんもあたしの大切な友達なんだから、ちゃんと幸せにしないと、ゆるさないんだからね！」

「香穂ちゃん……」

その言葉に、気づかされた。

そっか、こういうこともあるんだ。

恋愛は当人同士の出来事で、第三者は関係ないって思ってたけど。

でも、真唯や紫陽花《あじさい》さんにだって大切な人がいて、ふたりの幸せを願っている人にとって、
わたしの存在は、あやふやで不安定なわけで。

ただの恋人同士ならまだしも、『普通じゃない道』を選んでしまったわたしは、めちゃめちゃ叩かれる要素まみれだったりして。

これって……普通の恋人よりさらにうまくやらないと、周りのみんなは納得してくれないのでは……。

『あんなやつ止《や》めておきなよ』とか『もっと他にいい人いるでしょ』とか、ぜったいに言われちゃうよね……。そして、大切な人からそんなことを言われたら、真唯や紫陽花さんはきっと嫌な思いをしちゃうよね…………。

そう言わせないようにするのは、わたしのがんばり次第でどうにかなることなのかな……？

わかんない……。思わぬ角度からの、さらなるプレッシャーを感じる……。

でも、今は弱音を吐く場面ではないはずだから。

「うん……。ちゃんと幸せに、してあげたい……と、思ってる……」

わたしは小さくうなずく。

「声ちっちゃいにゃあ……」

あきれた顔の香穂ちゃんは、ボールをもてあそびながら。

「ま、でも、あたしだってゼロからコスプレイヤーになりたいって思って、そんなの誰に非難されても、反対されても、こなくそーって思ってたわけだし。だったられなちんのこともあたしのスタンス的には応援せざるをえないっていうか……。そういう感じだから！」

「うん」

ちゃんと香穂ちゃんの気持ち、伝わっている。

励ましてくれているんだって、わかるから。

わたしは顔をあげて、頼りないかもしれないけど、笑った。

「ありがとう、香穂ちゃん」

「ン！」

大げさにうなずく香穂ちゃん。

「ただ、あんまりマイマイやアーちゃんばっかり構って、あたしのことまーた忘れちゃうようだったら、それもゆるさないかんね！　あたしとも遊ばなきゃだめだから！」

「も、もちろん！」

わたしは立ち上がって、拳をぎゅっと握りながら訴える。

こっちはちゃんと自信をもって言える！

「だって香穂ちゃんと再会して嬉しかったし！　これからももっともっと香穂ちゃんと仲良くなりたいし！　恋人と友達はわたしの中ではまだまだ別物で、香穂ちゃんと一緒にいる時間はかけがえのないものだって思っているから！」

「な……なら、いいけど……にゃ」

香穂ちゃんはボールを掲《かか》げて口元を隠しながら、ぼそぼそと言う。

「だったら……その、明日とかもあたし、空いてるんだけど。一緒にまた、公園でバスケの練習トカ……する？」

まるで、おねだりするみたいに問いかけてくる香穂ちゃん。

撫でて撫でて、とすり寄ってくる仔猫のような愛らしさに対してわたしは。

思いっきり目を逸《そ》らす。

まことに申し上げにくいのですが……。

「すみません……明日は、紫陽花さんと、や、約束がありまして…………」

ボールを投げつけられた。

「れなちんのドスケベぇ！」

「違うからぁ！」

＊＊＊

わたしが駆け寄ると、お店の前にいた女の子の表情が、ぱぁっと華やぐ。

「れなちゃん」

「ご、ごめん、ちょっと遅れちゃって」

「ううん、大丈夫。なんのメニューにするか悩んでたから」

香穂ちゃんとバスケの練習をした翌日の放課後、わたしはカフェの前で紫陽花さんと待ち合わせていた。

最近、学校近くに新しいカフェがオープンしたので、いきたいねーってふたりで話していたお店だ。

中を覗く。できたばっかりということもあって、芦ケ谷《あしがや》の生徒がいっぱいいた。混雑具合はそこそこといったところ。

店内に入ると、奥側の席に通された。

紫陽花さんと向かい合わせに座って、人心地つく。

「いやー実は、帰りにまた高田《たかだ》さんに、下駄箱のところで絡《から》まれちゃって……」

「ええっ、大丈夫だった?」

「うん、人目も多かったし……。ただ、まだ勝負のこと諦《あきら》めてないみたいで……。もう球技大会のメンバーも決まっちゃったっていうのに」

「私と真唯ちゃんはソフトボールで、れなちゃんたちがバスケットになったもんね」

「うん」

つまり、クインテットのメンバーがばらけた以上、高田さんチームとの直接対決は、もはや実現不可能というわけだ。今から粘られたところで、メンバー変更ができるわけでもないし。

ほんと勘弁してほしい。

って、わたしが辛気臭《しんきくさ》い顔してたら、紫陽花さんが気にしちゃう。スマイルスマイル。

「ま、ままま、甘いもの食べて、なにもかも忘れちゃおう！」

メニューを裏返して、紫陽花さんに見せる。

「う、うん、そうだね。せっかくのデート……だもんね」

微笑みながら頬を赤らめる紫陽花さん。

「えっ？　あっ、はい、そうですね！」

『デート』の小さな一言が、わたしの心に緊張という感情を呼び起こす！

そうか、デート……！　デートか、デート！　意識すると意識しちゃうから、意識しないようにに香穂ちゃん相手にも『約束がある』なんて婉曲《えんきょく》な言い回しをしたのに！

ってていうか。

「これ、付き合って初めてのデート……!?」

「えっ、う、うん……。そ、そーかも」

コクコクとうなずく紫陽花さん。

その様子を見るだに、紫陽花さんはとっくに気づいていた可能性ある。

なんてこった。

「紫陽花さんとの初デートが、学校帰りのカフェだなんて……」

「れ、れなちゃん？」

わたしはわなわなと震えた。

「そんな、もっとドラマチックにするべきだったのに……。夜景の見える高層レストラン、窓《まど》際《ぎわ》の席で、ちゃんとしたドレスを着て、シャンパンで乾杯とか……」

「れなちゃん!?」

「それがこんな……学生の懐《ふところ》にも優しいリーズナブルなお店で、紫陽花さんとのハジめてを経験しちゃうだなんて……。わたしの恋人査定が大幅に降下してしまう……！」

「れなちゃん、れなちゃんっ」

「ハッ」

紫陽花さんに手の甲をぱしぱしと叩かれて、目を覚ます。

「ご、ごめん、わたし」

「もぉ……発想が真唯ちゃんになってたよ？」

「確かに…………………………」

わたしは愕然《がくぜん》とした。このままデートの基準が真唯になってしまったら、もうわたし二度とまともなスケールの恋愛できないじゃん……。

収入もないくせに見栄《みえ》を張って、借金を重ねてでも恋人にいい顔をする女になってしまう……。真唯のせいで……！　おしまいだ……！

紫陽花さんが、わたしの手の甲を上から包み込むように握る。

「そういう風にね、おっきなイベントとしてのデートも、もちろん好きだよ。だけど、それより私は、一回でも多くれなちゃんと一緒に遊びに行ったりしたいんだから。準備に時間がかかって、二週間先までお預けです、とかいやなんだからね？」

「なるほど……。つまり、乙《おつ》としては通常業務をしっかりとこなしながら、特別業務にも対応しなさい、と……」

「そういうことじゃないよ!?」

いかん、また恋人事業計画書の甘織《あまおり》れな子が出てた。

「はぁ……。いいよ、わかってるの、れなちゃんががんばってくれているってことも」

紫陽花さんにため息をつかれた!?!?!?

あの紫陽花さんが、人にため息を……。もう、だめだ、おしまいのおしまいだ。

このカフェでわたしは別れ話をされる……。『れなちゃんのこと好きだって思ってたけど、勘違いだったみたい。やっぱり私たち友達のままでいるべきだったね。じゃあね』って冷たい目で見下ろされながら、水をぶっかけられて、わたしはひとりカフェに取り残される……。

紫陽花さん、捨てないで……。

「あのね、だからね私もちゃーんとれなちゃんがわかってくれるまで、辛抱《しんぼう》強く言い続けるからね。チビたちに注意するときと同じだって、もうわかったんだから」

お姉ちゃんの顔でわたしを見た紫陽花さんが、目を丸くした。

「れなちゃん、どうして涙目になっているの!?」

「……す、捨てられるかと思って…………」

紫陽花さんはまたもや小さくため息をついた。ため息を！

「……私がどんなにれなちゃんのことを大切に想っているか、ちゃんと伝えるために、がんばるからね」

今一度、決意を新たにするみたいに、紫陽花さんはそう言った。

わたしももうちょっとメンタル強くなりたいよぉ…………！

ひとまず『捨てないよ……』という言質《げんち》をいただいて、紙一重《かみひとえ》でおしまいじゃなくなったわたしと紫陽花さんはメニューに目を向ける。

なんか、ふたりを幸せにするって宣言したのはわたしなのに、そのわたしのほうがよっぽどメンヘラっぽくない？　気のせいかな。

「わ、これ見て、れなちゃん」

「新メニュー……。カップル割、って」

ふたりで頼んだケーキセットを、少しお安くしてもらえるキャンペーンのようだ。

近くに高校があるからって、ノリで作ったメニューっぽい。

「さ、さすがにこれは、恥ずかしいよね……」

「そ、そうですね……」

一円でも安く頼みたいＪＫふたりが『あたしたちカップルでーす♡』って言って、注文するのはかわいいと思うけど、わたしと紫陽花さんはマジのやつなので……。顔真っ赤になっちゃうしね。

飲み物を選んでいると、紫陽花さんが「ね、ね」と話を振ってきた。

「れなちゃんって、その、真唯ちゃんにもさっきみたいなこと言うの？」

さっきみたいなというのは、今週早くも月間黒歴史大賞ノミネートを果たした『捨てないで』の一言だ。うーん。

「言わない……かなあ」

「えっ、そうなの？」

驚く紫陽花さんに「うん」とうなずく。

「どうして？」

どうして……？

確かに、真唯はお嬢様で、現役モデルの芸能人で、魅力的な女性との出会いも多い。羅列《られつ》だけしてみれば紫陽花さんより真唯のほうがよっぽどわたしを捨てそうだ。（ひどい）

なのに、なんで真唯はわたしを見捨てないって思えるんだろう。

言葉にしてみると、それはあまりにもあっさりとした答えだった。

「真唯はわたしのこと好きなんだなー、って思うから、かなあ……」

紫陽花さんは、わたしのふわふわとした言葉を捕まえて、さらに輪郭《りんかく》をはっきりさせようと迫ってきた。

「どうして？」

「う～～ん……」

具体的な例をあげるなら、いっぱいある。

屋上から一緒に飛び降りてくれたこと。わたしの肉体をやたらと狙っていたこと。何度もキスされたし、わたしだけに見せてくれた顔もたくさんあった。しょっちゅうメッセージも画像も送ってくれるし。

どれも、紫陽花さんには言えないことばかりだけど！

そういうことの積み重ねで、真唯はわたしのことが好きなんだな、って実感したのだ。

わたしがうんうんとうなっていると、紫陽花さんは静かに目をつむって。

「わかった」

そう言った。

なんか、討ち入り前の赤穂浪士《あこう》みたいな覚悟の決まった声だった。な、なに……？

スッと紫陽花さんが手をあげて、店員さんを呼ぶ。

そして、注文を頼んだ。

「か、カップル割、ください！」

紫陽花さん!?

店員のお姉さんに、紫陽花さんがなおも告げる。

「あの、私はミルクティーと、バスクチーズケーキのセットで……。れ、れなちゃんは？」

「わ、わたしは、その」

わたわたと注文を終える。

店員さんがいなくなった後も、わたしたちはお互いに無言で、それどころか紫陽花さんは顔を真っ赤にしてうつむいていた。

「……か、カップルだもん……」

「え、え？」

口を尖《とが》らせたまま、紫陽花さんがぼやくみたいに。

「私とれなちゃん、ちゃんと、カップルなんだから……」

「そ、そうですね……」

どこで紫陽花さんのスイッチが入ったのかまったくわからないけど……とにかく、めちゃめちゃに恥ずかしい……。

もちろん周りのお客さんから見たら、女子高生ふたりがノリで注文したんだろうなーって思う程度だろう。店員さんだって、ちょっと笑ってたし。

なんだけど……。わたしたちは実際にカップルなので、とてつもなく人の視線が気になってしまう。それも針のむしろというより、幼稚園児の学芸会を見守られているような、微笑ましい感じで……。

「……いっぱい、いっぱい、気持ち伝えるんだから……」

「え？　な、なんですか？」

紫陽花さんの小声を聞き返す。そこでケーキセットが運ばれてきた。

手元にやってきたチーズケーキをフォークで切り分ける紫陽花さんは、そして、そのひと切れを突き刺してこちらに向けてきた。

紫陽花さんが微笑む。

「……はい、れなちゃん、あーん」

「え!?」

「はい、あーん」

「いや、しかし、その！　そこまでやらなくてもよくないですか!?」

わたしはこれを、カップル割を頼んだから店員さんにアピールするためにやらなきゃいけないノルマのようなものだと、勝手に想像したんだけど。

紫陽花さんの考えは違うみたいだ。

「早くあーんしていただけませんか、れな子さん」

「なんで急に敬語!?　こわいんだけど！」

口元が半笑いの紫陽花さんは、明らかに爆発寸前の照れを我慢しているようで、こんな紫陽花さん見たことないんだけど！

やばい。周りの人たちが徐々にわたしたちに注目しつつある。

紫陽花さんはぜんぜん周りの目が見えてないモードみたいだし、まるで刻一刻と崖っぷちに追い詰められていくようだ。

「真唯ちゃんが同じことしたら素直に食べるんでしょ！　れなちゃんってば！」

「いや、真唯はわたしが折れるまで同じことずっとするから、仕方ないっていうか！」

「だったら私も同じことずっとするもん！　あーんだよ、ほら、あーん！」

紫陽花さんがぐるぐる目になって、さらにフォークを突き出してくる。ずっと断っていたら、そのうちブスリとやられそうだ。

わたしは、わたしの使命は、ふたりを幸せにすること……。紫陽花さんの願いを叶《かな》えること……。わたしは己《おのれ》をそのために生み出されたアンドロイドだと思い込むことにした。

崖から身を投げ出すような気分で、口を開く。

「あ、あーん……」

「！」

絶滅危惧種《きぐしゅ》の餌付《えづ》けに成功した飼育員みたいに、紫陽花さんが表情を輝かせた。

差し出されたケーキをぱくっと口にする。引っ込んでいくフォークを見送りながら、わたしは口元に手を当てて、無感情に感想を告げる。

「おいひいれす……」

「うん……うん！　よかった、ありがと！」

頬に手を当てて微笑む紫陽花さん。まあ、味なんてわかんないんですけどね。

しかし、笑った紫陽花さんはやはりかわいかった。いや、怒ってる紫陽花さんもかわいいし、無表情な紫陽花さんも、下等なわたしを見下すときの紫陽花さんもかわいい（見たことないけど！）んだけど。

笑顔は、やっぱり格別に似合う。ほんと、花の咲いたような笑顔ってこういうのを言うんだろうな。

ま、恥ずかしさの代償は、この笑顔ってことでチャラにしてあげますか、っと。やれやれ、恋人のおねだりに応《こた》えるってのはツレーっすね。ツレーわ。

「じゃあ次は、れなちゃんの番ね」

「うぇっ⁉」

テストが終わった日の午後みたいな解放感を覚えていたら、紫陽花さんがその小さなお口を開いた。

「あーん」

それはつまり、わたしが紫陽花さんに、ってこと……？

小鳥のような口を開ける紫陽花さんに、わたしが……⁉

手元にあるのは、ティラミス。こんなことなら、圧倒的にあーんしづらいものを頼めばよかった……信玄餅《しんげんもち》とか。メニューにないけど！

「あ、紫陽花さん、あの」

「……カップルだもん」

紫陽花さんがちょっぴり頬を膨らませて、わたしをじとーっと見つめてくる。きょうの紫陽花さんはカップルという名の矛《ほこ》一本でわたし相手に死体の山を築くつもりらしい。

「でもね、あのね、その、周りにも人が、たくさんいて、ですね」

「していただけませんか、れな子さん」

「落ち着いて紫陽花さん！」

だから敬語怖いんだよなあ！

そうだ、わたしは紫陽花さんを幸せにするためのアンドロイド……。彼女が生まれるとともに瀬名《せな》家にやってきて、それ以来、紫陽花さんの成長をそばで見守り続けている存在……。

くっ、紫陽花お嬢様のためなら、この程度のことぐらい……！　すっごい恥ずかしいけど、死ぬわけじゃないし！

やってやるよ！　あーんぐらい！　できるっての！　だってわたしはがんばるって決めたんだからな！　ちゃんと行動で示してみせますよ！

わたしが、全力で自身を鼓舞《こぶ》してから、顔をあげると。

今度は紫陽花さんが、ふるふる震えながらうつむいていた。

まさか、このパターンは。

「……なんか、ごめんね、れなちゃん……。さっきからワガママばっかり言って……。もう、だいじょうぶですので……」

──うわあいきなり落ち着くな！

「な、なに、どうしたの!?　紫陽花さん！　あーんでしょ、あーん！」

「いえ……だいじょうぶです……。よく考えたら、口ぱくぱく開けたりするのも、なんか、はしたなかったなって……」

「そんなことないよ！　かわいかったよ紫陽花さん！　世界一かわいいよ！」

「うーうー……」

頭が輪で締めつけられているかのように苦悩する紫陽花さん。

「あーんしたいなあ！　紫陽花さんにぜったいあーんしたい！　あーんしなきゃきょうは帰れないな！　だってわたしたちカップルだもんね！」

もう、めちゃめちゃごり押ししかない。わたしは引きつったような笑顔で、スプーンにすくったティラミスを突きつける。

「ほら、あーん。紫陽花ちゃんあーんできるかな？　でっきるっかな!?」

「あーん……」

体を前にせり出して、髪を耳にかけた紫陽花さんが。

はむ、と。

その唇を開いて、わたしのスプーンを口にくわえた。

うわ、うわわ……。

なんか、ドキドキしちゃった。アンドロイドにも、ココロが目覚める光景だ。

だって、なんか今の……なんか、今の！

ぺろ、と小さく舌を出して、紫陽花さんが控えめに微笑む。

「……おいし」

「う、うん……」

なんか今の、えっちじゃなかった!?

ねえ、どうですか！　わたしの心の皆様方！　ねえ！

心の真唯は『それは君がエッチだからじゃないかな』と言った。紗月さんは『本当にいやらしいのね、あなた……最低』と呆《あき》れていた。紫陽花さんには『れなちゃんはそういうところばっかり注目するよね。欲求不満なの？』と軽蔑《けいべつ》されて、最後に香穂ちゃんが『れなちんのドスケベ♡』とささやいてきた。

なんだよ！　なんで四人がかりでわたしを責めるんだよ！　誰ひとりわたしをフォローしてくんないじゃん！　心の中のみんなぐらい、もっとわたしに都合いい存在になってくれよ！

紫陽花さんが――わたしの心の中じゃない天使の紫陽花さんが――あははと笑う。

「な、なんか、ヘンなこと言っちゃって、ごめんね。ほら、食べよ、食べよ」

「そ、そうですね！」

はー焦《あせ》った焦った。

だけど、ちゃんと空気を変えてくれるのが、本物の紫陽花さんなんだよな。まあ今回は、その空気をハチャメチャにしたのも、紫陽花さんなんだけども……。

紫陽花さんがフォークを口に運ぶ。なんかその唇を、見ちゃう……。

だめだめ！　また心の中の一同に袋叩きにされるから！

わたしは猛然とティラミスにスプーンを差し込んで、いただきますをしようとしたところで。

気づく。気づかなければよかったのに……。

「う……」

「う？」

「あ、いや！」

このスプーン、紫陽花さんが口にくわえたやつだ…………………。

あの神聖なお口に触れたスプーンで？　わたしが？　デザートを食べる？

さすがにそれは、ムリがすぎる。

わたしは近くを通った店員さんに、声をかけた。

「すみません、新しいスプーンもらえますか」

「い、い、い、

「れなちゃん!?!?!?」

＊＊＊

顛末《てんまつ》を香穂ちゃんに話したら、爆笑された。

「ひどすぎる！」

「うう…………」

顔を手で覆《おお》う。

きょうも放課後、香穂ちゃんとバスケの特訓を行っていた。

本当はあと何人か誘いたかったらしいんだけど、他のバスケメンツである長谷川《はせがわ》さんと平野《ひらの》さんには、部活があるからと断られてしまったらしい。

断られたというか、クインテットのふたりと一緒なんてムリー！　みたいな感じで逃げられてしまったというか……。

わたしは、一緒にバスケをやるメンバーが知っている子で安心したんだけど、もしかしたら平野さんと長谷川さんとは、試合当日まで一切の合同練習はできないかもしれない……。

ってわけで。

きょうもバスケに詳しくないふたりで、ドリブルしたり、パス回ししたり、適当にシュートの練習なんかをしていた。あんまり上手になっている気がしない……。

瞳の端の涙を拭《ふ》いた香穂ちゃんが、ようやく爆笑から帰ってくる。

「いやー、さすがにそれはヒドい。れなちん、もしかしてすぐフラれちゃうんじゃない？」

「えええええ!?」

目を剝《む》く。わたしが、わたしが紫陽花さんにフラれる……!?

「そんなのいやだぁ……」

「そしたらあたしが慰めてあげるからさ。れなちんはほんっとにしょうがないなーって！」

バシバシと背中を叩かれる。うう、どんどん落ち込んできた。

「恋愛ってやっぱり難しいよぉ……」

「そーだねー」

肩を落としたところで、わたしははたと気づいた。怯《おび》えた目で後ずさりする。

「うっ……ご、ごめん香穂ちゃん、またこれ自虐風自慢っぽい……？」

今の状況で香穂ちゃんからも見放されたら、さすがに心が折れてしまう。精一杯媚《こ》びるような目つきで、香穂ちゃんの顔色を窺《うかが》う。

「んーん」

すると、のんびりとした動作で首を横に振る香穂ちゃん。

「今は、あんまり思わないかな。なんか大変そうだし。がんばってるなーって」

「香穂ちゃぁん……」

なんかもう、香穂ちゃんといる時間の安らぎ具合がすごい。

「一緒に暮らそう、香穂ちゃん……。そしてわたしのことを毎晩ずっとケアして……。わたしの悩みを聞くテディ香穂ちゃんになって……」

「あたしのことも口説いてんノ？」

「違うけどー！」

わたしのキャパは恋人ふたりでもう限界だ！　いや、キャパがＯＫなら香穂ちゃんのことを口説いてもいい、ってわけじゃないけどね!?

で、でも、香穂ちゃんとはなんとなく自然体でお付き合いができる気がする……。友達の延長線上っていうか……。昔からの友達だけあって、飾らないわたしとして……。

そして一緒に暮らし始めたわたしと香穂ちゃん。だけど、就職に失敗したわたしはやがてパチンコで生計を立てようとして、香穂ちゃんに迷惑ばかりかけることに。ヒモ生活が極まっていつしか香穂ちゃんに暴力を……ってこれ、**メンヘラDV彼氏れなちんと何度傷つけられてもれなちんのことが好きで好きでたまらないからお願い別れないでとすがりついてくる女編**だ!!!

香穂ちゃんの催眠音声は、これからもずっと尾を引きそうだ……。そのうち香穂ちゃんをご主人様とか言いだすかもしれない。あるいはもう言っていた……？　まさか……。

震えていると、香穂ちゃんがなにかを察したような顔をして、わたしの肩をポンと叩いた。

「わかった。ＡＳＭＲ、今度新作送ってあげるね」

「い、いいいや、そういうわけじゃないですけど！　まあ送ってもらったら聞かないでもないことはないですけどね!?」

「リクエストある？」

「じゃあ、わたしが複数の恋人に取り合いをされちゃうような自己肯定感高まるやつを……」

違うよ。ぜんぜんわたしの趣味ってわけじゃないよ。まったく違うよ。

ただ、今の状況に少しでも早く慣れなきゃいけないから、それっぽいやつをお願いしているだけなんだよ。わたしの願望とかじゃないからさあ！　そこんとこ、ちゃんとわかってほしいよねえ！

謎の逆ギレをしたところで、グラウンドに人影が見えた。

男の子たちだ。誰も来ない公園だと思ってたけど、他にバスケするグループもいるみたい。

「お、来た来た」

「え？」

香穂ちゃんが大きく手を振る。え、え？

「いやあ、あたしたちだけで練習するっていうのも、無理があるじゃん？　だから一日ぐらい、コツみたいなのを教わっておきたいなーって」

「それは、どういう……」

さーっと血の気《け》が引いてゆく。

現れたのは、A組の男子ふたりだった。

「おっす、小柳《こやなぎ》」

「やっほー」

ひとりは、わたしも名前を覚えた！　清水《しみず》くん。（下の名前は知らない）そして、後ろにいる背の高い男の子は、ええと確か、同じクラスの山口《やまぐち》くんだ。

香穂ちゃんの腕を引く。

「か、かほちゃん！」

「ん、なに？」

きょとんという顔の香穂ちゃん。

くっ……！　そうか！　香穂ちゃんはわたしが男子を苦手にしているって知らないんだ！

だって小学校の頃は男子女子かかわらずクラスの人気者だって吹聴《ふいちょう》してたからわたし！

完全なる自業自得《じごうじとく》だった。

「ふたりともバスケ部だからさ、ここで教わって一気にレベルアップしちゃお！」

確かに、単純にうまくなろうとするのなら、それがいちばんの近道……！

しかしそれは同時に、わたしが元バスケ部だったくせに、運動神経のない女だとバレるという諸刃《もろば》の剣《つるぎ》でもある。

ということは、だ。

わたしのやるべきことは、クインテットのひとりとしてグループと甘織れな子の格を落とさないようにしつつ……。それでいて、なおかつバスケットボールも上達できるように真剣に取り組んで……。あ、あと、香穂ちゃんに男子が苦手ってことがバレないようにも、だ！

やることが、やることが多すぎる！

わたしはすべてを諦めて、ひとまずコミュニケーションに全振りすることにした。

「きょ、きょうはよろしくおねがいしまーす」

陽キャ女子っぽく見えるよう体を傾けて、笑顔を浮かべてみせる。たぶんこういうの陽キャっぽい感じする……でしょう……？　ほら、わたし陽キャだよ。ほら、ほらほら……。

清水くんは持ってきたバスケットボールを人差し指の上でくるくる回しながら（かっこいいやつだ！）、口を開く。

「ああ、とりあえずなにからやる？　重点的にトレーニングしたいとことか、ある？」

「あたしシュート！　シュートがいい！」

ズバッと香穂ちゃんが手をあげる。

「んー、まあ、点取らなきゃ勝てないもんな。よし、じゃあシュートやるか」

「いえい！」

香穂ちゃんは飛び上がって喜ぶ。これぐらい感情表現がわかりやすい子なら、男の子語、女の子語関係なく、コミュニケーションが成立するんだろうな……。

「甘織さんとは、あんまり話したことなかったよね」

「そっ、そうですね」

山口くんが話しかけてきた。体格はゴツいけど、優しそうな顔立ちだ。これなら緊張せずに……いや、ムリだった。体がおっきい時点でもうムリだ。大きいのってなんか怖いもんね。

「元バスケ部なんだって？」

「あ、いえ、だけどぜんぜん下手で……」

「あはは、だから特訓しているんだ。えらいね」

「そんなことは、ぜんぜん、ないんですけど……」

どうしよう、息苦しい！

わたしこれ陽キャやれてます!?　やれてませんよねえ！

「よし、じゃあちょっとシュートの練習してみよっか。俺たちはあっちのゴールを使ってさ」

「は、はい！」

清水くんとはまだ話したことがあったのに！（のべ数回）

男の子ってなにが地雷かわかんないから、全方位に失礼のないように当たり障《さわ》りのない言葉しか話せなくなるんだよなあ！

ガチガチに緊張しながらそんなことを思っていると、清水くんが駆け寄ってきた。

「ごめんごめん、ヤマは小柳のほうにいってくれないか。俺が甘織さんを教えるからさ。ほら、こっちほとんど初対面っぽいじゃん？」

し、清水くん――！

「うん、わかった」

「同じクラスで初対面もなんもないけどさ。よろしく」

肩をポンと叩いて、山口くんと清水くんがポジションをチェンジする。

助かる……！

「じゃ、いこっか」

「う、うん」

カルガモの親子みたいに清水くんの後をくっついていく。

ゴールの下に立つ。

「レイアップはやるとして。ちなみに甘織はツーハンドシュートとワンハンド、どっちの練習したい？　高いところで打つのがワンハンドで、距離が出るのがツーハンドって感じかな。最近は女子も、男子みたいに片手で打つやつ増えてるよな」

「えっと。だったら、ワンハンドやってみたいかも……なんか、そのほうがかっこいいし」

「おっけー。てか、そっちのほうが俺も教えやすい」

清水くんがニカッと笑う。精悍《せいかん》さとかわいさの混ざった、男の子の笑顔って感じだ。

それからしばらく、清水くんにフォームを指導してもらった。

まだまだ緊張はしてたけど、でも教わる立場だと、上下関係がはっきりして逆にやりやすいっていうか。先生に対する態度をそのまま流用すればいいので、気が楽になった。

しかも！　練習を続けているうちに、ゴールにかすりもしないってことはなくなって、惜しいシュートも増えてきた。

「お、おお……なんかこれ、楽しい！」

「それはよかった」

ゴール下の清水くんがリバウンドして、ボールをパスしてくれる。受け取ったわたしは、その場からぽいっとボールを放る。入った。わ、わ、入った！

「入りました！」

「さすが元バスケ部」

「幽霊だけどね!?　あ、ナイショだよ!?」

「はいはい」

　手ごたえを感じ始めると、どんどん楽しくなってきた。これはもう、本番で大暴れしちゃうかもしれない……！

「わたしうまいかも！」

「よ、百年にひとりの天才」

「へへへ」

　ときどきフォームが間違ったり、どこかに力入りすぎって清水くんが指摘してきて、そのたびにわたしは気をつけてボールを投げる。

「っつーか、なんかごめんな」

「え、なにが？」

「B組とのこと」

「……えーと？」

　わたしはボールを胸の前で抱《かか》えたまま、首を傾《かし》げる。

男子は女子ほど感情の喜怒哀楽が声にも表情にも乗りづらいので、なにを考えているかあんまりわからない。

「なんかやりあっているみたいじゃん、女子同士でさ」

「ああー……。あれは女子同士っていうか、わたしたちがターゲットにされているだけ、っていうか」

「まあそうなんだけど、困ってるみたいだしさ」

落ちてきたボールを拾った清水くんが、そのままゴールにシュートした。高々とした位置から着弾。見事、ネットを通過する。

「だけど、女子同士の争いに男子が口出すと、ロクなことにはならないだろ？　ただ、見ているだけってのも、申し訳ないなって」

「う、うん……。なんか、ありがとうございます」

「そういうわけで、間接的に力になれて、ちょっと心がすっとした。小柳が誘ってくれて、こちらこそありがとうだな」

ボールをパスしてもらう。わたしが痛くないように、手加減してくれているんだろう。

なんか……超いい人だな、この人……！

「清水くんって彼女いるんだよね」

「え？　うん、まあ」

一瞬、素で驚いた顔をした清水くんは、すぐに表情を取り繕《つくろ》った。

「中学から付き合ってて、もう二年ぐらいかな」

「なんか、清水くんがモテるのって、すごくわかるっていうか」

「別にモテてるわけじゃないけど……」

わたしはボールで何度か地面を叩く。

「男子と話すの、あんまり得意じゃないから、わたし。いろいろと気を遣ってもらって、助かります……」

「いいんじゃないか別に。瀬名とか小柳が例外なんだろ」

「王塚《おうづか》さんは？」

「あれは天上人《てんじょうじん》」

薄暗くなってきた空を指差す清水くんに、思わず笑ってしまった。

「ね、ね、清水くんって彼女のこと怒らせちゃったりしないの？」

「いやあ、しょっちゅうだよ。よく連絡忘れたりしてさ」

「そうなんだ！」

わたしはちょっと気が楽になった。だって、こんなに気が利《き》く清水くんですらそうだったら、わたしが失敗するのは仕方ないって思えるから。

「甘織は？」

「え、なにが？」

「付き合ってるやつ、いるのか？」

「え、えーと」

わたしは思いっきり目を泳がせた。

いると言うのは恥ずかしいけど、いないと言うのは嘘だし！

「一応。あの、はい」

「そっか。まあ、そうだよな」

清水くんは特に突っ込んでこなかった。ホッ。

「甘織もモテそうだもんな」

「そ、それは……ないと思いますが！」

クインテットの中で狙い目だからだよ、と言おうとして、さすがに男子に向かって告げる言葉ではないと判断した。さすが百年にひとりの天才！

それからもしばらく、雑談を交えながらシュートの練習をしていたところで。

「あーっ！」

わたしは思わず叫んだ。

「ど、どうした」

「今、何時⁉　やば！」

たったかとリュックに駆け寄って、スマホを見る。ひい、もうこんな時間。清水くんだけじゃなくて、山口くんや香穂ちゃんまでやってきた。

「どったの？　れなちん」

「この後、約束があって！」

「へー……。モッテモテですなあ」

ジト目で笑みを浮かべる香穂ちゃん。他の人の前でやめて！

そこで、電話がかかってきた。発信者は、真唯だ。即出る。

「も、もしもし！」

『ああ、れな子か。すまない、この後なんだが』

「う、うん」

『ちょっと仕事が立て込んで、もしかしたら遅れるかもしれないんだ。だから、先に私のマンションに向かっていてほしくて』

「あ……そ、そうなんだ」

ほんとはもう家を出てなくっちゃいけない時間だったのに、真唯が遅れてくれたおかげで、どうやら間に合いそうだ。ラッキー！

『今、どこにいる？』

「ええとね、うちの近くの公園でバスケの練習してて」

『そうか、なら迎えをよこすよ』

「あ、うん……わかった」

電話を切った後、真唯にメッセージで住所を送る。これでよし。

いやぜんぜんよくない。せっかく練習を手伝いに来てくれたのに、終わり時間を言ってなかった。わたしは振り返って大きく頭を下げる。

「ゴメン、清水くん、山口くん！　教えてもらってたのに、わたしこの後に予定があって！」

「いや、ぜんぜん。そろそろ帰ろうと思ってたんだ。なあ、ヤマ」

「うん、暗くなってきちゃったしね。どう？　甘織さん、上達した？」

「う、うん。たぶん！　ふたりとも、ほんとにありがと！」

わたしはぎこちない笑顔でもう一度頭を下げる。

お開きモードの中、香穂ちゃんがめいっぱい伸びをする。

「んー！　きょうはいっぱい練習して、めちゃめちゃ汗かいちゃった！　早く帰ってシャワー浴びたーい！」

「あはは、そうだね、香穂ちゃん……」

言いかけて、わたしはハッとする。

今から迎えが来る。ということは。

「――シャワー浴びる暇《ひま》ないじゃん！」

迎えはすぐにやってきた。大きなリムジンが公園に横づけして、なんとなく待っていた清水くんと山口くんも一緒に「おおー」と感嘆の声をあげた。

「ごめん、それじゃ、ごめん、またね！」

最後に香穂ちゃんが大きく手を振ってくれる。

「それじゃ、がんばってねー」

なにをがんばるのかはわかりませんけど、わかりました！

こうして、ジャージ姿のわたしはバスケットボールを片手に、お姫様のお城へと運ばれてゆくのであった。

馬車だけ豪華でも、みすぼらしい格好のままじゃ意味がないー！


「はぁ……」

っていうかせめて、着替えぐらい持ってくればよかった……。

リムジンの中で、わたしはジャージの匂《にお》いをかぐ。うっ……汗くさい、気がする……！

なにかひとつをがんばろうと決めると、他のことをぽろぽろと取りこぼす。

きょうは真唯とお夕食の約束をしていた。紫陽花さんとはカフェに行ったから、じゃあ次は真唯と、って思って、わたしから『なにかない？』って真唯に聞いたのだ。

真唯はきっと、この日を楽しみにしてくれていただろう。なのに、わたしがキチンとしなかったら、まるで真唯のことを軽んじているみたいに思われてしまう。

いや、真唯は優しいからそうでもないかもだけど……でも、わたしがわたしに『ちゃんとしてないじゃん！』って落第点を叩きつけてしまいたくなる。

事業評価シートは０点！　契約更新はナシ！　うう、わたしはやはり人様と付き合えるような人間ではなかった……。

「なにかありましたか？」

「えっ、あ、いえ」

運転席から女性の声で話しかけられる。わたしはよっぽどキョドっていたのだろう。うう、情けない……。肩を小さくする。

「さっきまで運動してたので、においが気になって……。あと、こんな格好ですし……」

「そうですか。確かに、そうですね」

同意されて、わたしは思わず顔をあげる。

運転席にいたのは。

「ギャー！　花取《はなとり》さん！」

「…………」

わたしはリムジンの端っこに避難した。体をすくめて、ぷるぷると震える。密室に花取さんと一対一……！

結局わたしは、真唯と紫陽花さんをふたりとも選んだわけだし……！

あまつさえ、この人の前で真唯と『おさわりタイム』とか『おさわられタイム』とか言ってたんですよ！

だめだ。こ、殺される……！

「この車、どこに向かっているんですか……!?」

「お嬢さまのご自宅ですが」

「ウソだ！　山中の廃館に連れ去られて、そこに置き去りにされて、わたしはピエロの格好をした殺人鬼に追い回されるはめになるんだ……！」

「それがお望みならそうしますが」

「いやだぁ～～！」

わたしは恐怖のあまり、さめざめと泣いた。

「せっかく、せっかく人生がうまくいき始めたような感じがするのに、ここで死ぬのは嫌だぁ……。これじゃわたし、マイナスのままで終わっちゃうよぉ……。あと来月にも再来月にもゲームの新作が出るのにぃ………」

ああ、自分がこんなに生きたがっているなんて知らなかった……。

でも最近はちょっとずつ学校でもうまくやれるようになってきて、友達みんなもわたしのことを邪険にしないでくれているから……。

できればもう少し……あと80年ぐらい、生きていたい……。だってそしたらＰＳ20とか出て、フルダイブ型のＶＲゲームとかも出て、こんな冴《さ》えないわたしが村を救えるような勇者になる体験とかそういうのできて最高に楽しいと思うから…………。

「つきました」

「ひぃっ」

車が止まる。わたしはこわごわと窓の外を見る。そこは、何度か見たことのある駐車場だった。お、おお……。

「真唯のマンションだ……」

「先ほどからそう言っておりました」

わたしはキラキラとした視線を、花取さんに向けた。

「ひょっとして花取さん……わたしのこと、認めてくれました……!?」

「あなたの中の私は、デスゲームの支配人かなにかですか」

花取さんは冷たいまなざしでわたしを一瞥《いちべつ》した後で、車を出た。わたしのドアを開き、どうぞ、とエスコートしてくれる。

「は、はい……」

怯えたわたしを上から下まで眺めて、花取さんは無表情をさらに難しい顔にした。

「さすがにその格好で、お嬢さまには引き合わせられませんので。着替えを用意いたします。

お部屋におあがりください」

「花取さん！」

やっぱり花取さんは、わたしのために！

「あなた程度の人間と交際しているのだと、お嬢様ご自身を顧《かえり》みて傷ついてしまわぬように、精一杯配慮させていただきますので。しっかりと、お付き合い願います」

「あ、はい……」

わたしの味方……味方……？　味方ってなんだっけ。

いや、でも真唯の味方ならつまりわたしの味方なんじゃないか？　それはどうかな。

エレベーターに案内されて、乗る。個室内の沈黙は、やけに大きく響く。

なんか、ただの無言より、エレベーター内の無言って重いよね。重力のせいかな。

「あの、花取さんは」

コントロールパネルの前に立つ花取さんは、微動だにしない。

……永遠に黙っていようか。

「なんですか？」

「えっ、あ、いや、あの、真唯のこと好きなんですねーって！　あはは！」

これぜったい怒られる流れだ。腹パンされるかもしれない。『黙れ痴《し》れ者ッ！』って。

「そうですね」

しかし、花取さんはただやんわりと首肯《しゅこう》しただけ。

えっと……。

これは、引き続き話しかけてもいい流れ、か……?

いや、宇宙滅亡までこのまま黙っててもいいんだけど……。でも、それは、なんか。

せっかく真唯と付き合っているのに、そばにずっといる花取さんが嫌な思いをしたまま、っていうのはちょっと……もやもやしちゃうから。

真唯だって、寂《さび》しいだろうし。

仲良くなれるなら（なれないとしても！）せめて世間話できるぐらいの仲になりたい。なにか誤解があるんだとしたら、それは解いておきたい。

わたしだって真唯に真剣なんだって、わかってもらいたい……。

花取さんと共通の話題というと……。こないだ温泉旅館で聞いた、まいさつ過激派の話か?

「あ、あの、紗月さんのことも、好きなんですか?」

「はい」

今度は、花取さんはしっかりとうなずいた。

つまりは……。

「真唯と紗月さんが付き合っていたら、最高だった、ってことですよね……」

「そうですね。まだ諦めてはいませんが」

「そうですか……えっ!?」

「到着しました」

エレベーターのドアが開く。愕然としたまま、わたしは花取さんを見上げていた。

「ど、どういうことですか!?」

「どうもこうも。お嬢様は聡明な方です。あなたとお付き合いされていることがなにかの間違いだったと、いつかご自身で気づかれるでしょう」

「そ、それは、どうかなーって思いますけど……！」

ぎろりと睨《にら》まれた。いや違う。ただ視線を向けられただけだ。

それなのに、指先まで痺《しび》れるような震えが走る。魔眼の持ち主かな。

「いずれそうなります」

ガチャリとドアを開いて、リビングへ向かう花取さん。その後ろをついていく。

あまりにも確信をもってうなずかれたから、わたしはさすがに不安になった。斜め下に視線を落としつつ、ぼそぼそと言う。

「そ、そんなことといって、花取さんはわたしのことなにも知らないじゃないですか……」

「そうですね、大したことは」

「そ、それなのに」

なんでそう言い切れるんですか……って言おうとしたら、花取さんがどこかに姿を消した。

話の途中なのに！

再び現れたときには、その手になにやら箱を抱えていた。

わたしの着替え……？　ってわけじゃなさそうだけど。

「ちょうどいい機会です、毒虫さん。あなたに真実を理解させてあげましょう」

「え、え？」

「私とお嬢様のヒストリー……シークレットメモリー……。そう、あなたと私との、長年積み重ねてきた愛情の差を」

どこかうっとりとした顔で箱を開く花取さん。

そこにはアルバムやら、ＢＤやらがたくさん入っていた。

こ、これは……。

この人、大人げなくわたしにマウント取りにきた……!?

＊＊＊　＊＊＊

花取単衣《はなとりひとえ》が生まれたのは、佐賀《さが》のド田舎《いなか》だった。

村の周りにはなにもなく、同世代の子どもはたった三人。遊びと言えば、野山を駆け回ることぐらい。そんな単衣にとって、楽しみはテレビとネットの中にあった。

華やかな世界。きらびやかな仕事。

タンクトップと短パンで一年中過ごすような少女時代を過ごしながら、単衣はどんどんと都会への憧れを強めていった。

大学入学を機に、無事都会への進学をキメた単衣は、夢だった芸能界に飛び込んだ。

小さなモデル事務所で、アシスタントのアルバイトとして、働き始めたのだった。

『初めまして、花取と申します』

当時9歳だったモデルの担当になった単衣は、屈《かが》んで挨拶《あいさつ》をする。

慣れないヒール。慣れないスーツ。慣れない標準語。なにもかもが付け焼刃の武装にて、緊張しながら挑んだ世界で。

単衣は、金髪のお姫様と出会った。

『初めまして。王塚真唯です。よろしくおねがいします』

『――っ♡♡♡♡』

それはまさしく、花取の憧れていた概念そのものだった。

細くてサラサラな御髪《おぐし》。宝石のような蒼《あお》い瞳と、雪をすくいとったような白い肌。猿から進化した人間とはまるで違う、女神の流した涙から生誕したような少女を見て、単衣は雷に打たれた感覚を味わった。

同時に目覚めたのは、奉仕の心。

天は人の上に人を作った。それが目の前の少女だ。

少女の人生はこれから先、大勢の人間に夢を魅《み》せるだろう。ならば、誰かが彼女にお仕《つか》えするのは、当然の摂理だった。なんといっても、大衆と彼女では、人生の価値が違いすぎる。

ある意味では、これもまた、ひとめぼれのひとつだったのかもしれない。

見つめ合った数秒が終わりを迎え、固まっていた単衣に少女が儚《はかな》く微笑んだ。

『花取さんは、わたしのそばに、いてくれる?』

当時、クイーンローズはまだまだ厳しい経営状況にあり、人材の流出も激しかった。大学生の単衣が、サブマネージャーとはいえ、王塚真唯の担当についたのもその事情からだった。

真唯《おひめさま》からのお言葉に単衣は。

地べたに正座をして、まっすぐに目を見つめながら、告げた。

『はい。私は生涯、真唯お嬢様にお仕えします』

その言葉のすべてが、9歳の少女に伝わったとは思えない。けれど、少女は単衣を見て嬉しそうに微笑んでくれた。

答えをもらった、と単衣は思った。この上なく名誉な役割に、胸が熱くなった。

以後、単衣は熱心に仕事に取り組んだ。

その堅実な働きぶりを認められた単衣は、大学卒業後、真唯の専属マネージャーとして迎え入れられることになって。

今では仕事のサポートだけでなく、身の回りの世話も任せてもらえている。

これこそが、意味のある人生だった。

＊＊＊　＊＊＊

「──そして、それが私の使命だと、確信したのです」

「は、はあ」

真唯の小学生時代のＢＤを見ながら、わたしは花取さんの語りを聞いていた。

愛が重いなんてものじゃない。嗜好《しこう》がというか、もう人生そのものが、真唯によって捻《ね》じ曲げられたような人だった……。

妹か、娘みたいに、真唯のことを大切にしているんだな……。

そりゃまあ、わたしみたいなポッと出が真唯の寵愛《ちようあい》に与《あずか》ったんだから、文句を言いたくなる気持ちもちょっとは理解できるけども…………。

いやいや、わたしのほうが丸め込まれてるじゃん！

「でも、人生って基本的に自分の思い通りにはならないものですし……！」

わたしがぽろっとこぼした言葉を聞いて、花取さんは驚いたように振り返ってきた。

「あ、いや、高校一年生が生意気なこと言ってなんかすみません！」

「貴女《あなた》」

「いえ、それはその通りです」

……なんか、ちょっと納得してくれた？

胸に手を当てた花取さんの向こう側、画面の中ではきれいなお洋服を着た小さな真唯が、ぱしゃぱしゃとカメラマンに写真を撮られていた。

当たり前だけど、わたしと香穂ちゃんが撮影されたような規模ではない。どでかいスタジオに、山ほどの撮影機材と、大勢のスタッフ。

この映像は、花取さんが仕事の一環としてハンディカメラで撮影したものらしく、ときおり花取さんの感極《かんきわ》まったような『お嬢さま……なんて愛らしい……』やら『お嬢様、まさしく王塚家に舞い降りたお姫様……』というつぶやきが入っていた。真唯のオタク……!?

見た目とのギャップがノドに引っかかりすぎるわたしに、花取さんが言う。

「私も願わくば、真唯お嬢様には、琴《こと》様と永遠に蜜月の時を過ごしていただきたかった。ですが、それも私のエゴなのかもしれません」

いや、かもしれないじゃなくて、５００パーセントエゴだと思いますが……。

口に出したらこわいので、わたしは穏やかに微笑むことでなんとなくいい雰囲気を醸《かも》し出そうと苦慮した。

「なんか、すみません……。わたしみたいなので……」

「そうですね、毒虫さん」

「あ、呼び方は別に変わらないんだ……」

「あなたは確かに、お嬢様が選んだお方。たとえあなたが手練手管《てれんてくだ》を使い、お嬢様をたぶらかした毒虫だとしても……。初めから私には、どうしようもできないことだったのです。あなたが物理的に排除されれば、どちらにせよ、お嬢様は悲しみますから」

花取さんは目を伏せた。大人の女性の落ち込む姿に、わたしは据わりの悪さを覚える。ていうか、物理的に排除、するつもりだったんですか…………？

「花取さんは、真唯のことが、好きなんですね……」

恐怖を感じつつ、つぶやくと、花取さんは静かにうなずいた。

「……はい」

わたしは真唯の家庭環境とかよくわからないけど……。でも、真唯のそばにこういう、真唯を大切にしてくれる大人の人がいるのは、いいことだとは思うので……。

そこでテレビの映像が切り替わった。相変わらず真唯の映像が流れているのだけれど、先ほどよりちょっと成長した姿だ。小学生高学年ぐらいだろうか。

この頃になると、真唯の外見年齢は下手したら今のわたしとあんまり変わらなく見える……。

身長はすでにわたしぐらいあるし、顔立ちも大人っぽいので……。

真唯の隣に立つ黒髪の女の子も、きっと名のあるモデルさんなのだろう。雰囲気というか、風格というか、人の目を惹《ひ》きつける力がすごくある。

花取さんがルーベンスの名画を前にした少女のように、感嘆のため息を漏《も》らした。

「はぁ……。琴様、お美しい……」

「って、え!?　これ紗月さんなんですか!?」

確かに……。真唯と紗月さんだ……。

ふたりはシャッター音の合間に、なにやらささやき、くすくすと笑い合っていた。

まだ小学生の、今みたいな妖刀の斬れ味を瞳に宿していない紗月さん……。屈託なく笑う紗月さんは、かつて見たことがあるようなないような……とにかく、めちゃめちゃかわいい！

「うっわ、かわい……。やば、かわい……」

「そうでしょうそうでしょう」

なぜか花取さんがドヤ顔をするんだけど、それも甘んじて受け入れる他ないほどの美少女。

っていうか、今の紗月さんとのギャップがかなりすごくて、すごい……。

真唯と仲良さそうなのもそうだし、小さくて穢《けが》れを知らない乙女ふたりがじゃれ合っているのって、決して大人には触れられない聖域みたいだ。これは童話の一幕か……？

「琴様には、お嬢様のお仕事を手伝ってくださった時期があるんです。当時まだ元気のなかっ

たお嬢様のために」

「ああ！　ＦＰＳのときに話していた頃の！」

「ええ、そうです。もちろん現場に、ただのご友人が出入りすることはできませんが、そこは琴様ですから。現場でたちまちスカウトされ、御覧の通りです」

「さすが紗月さん……」

コスプレ会場の堂々っぷりを思い出す。やっぱりもともとなにかやっていた人なんじゃないですかー！

うっとりした顔でつぶやく花取さんは、まるで神の降誕に立ち会った信徒のようだった。

「この時の光景を、私は一生忘れることはないでしょう」

「なるほど……真唯と紗月さんが結婚してくれたら、よかったですね……」

「はい…………。いえ、まだ諦めてはおりませんが」

こうして花取さんは脳を壊されて、それ以降まいさつ過激派に……。

でも、わかる。真唯でも紗月さんでも紫陽花さんでも、幼少期に出会っていたらわたしは間違いなく心奪われていただろうから。香穂ちゃん？　香穂ちゃんは……友達なので……。

「願わくば、私が天に召されるそのときには、翼の生えたお嬢様と琴様に手を引かれたい」

「やばいこと言いだした……」

よく見れば、画面にはまいさつの他にも、何人かの子役モデルがいらっしゃった。でも、圧倒的なまでの輝きの差がある。クインテットの中のわたしみたいだ。せちがらい……。

「さ」

花取さんはBDを取り出して、丁寧《ていねい》に箱の中にしまった。宝物ボックスかな。

「そろそろ湯船の用意もできた頃でしょう。毒虫さん」

「あ、はい」

毒虫呼ばわりされるたびに気持ちが、スン……としてしまう。そう、わたしは甘織れな子。

真唯と紗月さんの間に入り込む毒虫……。生まれてきてすみません……。

ともあれ、お風呂を借りているタイミングで真唯が帰ってきたら大変だ。そそくさとシャワーだけ浴びてこよう。

「じゃあ、お借りしますね……。すみません……」

いつの間に用意していたのか、着替え一式を花取さんが抱えていた。受け取ろうとすると、さっさと歩いていってしまう。まあ、案内していただこう……。

「こちらです」

「お……。案外、普通……？」

ドアを開くと、洗面所があり、さらに分厚いガラスのドアで仕切られている浴室が見えた。

雰囲気的には、真唯と泊まったホテルの浴室に近いかな。普通ではない。でも、真唯のマンションだから、ラブホテルぐらい広いお風呂があるのかと思った。

「じゃあ、失礼して……」

花取さんはいまだ着替えを渡してくれない。

いや、あの？

「お嬢様のためです。貴女ひとりにはお任せできません」

「……それは、どういう」

わたしの目の前で、花取さんはスーツを脱ぎだした。

えっ⁉

「どういう⁉」

「ですから」

花取さんがシュッと首元のネクタイを緩めて、当然のような顔で言い放った。

「私が貴女をお嬢様の前に出しても恥ずかしくない程度に、洗い清めて差し上げます」

「え――」

わたしは叫んだ。

「ええええええええええええええ！」

湯気が立ち上る浴室に、わたしは恐る恐る足を踏み入れる。

前をバスタオルで覆《おお》っているものの、後ろはがら空き。背後に花取さんがいて、なんだか命を狙われているような危機感を覚えてしまう。

「洗い清めるって、その、どういう……」

シャツを脱ぐ際に髪が引っかかってしまった花取さんは、きれいにまとめていた髪を今は下ろしていた。少し癖《くせ》がある黒髪は、花取さんの体に影のように絡みついて、その肌の白さを強調しているみたいだった。

シャワーノズルを取って、花取さんは温度を調整する。ジャーという水の流れる音を聞き流しながら、わたしは頭の中で今ハマっているＦＰＳの立ち回りを考えることにした。

市街地マップのときはどうしても序盤から殴り合いが激しいけれど、過疎《かそ》地域に引っ込むことで生存率をあげられないものだろうか。ただ結局、亀プレイのままじゃ順位はあげられても一位にはなれないので、普段のプレイから撃ち合いの練習を心がけた方が結果的に成長はするわけで、**そう、黒髪の美人のお姉さんに体を洗ってもらうのだって最終的には……**。

だめだ！　現実逃避がままならない！

「っていうか、体ぐらいひとりで洗えますけど！」

振り返る。そこで花取さんの体をもろに視界に収めてしまった。

オトナの体をした女性だ。

ちゃんとふとももが張ってて、全体的なフォルムは細いのに丸みを帯びている。

身近なお母さんや、先生とは違う、わたしの同年代の女の子ともぜんぜん違う。『お姉さん』

のはだか、って感じ……。

なんか、生々しい……！

友達の裸もヤバヤバのヤバだったけど、ほとんど話したこともない赤の他人みたいなおねえさんの裸も、かなりのヤバさだ。ヤバがヤバい。

しかもそれが、花取さんっていう今までお手伝いロボットみたいに感情を表に出さなかった人の裸体ってことで、なおさら、背徳感が増してくる……。

スーツの下は、こんなつるつるですべすべ、きれいな裸なんだな、って……。

いやもう煩悩《ぼんのう》がすごいよ！

「では失礼いたしますね」

花取さんがいい香りのボディソープを手にして、ボディスポンジにまぶす。よかった、どこかのえっちな人みたいに、おててってわけじゃないみたいだ。

「は、はい……」

そうだ、美容院で髪を洗われるような気分でいればいいんだ。

花取さんはちゃんとお仕事みたいにしてくれるだろうから、わたしもあくまでも事務的に、事務的に……。

ゆっくりとバスタオルをはだけられる。壁を前に、ただ立ちすくむわたし……。

後ろから花取さんの手が、わたしの背中に伸びてくる気配。

　スポンジが肌に触れた。

「ひゃっ」

「冷たいですか？」

「い、いえ……。なんかちょっとくすぐったくて」

「気をつけますね」

　肌をこする感触が、普段、家で使っているスーパーのものとはぜんぜん違う。

「な、なんだか、変わったスポンジですね」

「絹です。繊維が細かく、肌の細かな汚れをしっかりと落とすことができます。代わりに、強くこすりすぎると、肌が傷ついてしまいますので」

「な、なるほど」

　だからそんなに優しい手つきなんですね……。

　触れるか触れないかぐらいのフェザータッチ。産毛《うぶげ》の先だけを撫でるようなスポンジ使いに、わたしのなにかのゲージがちょっとずつ高まってゆく。

　こ、これ……もしかして、きもちいいのでは……！

　じんわりと高まってゆく熱を逃すみたいに、わたしは口を開いた。

「う、うぅ……うう……」

　そうすると、行き場のなかったうずきが、ほんの少しだけ楽になった。

とはいえ、花取さんは継続的にわたしをこしこしと磨いているわけだから、今この瞬間もずっと、むずがゆいような気持ちよさが……。

「あ、あの……まだぜんぜん、くすぐったくて……んぅ……」

「ずいぶんと、くすぐったがりなんですね」

「そう、なのかも……？」

花取さんは特に遠慮することもなく、スポンジを背中から、わたしのおしりへと滑らせていった。ひっ⁉

「あ、あのあの！」

「もう少し、静かにできませんか？」

「なんでわたしが責められているんですか～……？」

ぐっと唇を噛んで耐える。耐えるってなんだ⁉　いやでも、くすぐったいし！

「それでは少し、座っていただいても？」

「はい……」

わたしはぐったりした気分で腰を下ろす。バスマットとも違う、バス座椅子（？）のようなものに座ると、少し気分が楽になった。

花取さんがペットボトルの水を差し出してくれる。

「ど、どうも……」

ストローに口をつけて、一服。これがガチのお姫様接待……。なんか全身に汗かいてきたし、健康的になりそう……。

脚を持ち上げられた。体勢が斜めに倒れる。

「うわあ！」

「それでは失礼します」

「やる前に言ってもらえません!?」

脚に謎のアロマが塗られて、またスポンジで磨かれてゆく。丸太の表面をカンナがけされているみたいだ……。誰の脚が丸太だって!?　そこまで太くはないんじゃないかな!?

「ご気分は？」

「ずっと恥ずかしいです……！」

「ご心配なく。エステティシャンの民間資格は所持しています。ボディケアの技術でしたら、それなりに自信もございます」

そういう問題ではなく！

片足を持ち上げられているので、わたしの格好が、ね……！　精一杯、内股にして耐えているものの、なんかあられもないところを見られてしまいそうで……！

かつてこんなにもわたしの尊厳が辱《はずかし》められたことはあっただろうか。ないと思うんですけどね……！

ふ、腹筋がぷるぷるしてきた……！

「ひゃっ」

「どうしました？」

「あ、足の指の間まで洗われたので……！　つい……！」

「そうですか」

花取さんは職務を遂行《すいこう》するためのロボットなのかなんなのか、眉一つ動かさずにわたしのもう片方の脚を引っこ抜いた。うひっ。

また、ごしごしと丸太の手洗いが再開される。きもちがいい……。

「っていうか、こんなところまでピカピカにして、どうしようってつもりなんですか!?　まさか、このままわたし、真唯に献上するお皿に並べられるんじゃないでしょうね!?」

「なにを罰当たりなことを……」

「だって必要ないじゃないですか!?」

「どこがという話ではありません。汚れた体でお嬢様にお会いする行為そのものが、お嬢様に対する侮辱ですから」

くぅ……。そりゃわたしだって、いつも身ぎれいにしてたいって思っていますけどお！

花取さんはようやく両方の脚を洗い終わってくれた。

「はぁ、はぁ……。い、生き延びた……」

「次はゆっくりと体を倒してくださいまし」

「はい…………」

花取エステサロンの施術は、まだ続くみたいだ。

今度はバス座椅子の背に寄りかかるわたし。脚を伸ばして座る。なんかもう、下手に抵抗するより、協力して一刻も早く終わらせてしまった方がいい気がしてきた……。

「腕を失礼しますね」

「ふぁい」

また先ほどの優しい手つきで、二の腕から手の甲までをなぞられる。わたし、脚よりも背中と、そして腕が敏感なのかもしれない……。また息が荒くなってきた……。

本当に下ごしらえをされている気分だ。すっかりできあがったわたしは、そのまま帰ってきた真唯に塩とクリームでおいしくいただかれてしまう……？　注文の多い王塚家……。

両方の腕が終わった。これでわたしはようやく解放をされて……。

「それでは、背もたれを倒しますね」

「あえ？」

さすがバス座椅子。倒すと寝転がることができるんだ。浴室の天井をまじまじと眺めることなんて基本的にないから、新鮮だ。

「こちらも失礼しますね」

「ほわ……？」

目の上に、タオルを乗せられた。これも美容院みたいだ。

……ふよん。

ん……？

胸になにか、感触が……。いや、これは、勘違いじゃなくて……。

今度は体の前が洗われている!?

「美容院と違う！」

「美容院では裸にはなりませんからね」

「そりゃそうですけども!?」

裸に目隠しまでされて寝かされているとか、こんなの無防備にもほどがある！　花取さんがわたしを殺そうと思えば、いつだってできるじゃんこんなの！

胸元にスポンジが当たって、わたしは『ひゃあ！』と声をあげる寸前で耐える。

そのままスポンジが、谷間からお腹《なか》のほうへと滑り落ちてゆく。

うう。伸ばした指をわきわきさせたり、足をもじもじさせてしまう。

最初に背中を洗われてたときより、ずっとずっと気持ちよさが強くなってきて、声を我慢するのが苦しくなってきた。ううう。

「あ、あのぉ……花取さん、まだ、ですか」

「もう少しですよ。我慢してくださいね」

「はいぃ……」

ああもう、だめ、しんどい、ムリムリ。

「あぁぅ……あぁぁ……ふぅー……ふぅー……」

耐え切れなくなって、ついに声が漏れた。

熱い。お風呂にも入っていないのに、全身がポカポカする。

なんかマッサージみたいなのまでされてるし……。

「き、きもちよくて……。だ、だめです、花取さん、だめ、これ……」

頭もぼーっとしてきた。自分の声が、どこか遠くに聞こえる。

「はぁー……はぁー……う、あううぅ」

頭の中で必死に、これはえっちなことじゃない、これはえっちなことじゃない、って念仏を唱えるみたいに繰り返すけど、わたしの声はどう聞いてもピンク色に染まっていた。

ううう、なんか皮膚の奥がじんじんしてるみたいで、切ない……。わたし、目隠しされているからわかんないけど、あちこち大変なことになっちゃってたりしないかな……。

「あ、あんまり、もう、だめ、だめですから……むりむり、花取さぁん……」

思わず甘えたような声をあげてしまって、こんな姿は学校のみんなにはぜったいに見せられないな、って頭のどこかで思う。

スッと、目に光が差した。

「あ……」

「おつかれさまでした、毒虫さん」

花取さんが、わたしの顔を覗き込んでいた。

「う、うん……ふぁ！」

呆けていたわたしは、慌《あわ》てて口元をこする。案の定、よだれが垂れていた。

「ち、ちがいますからねこれは！　別に、きもちよくなっていたわけでは！」

「そうですか。手技《しゅぎ》を披露《ひろう》するのは久しぶりでしたが、そんなに気持ちよさそうにしてくださって、嬉しいです」

「そうじゃなくてぇ……！」

花取さんがシャワーからお湯を出す。わたしの頭をちょっと持ち上げて、そのまま体を流してもらった。寝転びながら体を洗われるのも、お湯をかけられるのも、どちらも初めてで不思議な体験だった。

ていうか、すっかり気持ちよくされて、悔しい……。

「ま、まあ、この程度だったら別に、いくらでも耐えられてましたけどね！　くすぐったかったのも最初のうちだけですし！　さっきのは負けたフリですから！　花取さんも大したことはありませんね――！」

全裸でそんなことをのたまうわたしを見下ろして、花取さんは「はあ」と生返事。

それからわたしに、胸から下半身を申し訳程度隠すような小さなタオルをかぶせてきた。

……ん？

ちゅーっとなにかオイルのようなものを手に出して、両手でねちゃねちゃと混ぜ合わせる花取さん。

「そうですか。ではこれから引き続き、オイルマッサージをいたしますね」

「ま、待って！」

花取さんは有無を言わせずに覆いかぶさってきた。

「待ってえええ～～～～！」


ドアが開く音がして、パタパタと、足音が近づいてくる。

「やあ、遅れてすまない。ずいぶん待たせてしまったかな――」

リビングに入ってきた真唯は、笑顔のままで固まった。

ちょこんとダイニングの席に座っているわたしは、引きつった笑みを浮かべる。

「お、おかえり、真唯……」

「おかえりなさい、お嬢様」

横に控えていた花取さんが、恭《うやうや》しく頭を下げる。

「よろしければ、夕食の用意はできておりますが、いかがですか？」

「あ、ああ、よろしく頼むよ、花取さん……」

真唯がコートを脱ぐと、当然のように花取さんがそれを受け取る。一礼してから、食事の給仕をするために、お部屋を出ていった。

ダイニングの席、わたしの向かいに真唯がふわふわした顔で腰を下ろす。

「驚いたよ」

「そ、そうですか」

「すごく、かわいらしい」

真唯が手を伸ばしてきて、正面に座るわたしの手を握る。

わたしはお風呂を出た後、花取さんに選んでもらったお洋服に着替えていた。もちろんジャージなどではない。衣装部屋に長年保管されてきた、真唯の着なかったワンピースだ。

サイズ感の心配はあったけど、それならそれで似合う着こなしというのがあるらしい。一から十まで花取さんにコーディネートを任せて、髪までアレンジしてもらったのだ。

全身マッサージまでしてもらったし……。体がスッキリ軽い気分。今のわたしは、もしかしたら、カワイイのかもしれない……!?

いやいや、うぬぼれるな！　真唯はすぐわたしのことかわいいって言うから！

「かわいいよ、れな子」

ほら言った！

「確かに相対評価なら、今のわたしがわたし史上もっともかわいいのはその通りだと思うんですが、しかし真唯の周りにはかわいい人や美人の人が山ほどいるわけで、絶対評価するならわたしは特にかわいくないというか……」

「とっても素敵だよ。かわいいね、れな子」

「体が目的なら、わたしと付き合うことはないくせに！」

恥ずかしさのあまり真唯を睨むように見返すと、それはそれで「うん」と真唯がうなずいた。うなずくんじゃん！

「私の言っている皆は、モデルの人たちだからね。ＢＭＩが14から16の方々だ。一食一食に気を配り、常にたゆまぬ努力によって、体型を死に物狂いで維持し続けている」

「なるほど！　じゃあムリですね！」

わたしは手放しで負けを認めた。わたしは唐揚げもメロンパンも食べるので……。

真唯は微笑む。

「ただそれが、一概にすべて素晴らしいと言っているわけではない。わたしは彼女たちよりも、君の方が好きだよ。私のために着飾ってくれて、ありがとう」

「う、うん……。ほとんど、花取さんのおかげ、だけど……」

「嬉しいな、嬉しい」

ニコニコしながらわたしの手をさする真唯に、うう、ここまで喜んでもらえたなら恥ずかしさを我慢したかいもあったな、と思えてしまう……。洗脳……？

違う、わたしはいつまで真唯にひねくれてるんだ！　ちゃんと！　愛を！　伝えないと！

「うううううう」

「ど、どうしたんだい。急に頭を抱えて悶《もだ》えて」

「今、わたしの中の悪魔をいぶしているんだ……。でもその悪魔はほとんどわたしと同化しているから、わたしも一緒にダメージを受けているんだ……」

「そ、そうか、わからないけれど、大変そうだ」

真唯が引いている間に、花取さんが食事を持ってきてくれた。

ハンバーグ屋さんみたいにワゴンを押してくるかと思ったけど、普通のトレイだ。わたしと真唯の前に、それぞれお皿を並べてくれる。

深いお皿の中に、たっぷりとよそわれたビーフシチューだ。

「うわ、おいしそう」

ただ、王塚家の食事の割には、予想していたほど豪華ではなかった。てっきり豚の丸焼きとか出てくるのかと……。いや、真唯はモデルだからね。そんなにたくさん食べないんだよ。

「どうぞ、お召し上がりください」

「はーい、いただきます！」

スポーツをした後なので、お腹はぺこぺこだった。匂いでお腹が鳴る前に、早く食べよう。

「おいしそうだね、真唯」

「ああ、きっとおいしいよ。私が保証する」

ビーフシチューにスプーンを沈める。じゃがいもやブロッコリーがたっぷり入っていて、にんじんの赤い彩りがきれいだ。これは牛のもも肉かな。しっかり煮込んであって柔らかそう。

ひとすくい。熱すぎずの温度もちょうどよく、わたしはちょっとフーフーしてから口に運んだ。……ン！

「おいしい！」

家で食べるシチューとぜんぜん違う！　なんていうか味が濃い！　いや、味が深い!?　コクが……ある！　そう、疲れが取れる味がする！

「ねえねえ、真唯、すごいよ！　花取さんさすがだね！」

はっ、ひょっとして。

わたしが真唯に嫁《とつ》げば、毎日このご飯が食べられるというわけか……!?

真唯に結婚してくれって言われていたけど、結婚した後に手に入る生活をこんなあからさまに見せられちゃったら、別角度から心ときめいてしまわないか……？

花取さんがマッサージもしてくれるんでしょ？　移動もリムジンで送り迎え……。世界でいちばんお姫様……。そんなの、人間みんな憧れる……。

「ふふふ」

するると、真唯が口元に手を当てて、笑っていた。なになに。

「花取さんが、うちに来たばかりのことを思い出してしまったよ」

「お嬢様」

少し焦《あせ》ったように声をあげる花取さん。

「その頃はレパートリーもまだ少なくて、唯一これだけはまともに作れるからって、いっつも圧力鍋でビーフシチューを作ってくれたんだ。覚えているかい？　花取さん」

「……その節は、ご迷惑をおかけいたしました」

うつむく花取さんは、頭を下げてごまかそうとしているけれど、頬が赤くなっていた。

「花取さんにも、そんな時代が……」

「ああ。そういえば車の運転も、昔はよく狭い路地に入り込んで、顔を真っ青にしていたね。途方にくれたり、教習所からやり直そうかと落ち込んでいたり」

「……お嬢様、お許しください」

「違うよ、褒《ほ》めているんだ。ずっと私のために尽くしてくれて、感謝している、って」

「もったいないお言葉です」

なんか……いいシーンだ。

さっき花取さんの献身を聞かされたから、なおさら。

シチューはおいしいし、真唯も花取さんも楽しそうにしていて、うん。

かなり……。いい雰囲気！

「それにしても、なんだか不思議な気分だよ」

ぼんやりとした顔で微笑む真唯。

「ええと……なにが？」

シチューをひたすらパクパクしながら聞き返す、ムードのないわたし……。

「私の家にれな子がいて、花取さんが作った食事を一緒に食べてくれている。まるで家族になれたみたいだから」

「……真唯？」

それは……。わたしは、いっつも家でやっていることだ。

お父さんとお母さんと一緒にご飯を食べて、妹とわたしがきょう学校であったことを適当にお喋《しゃべ》りして。生まれたときからずっと変わらない、当たり前の光景。

スプーンを運ぶ手を止めて、わたしは真唯の顔を覗く。

なにを思っているのか、よくわからない。ただ、安らいだ表情をしていた。

……仕事、お疲れだったのかな？

「う、うん。ただ、その、結婚とかは、まだ考えていませんけどね……？」

念のために聞き返すと、真唯が微笑んだ。

「うん、わかっているとも。ただ、ありがとう」

おいしいものをご馳走《ちそう》になって、綺麗な服を着せてもらったのはこっちなのに、ありがとうと言われても……。

そこで真唯はテーブルに肘《ひじ》をついて、手を組みながらニコリと笑った。

「そうだ。なら、まずは同棲から始めるというのはどうだろう。ああ、もちろんご両親の許可を取る際には、私がご挨拶に伺《うかが》うよ。緊張してきたな」

「それもしませんけどね!?」

「大丈夫だ。最初は突然のことで反対されるかもしれないが、きっと説得してみせよう。君と私の夢を共に叶《かな》えるために」

「わたしの夢は、平穏無事に生きることですけど!?」

急に会話のテンポが変わるから、びっくりしたよ！

しかも、別に説得をがんばらなくても、わたしの両親はすぐにOKしてしまいそうな気がする……。両親が鬼チョロいというよりも、だって真唯が立派なんだもの……！

少なくとも妹は大賛成するだろうしな……。わたしの味方、少なすぎ……？

いや、その場合、花取さんがわたしの味方になってくれそうな気もするんだけど、でも真唯の言うことにノーを唱えるとは思えないので、やっぱり自分の身は自分で守らなきゃ！

「わたしはごはんひとつで懐柔《かいじゅう》されるほど、チョロい人間ではありませんので……」

「ならば次は、君のためにゲーム部屋を用意しておこうかな」

「それはわたしの弱点なので、本気でやめてください！　真唯の家に来たら、高性能ＰＣの高リフレッシュレートモニターでゲームし放題とか、だめだから！　入り浸《びた》るからぁ！」

わたしの叫び声に、真唯はしばらく笑っていた。

ただ真唯の家に遊びに来て、ご飯を食べて帰った。それだけのことだったのに、真唯はいつも以上に上機嫌で喜んでくれて、わたしはまた遊びに来てもいいかな、と思ってしまった。

あれ、これいわゆる恋人になった真唯と初めてのおうちデートってやつなのでは……？

いやいや、まさかそんな……。ご飯食べた後に、ちょっと真唯と格ゲーやって帰っただけだし……。そんな大した意味はね、ね、ね！


結局、帰りも花取さんに送ってもらってしまった。

「すみません、きょうはいろいろとありがとうございます。晩ご飯とか、その、お洋服まで」

「いえ。機会があれば、今度引き取りに伺いますので」

帰りの花取さんはリムジンではなく、黒い軽自動車に乗っていた。これが花取さんの通勤用の車らしい。人の車の匂いがして、後部座席に座るのはなんか緊張した。

家の前に下ろしてもらう。ジャージとバスケットボールの入った紙袋を抱え、頭を下げた。

そのまま走り去っていくかと思った花取さんが、運転席の窓を開ける。

「これからもお嬢様と仲良くしてくださいね」

その顔は……ほのかに微笑んでいる。

「……いいんですか？　わたしが仲良くしても」

「なんのお戯《たわむ》れか、花が毒虫をお気に召していらっしゃるのです。仕方ないことでしょう」

今まで通り、突き放すような言葉だったけど……。でも、じゃっかん印象が違って聞こえる。

……ような、気がする。

とりあえず、なにがなんでも排除！　みたいな姿勢からは脱してくれたようだ。よかった。

でも、そんな風に手のひら返しされるようなこと、したかな。

ていうかこの人、真唯の話をするときには、ずっとかわいいお姉さんなんだよな。永遠にその顔でいてくれれば、もう少し話しやすいのに……。

「夕食の時のお嬢様は、まるで……」

「？」

「いえ、なんでもありません」

事務的な顔に戻った花取さんに、わたしはひとつだけ聞いてみたいことがあった。

それはずっと、わたしの喉《のど》に引っかかっていた小骨だ。

いや、小さくはない。ジョーズの頭蓋骨《ずがいこつ》ぐらいあるけど……。

恐る恐る、口を開く。

「花取さんは、どう思っているんですか」

「なんですか？」

「その、二股《ふたまた》の件」

「ああ」

わたしの予想に反して。

花取さんはくすりと笑った。

「気にしていませんよ」

「えっ…………そ、そうなんですか？」

「ええ」

なんと……。一瞬、言葉を失うほどに、意外な答えだった。

自信のないテストの答案用紙が帰ってくる日に、気合いを入れて学校に着いたら、先生が休みだったときみたいな。肩透かし感を覚える。

花取さんは特別に真唯を大切に想っている人だから、わたしの存在なんて本当にろくでもないわけで。これから花取さんにも認めてもらわなきゃいけないっていうのはすごくハードルが高いけど、でも、やらなきゃいけないことだったから。

今は、花取さんもひっくるめて幸せにしてみせます！　とか宣言するのは難易度高いけど、そのうち、ちゃんと胸張って言えるようにならなきゃいけないので。

でも、最初から認めてもらっているっていうのは、まあ、それはそれで嬉しい……かな？

だが、花取さんは微笑みながら。

一刀両断した。

「──あんな、根も葉もない噂のことなんて」

…………。

……うん？

「あの」

「お嬢様を二股する人間が、この世界に存在しているはずがありません。ですから、ネットに出回っている一連の噂は、あまりにも荒唐無稽《こうとうむけい》。貴女のすべきことは、くだらない噂に振り回されず、お嬢様のために日々己を高め続けることだけです」

「ええと……」

わたしは両手の指を絡ませながら、聞いてみた。

「もし～……それが、ほんとに～、わたしが二股とかしてたら～、どうします～？」

「ふふ」

花取さんは上品に微笑んだ。そんなことは、突然空から一兆円が降り注いでくるぐらいありえないことだ、とでもいうように。

「刑法199条」
そうとだけつぶやいて、花取さんは車を走らせていった。
刑法第199条
人を殺した者は、死刑又は無期若《も》しくは5年以上の懲役に処する。
わたしは部屋に帰って、布団にくるまった。
殺されるほどの罪は犯してないと思うんですけど！　どうですかね!?　ねえ!?

＊＊＊

さすがに、見たんですよね、悪夢を……。

手始めに、なんの前触れもなく紫陽花さんにフラれるシーンからスタートだ。『ごめんね、れなちゃんのこと好きじゃなくなっちゃったの』と言われ、そうか、好きじゃなくなったのなら仕方ないよな…………ってなった。

友達なら趣味とか共通の話題とかで繋がっているものだけど、恋人は好きかどうかだから、好きじゃなくなったら付き合わなくなるのだ……。あまりにもつらい。

ただこれで、わたしは真唯とふたりで付き合うようになった。『これからも一緒だよ』と真唯は言ってくれた。真唯はわたしのことが好きなので、わたしと付き合っている。証明終了。

いつものように真唯の家に行って、真唯とベッドで仲良しした（？？？）後に、帰ろうとしたところで、花取さんに呼び止められた。まっすぐに指を差される。

『貴女は、お嬢様と二股していましたね』

わたしは全力で否定した。誠実ではない行動だが、仕方ない。死にたくなかった。生《せい》の欲求はすべてに勝る。

もはや花取さんがすべてを見透かしているのだと気づいて、わたしは土下座した。香穂ちゃん譲りのプライドの捨て方だ。あらんかぎりの言い訳もした。わたしは悪くない！　あの子たちがわたしのことを誘惑してきたんだ！　わたしは悪くないんですよ！

花取さんが救いがたいゴミを見下ろすような顔で、わたしを見下ろしていた。いつの間にか花取さんはチェーンソーを持っていて、振りかぶっている。なぜチェーンソー？　寝る前にやっていたゲームの影響だった。

なおもわたしは叫んだ。悪いのは、わたしじゃない――。その言葉をかき消すように、チェーンソーがわたしを真っ二つにした。ＢＡＤ　ＥＮＤ
こんな夢を見て、朝から爽快《そうかい》な気分で「おはよう！」と言えるわけがない。わたしはとぼとぼと教室にやってきた。

「おはよう、れなちゃん」

「お、おはよう！」

わたしはあえて大きな声を出して挨拶をした。不安は笑顔で吹き飛ばそう！　紫陽花さんの前で不安げな顔はしていられないもんね。

リュックを置いて、席に着く。紫陽花さんを見つめる。

「どうかした？」

「ええとですね」

きょうもかわいいな……。じゃなくて。

もしわたしが二股をしているってことが、紫陽花さんの弟さんに知られたら、どういう目を向けられるんだろうか。

一緒にゲームをしてくれた広樹《こうき》さんと桔平《きっぺい》さんにも、『ゴミ！』『カス！』と、いっぱいなじられるんだろう。紫陽花さんを迎えに来たあの優しそうなお母さんも、もしかしたらチェーンソーを持ってわたしを追いかけ回してくるかもしれない。

「わたし、もっと紫陽花さんのために尽くしたい……」

「えっ!?」

花取さんみたいに、わたしも意味のある人生を見つけ出したい……。

「きょう教科書ちゃんと持ってきた？　宿題やってきた？　忘れ物ない？」

「ええと、うん。大丈夫、かな？」

「そっか……。もし紫陽花さんが寝るところに困って、泊まる場所がなかったら、わたしの家に来ていいからね！」

「う、うん、わかった、けど……？」

徳を積みたい……。わたしは紫陽花さんが毎日ただ健《すこ》やかに暮らしているのを見るのが好きだけど、わたしだってチェーンソーでれな子二分の一になりたくないから……。

もし紫陽花さんがわたしナシでは決して幸せになれない子だったら、わたしだって紫陽花さんのためになんでもかんでもやってあげるのに……。

でも紫陽花さんは自分ひとりでもきっと幸せになれる人だから、究極、わたしの助けなんて必要としないんだけど……そしたらわたしが徳を高められないよお……。

紫陽花さん相手に徳を積むためには、一度、紫陽花さんには不幸になってもらわないといけないからさあ……！　人を幸せにするのって、大変だなあ……！

だめだ、不幸な紫陽花さんを想像するなんて、徳が下がる！　他の方法を考えよう。

「毎日、一日一回紫陽花さんをホメるとかは、どうかな……」

「それは、嬉しいけども……？」

紫陽花さんはいまだにぜんぜん飲み込めてない顔で、首を傾げていた。

そのかわいらしさを前に、わたしは己の愚かさを知る。

「だめだ！　紫陽花さんがかわいいなんて当たり前なんだから、かわいいものにかわいいと言ったところでただの事実でしかない……。そんなんじゃ紫陽花さんは喜んでくれない……！」

「そんなことないよぅ」

「紫陽花さんそのペンケースかわいいね！」

わたしはキャラクターもののペンケースを指差した。なるべくホメのバリエーションを増やしていきたい。

そうすると紫陽花さんは笑顔で「うん」とうなずいてくれた。

「これね、いつもありがとうって、チビたちがプレゼントしてくれたの。珍しいんだー」

「あ、そうなんだ」

よし、これはグッドコミュニケーション。わたしの好感度があがった音がした。紫陽花さんと弟さんたちの関係が良好っていうのも、なんか嬉しいね。

「おはよう」と真唯がやってきた。挨拶をする前に後ろの人物が目に入ってしまって、うっ、となる。

「いい加減、考えてくださいましたか？　王塚さん」

「そう言われてもね。私は別にみんなのリーダーというわけでもないんだ」

「嘘をおっしゃって！　どう考えてもクインテットのリーダーは、あなたでしょう！」

目が合った。真唯が肩をすくめる。

「きょうも高田さんに絡まれてるね……」

「だねえ……」

いい加減、球技大会のチーム決めも終わったんだから、諦めてくれればいいのに……。

紫陽花さんとヒソヒソ話していると、高田さんの目がこちらにぐるんと向いてきた。ひっ。

「甘織さんも、瀬名さんも！　ええ、ごきげんよう！　そういえば聞いた話では、甘織さんがバスケットボールを選ばれたとか!?」

ずんずんずんずんと侵略者のようにやってくる高田さん。ひい。

「え、ええ、まあ……」

「それでは、ここでひとつ、勝負といきませんか！　実はですね、私たちもバスケットボールを選んだのです！　まさしく正当な勝負ではありませんか？」

「えぇぇ……」

といっても真唯と紫陽花さんがソフトボールなんだから、正当な勝負のはずがない。それで勝って気が済むのか？　B組は。

「ねえ、高田さん。やるにしても、また今度やろう？　クラスを巻き込んでとか、みんなに迷惑がかかっちゃうんじゃないかなあ」

紫陽花さんが、高田さんをやんわりとなだめる。そんな、危ないよ紫陽花さん！　ターゲットにされて不幸になったらわたしが徳を高めちゃうよ!?

だが、高田さんはやはり聞く耳をもたず。

「それではあなた方がいつまでも逃げてしまうでしょう！　学校行事の一環で争った方が、優劣が学年全体に伝わるというものです。まったく……」

高田さんはA組を見回すと、腰に手を当てて言った。

「私がここまで言っても、誰もが日和見《ひよりみ》主義で目を逸らす。A組は腰抜けの集まりですか！」

シーンとクラスが静まり返った。

メンタルの弱いわたしだったら一撃で潰《つぶ》れてしまいそうな沈黙を受けて、しかし高田さんは口元に手を当てて笑みを作ってみせる。

「ふんっ、これでは本当にお話になりませんね。もういいですわ、きょうもこれで失礼いたします。朝の貴重な時間をあなた方に使っても仕方ないということがわかりました――」

ばっと手を開いて、歩き去っていこうとする高田さん。

そこに。

「ちょっと、今の言い方は……」

「うん？」

物申そうとした女がひとり。

甘織れな子っていうんですけど……！

だって、別に勝負したらクインテットが負けるわけないし！　みんなそれぞれ毎日の暮らしがあったり、優しかったり、夢を追っていたりするから、相手にしていないだけでさ。クインテットが負けるはずないもん！

言われっぱなしとか、腹立つし！

「実際戦ったら、クインテットが勝ちますよ！」

「へえ。口だけなら、なんとでも言えますわ」

そこで賛同の声があがった。

「そ、そうですよ！　クインテットが勝つに決まってます！」

「そうだそうだ！　Ｂ組なんかには負けませんよ！」

それは騒ぎを遠巻きに見ていた平野さんと長谷川さんだった。クインテットのファンの子！

ただ、高田さんは不快そうに眉を寄せ、視線を弾《はじ》くように手を振り払って。

「正式に戦う気があるのなら、今度はＢ組に来てくださいまし。きゃんきゃん吠《ほ》えられたところで、私はなにも気にしませんことよ！」

「あ」

高田さんの手が、机の上のなにかを床に落とした。

がちゃんと地面を叩くのは――。紫陽花さんのペンケースだった。

「あ」

しかもそれを、高田さんは思いっきり踏んでしまった。

　──ばきっと音がする。

「す、すみま──」

　反射的になにかを言おうとしたその高田さんの声よりも早く、わたしが叫ぶ。

「──紫陽花さんのペンケース！」

　真唯が高田さんに詰め寄る。

「君は、なんてことをするんだ！」

「えっ、えっ、いや、その」

　焦った高田さんが、しょんぼりした紫陽花さんを見下ろして、そして。

　そして…………。

　──口元に手を当てて、高笑いをした！

「ほーっほっほっほ！　そんな粗末なものが、ペンケース!?　机の上のゴミかと思いましたわ！　気づかず踏んでしまったのも仕方ありませんわね！　だってゴミなんですもの！」

　静まり返った教室に、高田さんの哄笑《こうしょう》が響き渡る。

　こ、この…………！

　紫陽花さんの悲しそうな声がこぼれる。

「あ……。私の、もらったペンケース……」

　そっと地面に膝をついて。

紫陽花さんは、靴跡のついたペンケースを拾い上げた。

「……ゴミ、じゃないよ……」

か細い声が教室に響き渡った、次の瞬間。

「瀬名さんが……」「瀬名ちゃん……」「瀬名……」「紫陽花さん……」「うちのクラスのアイドルが……」「なんてことを……」「ああ、瀬名さん……」

A組の心は、ひとつになった。

その強い意志に背中を押されるように。

「……受ける」

「え？」

わたしが高田さんに、思い切り指を突きつける。

「わかったよ！　その勝負、引き受けてやるから！　バスケットボールでどっちが上か、はっきりさせようじゃん！　もしわたしたちが勝ったら、みんなで紫陽花さんにめちゃくちゃ謝ってもらうからね！」

ぐっ、と一瞬鼻白んだ顔をする高田さん。

「え、ええ！　いいでしょう！　こちらこそ、願ってもない申し出ですわ！」

「高田さん」

真唯もまた、わたしの横に並ぶ。

「私を憎むのも、恨むのも、構わない。慣れているからね。ただ、そのせいで私の友達に危害を加えるというのなら、絶対に許さないよ」

わたしでも聞いたことがない真唯の怖い声に、高田さんが言葉を失って。

「……………え、ええ！　そうですわね！　あなたのそういう甘いところをまんまと利用してやったんですわ！　すべて私の思惑《おもわく》通りですわ！　では、勝負の日を楽しみにしています！　首を洗って待っていなさい！」

たったかと小走りで、Ａ組を去ってゆく高田さん。

紫陽花さんは靴跡のついたペンケースを抱えたまま、心配そうにわたしたちを見ている。

「……あの、私」

「ああ、わかっている、紫陽花」

真唯が紫陽花さんの手を取る。

「もう二度とこんなことが起きないように、彼女たちに刻みつけてやろう。お互いの立場というものをね。君の悲しみを晴らしてみせるよ」

「真唯ちゃん……」

次に紫陽花さんは、わたしを見た。

………………。

徐々に怒りの熱が薄れて、我に返ったわたしは……。

手の震えを後ろに隠しつつ、青ざめた顔で思いっきりうなずいたのだ。

「うん！　わたしたちに任せて！」

まんまと挑発に乗って、とんでもないことを言ってしまった！


ただ、クラスは間違いなく一致団結した。

男子も女子も関係なく誰もが、悲しむ紫陽花さんを見て、Ｂ組への憎しみを燃やした。

――こうして、ただの学校イベントの球技大会は、ぜったいに負けられない戦いへと変わったのであった。

へ グループ名『5déesse の間』（4）

その3

クイーン：……。
クイーン：……。
姫百合：やったね！　ひみちゃん！
鶴ちゃん：敵と判断すれば容赦はない……味方ながら恐ろしいわ、卑弥呼《ひみこ》。
miki：みきみきぃ！
姫百合：特に、瀬名紫陽花《せなあじさい》を狙うなんて、いい目のつけどころ！
鶴ちゃん：ええ、私の言った通りね。
姫百合：あの女、自分はみんなの味方ですよ～って、誰にでもいい顔してさ。
姫百合：A組の男も女も丸ごと懐柔《かいじゅう》して、自分のしもべみたいに操っているんだよ！
鶴ちゃん：やはり……！
姫百合：そしてね、ここからは私の推測……いや、直感なんだけど。
姫百合：やってるね、あの女。

鶴ちゃん：!?

姫百合：裏では、相当な悪事を、ね。

鶴ちゃん：まさか……あんな人畜無害な顔をしておきながら……。

姫百合：それもすべて、表の顔だよ。

姫百合：腹の中はドロドロの真っ黒。

姫百合：たぶん趣味は……カップルの男を寝取った直後に、ポイ捨てしてやること……。

姫百合：そうやって周囲の人間関係を破壊しては、孤立した子に味方面《づら》で近づいていって、心の隙間《すきま》につけ込んでくるの。これを繰り返して、今の人気者の地位を得たんだ。

鶴ちゃん：なんて恐ろしい……！

鶴ちゃん：クインテットの影の支配者じゃない！

姫百合：そうなんだよ。

姫百合：だけどね、そんな相手に容赦なくケンカを売る女が、私たちにはついているから。

姫百合：そうでしょう！　ひみちゃん！

クイーン：……。

クイーン：……ええ、そうね！

第三章　がんばってもムリなものはムリ？

わたしは正座したまま、千円札を差し出していた。

実の妹に、猫撫で声で。

「遥奈《はるな》ちゃん……。どうか、わたしにバスケを教えてください……」

「なんなの」

先日の一件でA組の心はひとつになった。

ちなみに、紫陽花《あじさい》さんのペンケースについては、ちょっと足跡がついたぐらいで目立った破損はなかったので、それだけはホッとした……。たぶん、神様のご加護かなにかだと思う。

あとは勝って紫陽花さんの仇《かたき》を討つだけ、なのだが……。

それが問題だった。

香穂《かほ》ちゃんがB組の子に聞いてみたところ、向こうのバスケメンバーは、高田《たかだ》さんたち五人で固まっているとのこと。しかも、みんなそれぞれやっぱり運動神経がいいらしく。

こっちは紗月《さつき》さんと香穂《かほ》ちゃんがいるものの、残りはわたしと平野《ひらの》さんと長谷川《はせがわ》さん。

今のままじゃ、はっきり言って、かなり苦しい戦いになるだろう、って……。

真唯《まい》と紫陽花さんを呼び戻して、うちもクインテットを揃《そろ》えて対抗しよう！　という案も出るには出たけど……。急なメンバー変更は、ソフトボールのチームに迷惑をかけることになってしまう。それは、紫陽花さんもきっと望むことではないだろう。

ようするに、バスケットボールメンバーの早急《さっきゅう》な猛特訓が必要になったのだ。

全員の中で部活もバイトもやっていないのは、わたしだけ。ここは暇《ひま》なわたしが率先して、練習をするより他ない。

――というわけで、わたしは妹に頭を下げていた。

「はあ、クラス対抗戦。紫陽花センパイのために、ねえ……。事情はわかったけど」

妹はちらちらと目を逸《そ》らす。

そういえば、こないだ言い争って以来、表面上は普通にしてくれているけど、ときどき言葉に詰まることが目立つようになった。

もしかしたら二股《ふたまた》がバレつつあるのか……？　とわたしはそのたびにびくびくしている。

「け、けど？」

「いや、あたしバド部だし。バスケなんて、ぜんぜんうまくないよ」

「それならそれで！　ちょっと練習に付き合ってくれるだけでいいんです！」

「学校の友達に頼めばいいじゃん――」

と、言いかけた妹は、慌《あわ》てて口を塞《ふさ》いだ。

「ごめん、お姉ちゃん友達いないのに」

「いるけども⁉　クラスの人気者だけども⁉」

必死に主張するのだけど、生温かい目を向けられた。

しかし実際、気楽に頼める友達がいたらわざわざ妹にお金出してまで教えを乞《こ》う必要はないので、わたしの反論は最初から死んでいた。反論ちゃん息してない……。

「さすがに毎日はムリだからね。部活が早く終わったり、他に用事がないときだけだかんね」

「ありがとう遥奈ちゃん〜！　優しい子に育ってくれてお姉ちゃん嬉しい！　大好き！」

「……はいはい」

姉妹の情に訴えかけて千円札を引っ込めようとしたら、それはしっかりと強奪された。ちくしょう！

財布にしまわれてゆくわたしのお札を見送る。妹はＲＰＧの重要な選択肢を、本当にいいんですか？　と念押ししてくるような勢いで、もう一度告げてきた。

「でも、ほんっとにあたし、ぜんぜんうまくないからね？」

「うまいじゃん!!!」

わたしは愕然《がくぜん》として、ゴールネットを通過するバスケットボールを見送った。

妹と一緒に、いつもの公園にやってきたわけなんだけど……。

「え？　いや、ぜんぜんでしょ」

高い位置で髪をポニテにまとめたジャージ姿の妹は、落ちてきたボールを拾って、左右の腕で複雑なドリブルを難なく披露《ひろう》してくる。

「よっと」

そのまま飛び上がってジャンプシュート。両手で放られたボールは、再びゴールに吸い込まれていった。

「いやうまいだろうが!!!」

「いやいや。練習前とかに、たまに友達と遊びでやるぐらいだし」

妹の声には、いつもの『いやーあたしうまくないしー（チラチラッ）』的なウザさがまったくなかったため、どうやら本気で言っているらしい……。

こいつ、スポーツなんでもできるのか……。わたしの遺伝子は、なぜ……？

「え、実はわたしって、魔法的ななにかでスポーツの才能を封印されていたりする……？」

「知らないけど」

妹御《いもうとご》が、わたしにひょいとボールをパスしてきた。あわあわと受け取る。

「体の使い方とか、ある程度は訓練なんだから。ひとつのスポーツ一生懸命やってたら、これぐらい誰でもできるよ」

「なるほど……つまりひとつのＦＰＳを極めた人はもうその時点でエイム力は申し分なく、状況判断能力や相手の心理を読む力にも長《た》けていて、他のＦＰＳをやったとしても最初から経験値がすごいからある程度のランクまではあっという間に駆け上がれるってことか……」

ぶつぶつつぶやいていたら、妹御に「その早口、陰キャっぽい」と指摘された。うっ、すみません。

っていうか、だったら。

「相手チーム、もしスポーツやっている子ばっかりだったら、遥奈ぐらいできちゃうってことじゃん！」

「そうなんじゃない？」

わたしは思わず叫ぶ。

「勝つのぜったいムリじゃんそんなの！　ムリムリ！（※やっぱりムリだった！）」

球技大会まで、あと二週間もない。今から妹を凌駕《りょうが》するなんて、そんなことは！

「つまり、お姉ちゃんのチームは実力で圧倒的に劣っているってこと？」

「う……わかんないけど、たぶん」

「ふーん」

妹は真剣な顔で腕を組んだ。

それはなかなかに凛々《りり》しくて、わたしは見惚《みと》れそうになった。

家でもあんまりわたしには隙《すき》を見せない遥奈だけど、学校ではきっとこんなキリッとした顔で後輩を指導してるんだろう。ひょっとしてモテるのか……？　お前……。

「バスケって5対5のチーム戦でしょ？　相手も素人《しろうと》チームなら、ひとりひとりの能力で負けてても、どうにかする要素あると思うんだよね。ちょっと待ってて」

「あ、はい」

思わず敬語でうなずく。

頼りがいあるな……。姉としては遺憾《いかん》に思う反面、味方としてはありがたいよ……。

それから妹はどこかに電話をかけた。バスケ部の友達に電話をかけてくれているのかもしれない。これが友達が多いってことですか、と。

わたしが手持ち無沙汰《ぶさた》で、とりあえずシュートの練習を始めていると。

「あっ！」

グラウンドの端っこから、大きな声がした。

肩を怒《いか》らせながら歩いてくるその女の子は。も、もしかして。

「おねーさんセンパイ！」

「げげ、せらら、い、せららちゃん、い！」

有名ＪＣコスプレイヤーせららちゃんは、さらに目を吊り上げた。

「星来です！　間違えないでくださいね～!?」

「す、すみません。でも、なんでここに」

星来《せいら》さんは脚見せのハーフパンツのトレーニングウェアを着ている。かわいい。

「遥奈から急にバスケしようってメッセージが来たんですよ。あたしも最近運動不足だったから、別にいいかなーって来たんです」

「そ、そっか。さすがコスプレイヤー、運動着姿もかわいいね」

「まっ、当然ですけどねっ！」

星来さんはにっこり笑顔で簡単にポーズを取ってくれた。

「かわいい！」

「ふふん、そうでしょうそうでしょう」

幕張メッセでは、わたしもコスプレイヤーの鎧《よろい》をまとっていたからあんまり注目できなかったけど、こうして素《す》の状態で見る星来さんはめっちゃかわいかった。素材がいい……。

「って、やめてくださいよねぇ!?　あたしの趣味のことは、遥奈にも秘密なんですからぁ!?」

「そうなんだ！　ごめんね！」

ぷくーっと頬を膨《ふく》らませた星来さんは「まぁ、いいですけどねっ」とわたしを許してくれた。やさしい。

「あなたが裏切った件も含めて、あたしは過去なんてどーでもいいです。今のあたしがいちばんかわいいですから。こだわりませぇん」

「そっか……。でもごめんね、騙《だま》していたわけじゃないんだよ。あれは順番の問題っていうか、先に星来さんに誘われてたら、たぶん星来さんにも協力してたと思うし……」

「もういーですよ別に」

「ムーンさんから聞いたけど、順位発表のあと泣いちゃったんだって？　残念だったね」

「ケンカ売ってんですかぁ!?」

わたしの話題の繰り出し方があまりにも下手《へた》すぎて、顔を真っ赤にした星来さんに詰め寄られた。胸倉《むなぐら》を摑まれる。ひっ、顔がいい。

「そ、そんなことないよ！　どちらかというと、励ましたいなーって思って！　でも過去にはこだわらないんだよね!?」

「地雷を踏んでおきながら、揚げ足まで取ってるんじゃありませんよぉ！」

「す、すみません……コミュニケーションがあんまりうまくないもので……！」

肩で息をする星来さんは、わたしの胸倉をバッと離す。

「……悔しくなんて、ありません。だって次こそは、あたしが優勝してみせますから」

星来さんはそう言って、胸を張った。

「これはまだ、勝ちへの途中です。ただの通過点です。だからおねーさんセンパイも、今のうちにあたしのサインもらっておいたほうがいいですよ！　一枚百億円になりますから！」

ビシッと指差してくる。

その言葉はさすがに虚勢だと思うのだけど、でも意地を張るだけの元気があって、わたしは安心した。夢を追いかける子が気持ちを強くもってがんばっているのって、イイよね……。

「その代わりきょうは、おねーさんセンパイをコテンパンにバスケで叩きのめしてやりますから。覚悟しておいてくださいね」

「そ、それはお手柔らかに！」

電話を終えた妹も戻ってきた。

「やほ、星来」

「こんばんー、遥奈」

ＪＣふたりがギャルっぽい（？）挨拶《あいさつ》をする。クインテットとは違う種類の陽キャっぽさを感じますね。場に陽の気が満ちてきたな。息苦しい。

「とりあえず、作戦考えてきたからさ、お姉ちゃん。後でまとめて教えてあげるね」

「ありがとう、妹……」

拝《おが》む。なんてコスパのいい千円なんだ……。やはり持つべきモノは姉より優れた妹……。

「で、お姉ちゃんの友達が、ひとり来るんだっけ？」

「うん、たぶんそろそろ。そっちは、星来さんだけ？」

「なにが？」

「あ、いや、夏休みは三人で遊びに来てたから」

遥奈と星来さん、それにもうひとり、ボブカットの子がいた。クイーンローズの話を聞いて目の色を変えてた女の子で、確か湊《みなと》って呼ばれていたような。

「いやいや、それはいいじゃないですか別に。ほら、バスケやりましょ、バスケ、ね」

星来さんが慌てた態度で間に割って入ってきた。ん？

「いいよ星来」

「あ、うん……」

「今、ケンカしてるから」

妹は低い声でそう言った。なんか、いつもわたしとケンカしているときの態度そのままなので、地味にトラウマを刺激される。ドキドキ。

「あ、そうなんだ」

「そう」

しばらく、気まずい沈黙が流れる。

ええと……。誰とでもうまくやってそうな遥奈だけど、ケンカとかするんだねーあははー、とか笑った方がいいのかな。でも触れないほうがよさそうな話題っぽいし……。

空気を吹き飛ばすように、星来さんがやけに明るい声を出した。

「いいじゃんいいじゃん～！　せっかくなんだし、バスケやって楽しもうよ～！　みんな仲良く、ラブアンドピース！　ですよね～？」

そこに、遅れてやってきた女の子が、ピースサインを突きつけながら自然な笑顔で会話に交ざってきた。

「そうそう、仲良く！　あたしたちちょー仲良しなんだもん、にゃ！」

星来さんが目を剝《む》いた。

「はあ!?　なんでここにぃ!?」

まあ、そうなるよね……。


本日は、妹と星来さん、それにわたしと香穂ちゃんがチームを組んで、２ｏｎ２の試合形式での特訓となった。

実力ランキングとしては、星来さんも妹に負けず劣らず上手で、香穂ちゃんが同じくらい。そしてわたしがツーランク下がる、ってところかな。

案の定、わたしが足を引っ張りまくって、あっという間に体力の限界。わたしはベンチの上でひっくり返って息を切らしていた。

「ば、バスケ………つ、疲れる………しんどい………」

そんな風に、わたしが陸にあがった魚みたいにピチピチしていると、かわいらしい女の子の歓声が聞こえてくる。

「えー!?　星来と香穂先輩って、知り合いなんですかー!?」

誰かと思えば、妹だ。よそいきの声を作る妹は、体育会系ゴリラの面影《おもかげ》もなく、ただただ普通の美少女と化す。いや、キャラ作っているっていうよりは、わたしの前で愛想がなさすぎるだけだと思うけど……。

「まーね！　ちょっとした課外活動で知り合ったんだよね。ね、星来ちゃん！」

「そ、そ〜ですねぇ〜！」

星来さんは引きつった笑みを浮かべ、香穂ちゃんはニヤニヤしていた。ふたりは肩を組んで、いかにも仲良しさんをアピールしている。ここでは共闘することを決めたらしい。

「っていうか、れなちんにこんなかわいい妹ちゃんがいたなんて、知らなかったにゃあ。今、中学二年生？　しっかりしてんねえー」

「あはは、よく言われます。こちらこそいつも姉がお世話になって。大丈夫ですか？　ご迷惑おかけしていませんか？」

「余計なこと言うなぁ〜…………妹ぉ〜〜…………」

わたしが息も絶え絶えに声をあげるけれど、それは現実になんの効力も発揮しなかった。わたしの喉《のど》マイク、ミュートになっているのかもしれん。

「ご迷惑なんてとんでもないよ。れなちんには、あたしのほうこそいっつも助けられててサ」

「ほんとですか!?」

えっ……。

「ほんとほんと！　あたしだけじゃないよ！　れなちんってば、もうクラスの人気者でさ、あたしたちグループは全員れなちんのこと取り合い状態って感じ！」

「グループって、え!?　真唯先輩とか、紫陽花先輩ですよね!?」

「そそそ！　もう、みーんなれなちんのとりこだヨ！」

香穂ちゃんと目が合った。パチッとウィンクしてくる。

いや、そんな『れなちんの株あげといてあげるにゃ♡』じゃないんだけど!?　余計な気遣《きづか》いだよそんなの！　妹がメッチャ不審な目でこっちを見てくるじゃん！

「お、お姉ちゃんのどこにそんな魅力が……？」

「そりゃあアレだよ、アレ。つまりアレだね、アレで……」

香穂ちゃんは腕組みをすると『素人は黙っとれ』の顔をして、目をつむった。

「…………手の早さ、とかで」

「よーし！　それじゃあバスケ再開しちゃおうかな！　え!?　今なにか話してた!?　ぜんぜん聞こえなかったけどー！」

飛び起きたわたしが、香穂ちゃんと妹の間に体を割り込ませる。

万が一にもわたしが二股をしているなんてことが妹に漏洩《ろうえい》したら、大変なことになるからね。

よし、バレてないバレてない。

もしバレたら？　花取《はなとり》さんにはチェーンソーを、妹には包丁を向けられるみたいですね。なんなんだよ！　わたしそんなに悪いことしてますか!?

いいじゃんみんなで幸せになれたらさ！　がんばるって言ってんだろうがさあ！

＊＊＊

「なんだかごめんね、れなちゃん」

「え!?　なにがですか!?」

学校でのお昼休み。ふたりで中庭の自動販売機に飲み物を買いに行く最中、紫陽花さんに急に謝られた。

ドギマギする。わたしが謝ることは砂漠の砂粒ほどあれど、紫陽花さんに謝ってもらう心当たりがまったくない。

まさか『両親に私が二股されていることを言ったら、ものすごく怒っちゃって、れなちゃん慰謝料を払うことになっちゃうかもだけど、そのときはよろしくね。１２０万円ぐらいだから、がんばってね』って告げられる……!?

今、財布に１２０円入ってたかどうかで不安になってたわたしが……!?

「れなちゃんだけじゃなくて、みんなもだけど……。私のせいで球技大会、がんばることになっちゃって」

「あ、ああ……それかあ」

ホッとして胸を撫で下ろす。ついでに120円もギリギリ入ってた。スプライトを買う。

「紫陽花さんが謝るようなことじゃないって。だってぜんぶケンカ売ってきたB組が悪いんだもん。みんなそう言ってるでしょ?」

「それは、うん……」

紫陽花さんはいちごミルクを両手に握る。なんとなく教室に戻る雰囲気でもないので、中庭での立ち話。

最近、外に出るときはグラウンドで汗だくになってばっかりだったので、こんなに風が冷たくなってきたことに気づかなかった。

「でもれなちゃん、きょうも授業中、居眠りしてたでしょ? ムリしてない?」

「えっ? それは、ほら、わたし普段ぜんぜん運動しないから! 他の人に比べて体力ないことが原因っていうかさ!」

「うん……」

紫陽花さんは浮かない顔だ。紫陽花さんが暗い表情だと、わたしのほうが焦《あせ》る。B組のやつらめ、紫陽花さんにこんな顔をさせやがって……!

わたしはもともと怒りが長続きしない性格だけど、でも今回ばっかりは違う。だって、わたしが勝たないと、紫陽花さんがずっと気にしたままなんだから。

「でも、ペンケースだって、壊れたわけじゃなかったし……」

「そりゃそうですよ！　壊れてたら訴訟ですよ、訴訟！　っていうか問題はそこじゃなくて、紫陽花さんを軽《かろ》んじた向こうの態度というか……結局、まだ謝ってもらってないんだよね？」

「それは、そうだけど……」

わたしはジュースを飲んで、ぐっと拳を握る。

「大丈夫だよ、紫陽花さん。クラスのみんなは、紫陽花さんのことが好きなんだよ。好きな人のためだから、力になりたいって思うんだよ。も、もちろん、わたしもだけど……！　だから、ちゃんと勝ってみせるからさ！」

「れなちゃん……」

なんか、改めてわたしの責任も重大な気がしてきたな……。

いやいやこれは団体競技だから！　責任は五人に分散しているんだ！　でもわたしが足を引っ張って負けたら!?　わたしの責任だ！

どうしよう、具合悪くなってきたな。今から授業休んでバスケの練習した方がいいかな。

わたしが苦悩していると、紫陽花さんが唐突に言った。

「あのね、れなちゃん……キス、しよっか？」

スプライト噴き出すところだった。

「え!?」

紫陽花さんは髪を持ち上げて、口元を隠す。

目を左右に泳がせながら。

「え、ええっと……私にできること、なにかあるかなーって思ったら、それぐらいしか思いつかなくて……」

「いやあのそのあの」

「あっ、で、でも、だめだよね。そんなの、れなちゃんじゃなくて、私のご褒美《ほうび》になっちゃうもんね……」

紫陽花さんのお顔が、あっという間に紅葉よりも色づいてゆく。

キス……？　紫陽花さんからの、キス……!?

恋人の言葉に、わたしは、わたしは…………。

「だ、だめじゃない！　けど！」

「れ、れなちゃん」

がしっと紫陽花さんの両肩を掴む。

なんというか！

巨大な感情の塊《かたまり》を、ちぎって叩いてこねて伸ばして、少しずつ言葉に加工してゆく。

「だめです！　そういうのは！」

「だ、だめ……!?」

紫陽花さんが、ガーン！　とよろめく。

違う、そうじゃなくて！

「いや、すごい嬉しいんだけど！　でもなんかそういう、最初のダンジョンで宝箱からいきなりエクスカリバーが手に入るみたいなのは、わたしにとってよくないんですよ！」

「そ、それは、どういう……？」

「もっと困難を成《な》し遂《と》げた果てに手に入ってくれないと、わたしが味を占《し》めちゃうので！」

真唯とのときは、流されてばっかりだった。おかげで、手に入った巨大な幸せがこわくて、わたしは反射的に逃げ出そうとしてしまった。

それと同じことを繰り返してはならない。戒《いまし》めだ。

「つまり……た、例えば、バスケの試合で勝ったら、キスしてくれる……とかなら、大丈夫なんですけど……。ご褒美なので、わたしにとって、その、お年玉とかよりすごい感じの……」

幸せとは、誰かに与えてもらうものじゃなくて、自分の手でつかみ取るべきなのだ。

「紫陽花さんのキスには、それぐらいの価値がある、ので…………」

「そんなこと、ないと思うけどぉ……」

紫陽花さんは納得できないみたいだった。

「私だって……れなちゃんと、したい、って思ってても……それは、だめなの？」

わたしの頭の銀河に、瞬時に無限大の選択肢が浮かぶ。

ただしそれは浮かんだだけで、処理する能力は特にないので、わたしは思いっきりフリーズして、そして息も絶え絶えにつぶやいた。

「だめじゃな……だめ……はい、ダメです……」

「えええっ⁉」

「ダメです！」

「二回も……」

ショックを受ける紫陽花さんに罪悪感が募《つの》る。

けれど……。

「すみません……でも、わたしがなんの苦労もなく紫陽花さんからキスをしてもらえる立場になったら、これから先どんなつらいことがあっても『でもわたし紫陽花さんからキスしてもらえるし』って思って、何事にも真面目《まじめ》に取り組まない怠惰《たいだ》な人間になると思うんです……」

「そ、そんなことないよぅ……」

「なるんです……。っていうかもう、なってました。わたしはそんな未来を変えるために、タイムスリップしてきました」

「だったらそっちのほうがびっくりの事実だよ……」

胸に手を当てて、真剣な顔で告げる。

「ですので、ここはどうか、お願いします。わたしの人生のために」

「人生とまで言われたら、もう私にはどうすることもできないよ……」

悲しく首を振った紫陽花さんは、しかしすぐに微笑んでくれた。

「でも、うん、れなちゃんにとっては大切なことなんだね。わかった」

「ご理解いただけて、ありがとうございます」

恭《うやうや》しく頭を下げると、嫌そうな顔をされた。しまった。ビジネスれな子が出ていた。

両手を振る。

「だから、その、とってのおきのご褒美って意味なので、嫌がってるとかじゃぜんぜんないので……ほんとに……。わたしは紫陽花さんのこと、大好きなので……」

「……うん」

紫陽花さんは機嫌を直してくれたみたいだ。よかった。

なのだけど、同時に、凄《すさ》まじい後悔が押し寄せてきた。

……なんでわたし、自分からただでキスしてもらえる機会を逃したんだろう。このせいで一生、紫陽花さんからのキスをもらえなかったらどうするんだ。甘織《あまおり》れな子は本当に愚か。

だけど。

いちごミルクを飲み終えた紫陽花さんが、わたしにささやいてくる。

「だったら……がんばってね、球技大会。私、期待、しちゃうんだからね……？」

「えっ!?　あっ!?　あ！」

それはつまり。

球技大会に勝ったらご褒美、ということで――。

――ご褒美とはつまり、紫陽花さんからの、キス、というわけで。

わたしは一瞬でカチコチになった。

「が、ガンバリマス!!!」

＊＊＊

「香穂ちゃん！　きょうから毎日24時間バスケの練習しよう！」

「え、いや、フツーにムリだけど……」

「そうか！　そうだよね！」

放課後の学校で、わたしは燃えていた。

いや、別に特に理由があるってわけじゃないんだけどね。ただ、球技大会っていう学校行事に、より一層真面目に取り組んでみようかなって思っただけでね。

なんていうのかな、努力？　ってすばらしいよね。日々の努力が積み重なっていって、昨日とは違う自分に圧倒的成長できるんだよ。結果とか関係なく、努力はただそれだけですばらしいんだ。勝ち負けよりももっと大事なことを教えてくれるからさ。令和《れいわ》のトレンドは努力。

「アーちゃんになんか言われたの？」

「言われてませんけど別に!?　なんでよりにもよって紫陽花さんなんですか!?」

香穂ちゃんの言葉に、めちゃくちゃ過敏に反応してしまった。

「いやだって、きょうアーちゃんもずっとソワソワしてたし……。ふたりの関係を知っているあたしから見れば『うわーメッチャ恋の匂《にお》いする―……』って感じだったし」

「そうですか！　まあそれは香穂ちゃんの想像なのでわたしはなにも言いませんけど！」

顔真っ赤にして反論するわたしに、香穂ちゃんはジト目で笑う。

「アーちゃんのためにがんばります！　ってことー？　れなちんってば恋する乙女だね～♡」

「ち、ちちちちがいますけど!?」

わたしは動揺しつつも、思いっきり否定した。

「ていうか、あんな風にケンカ売られたんだから、紫陽花さんのためじゃなくてもがんばらなきゃって思うに決まってるじゃん!?　ねえ、香穂ちゃんだってそうでしょ!?」

「当たり前じゃん」

香穂ちゃんは堂々とうなずいた。えっ。

「みんなおてて繋いでハッピー、って思っているだけが陽キャじゃないんだよ。あたしは戦うときは戦う女だからね。アーちゃんの前で全員土下座させてやるんだから」

陽キャモードの香穂ちゃんは、かっこいいな……。

「だかられなちんも、アーちゃんのためにがんばるといいヨ♡　ラブラブな♡　カノジョのために♡　カッコイイとこ見せてあげヨ♡」

「陽キャモードの香穂ちゃんは、わたしをめちゃめちゃいじってくるなあ！」

この方向性のいじられかたは初めてなので、恥ずかしいにもほどがある！

香穂ちゃんの八重歯《やえば》が小悪魔の牙《きば》に見えてきた。ゆらゆら揺れる尻尾もついてそう。

「いいから！　やるよ！　バスケ！」

「うん、アーちゃんのためにネ♡」

「ウオオオー！」

わたしは両手を掲《かか》げて威嚇《いかく》するも、香穂ちゃんにはノーダメージ。特に攻撃力も下がらなかった。ちくしょう！

「……っていうか、これ、今どこに向かっているの？」

教室にリュックを置いたまま、わたしは香穂ちゃんにおいでおいでされていた。

こっちのほうには、体育館しかないと思うんだけど……。

「そんなの決まってるじゃん。本気で勝ちにいくなら、やっぱコレやっとかなきゃだめっしょ。ってわけで、偵察だよ、偵察」

「て、偵察……！」

そんな危険な任務に、わたしはなんの説明もなく連れられていた……!?

「え、Ｂ組のバスケットボールチームの？」

「そそそ。なんか、きょう残って合同練習するらしいから。うちらの真似っ子かー？　てなわけで、情報引っこ抜いて丸裸にしてやろうぜ！」

香穂ちゃんが親指を立てて笑う。

ううむ、見つかったら怒られないかな……。

でも確かに相手チームの戦力は知っておきたい。そしたら、より具体的な作戦だって立てられるだろう。

誰かがやった方がいいのなら、確かに、わたしも行くべきだ。

「よし、香穂ちゃん……。やろう、偵察」

「待って、れなちん。その前に大事な話があるよ」

「え？　そ、そうなの？」

香穂ちゃんは神妙な顔で人差し指を立てた。

「コードネームをつけよう、お互いの」

「う、うん……。大事か？」

「はぁー!?　お互い名前を呼んでバレるかもしれないでしょーが！　このアンポンタン！」

「怒りすぎでしょ!?」

怯《おび》えるわたしに、香穂ちゃんが咳払《せきばら》い。

「よし、あたしのことは…………………………」

固まった香穂ちゃんの目の前を、どこかのクラスの男子と女子が通り過ぎてゆく。

「…………『かのピ』と呼ぶように！」

「なにも思い浮かばなかったんだよねそれ!?」

「あたしもれなちんのことは『かのピ』って呼ぶね」

「お互い一緒じゃん！　せめてかれピにするとかさ！」

香穂ちゃんが拳を突き上げて先導する。

「よっしゃ行くぞ、かのピ！」

「他の人に聞かれたらすっごい誤解されそうなんだけど……」

「れなちん」

めっちゃ名前を呼んできた香穂ちゃんが、わたしの肩をポンと叩く。

「一般の高校生は、女子高生が友達を『かのピ』って呼んでても、あー女の子と付き合っているのかーって思ったりしないよ。そういうネタなんだなーってなるだけだよ。女の子が大好きなれなちんと違って」

「違うって言ってんでしょうが！」

い、いや、何度も何度も何度も何度も、わたしは否定してきたんだよ！

「わたしは女の子が好きってわけじゃないんだって！　昔は漫画読みながら、好きな男キャラトークとかしてたじゃん!?　香穂ちゃんだけは信じてよ！」

香穂ちゃんが『ぷっ』と嘲《あざけ》るように笑った。

「二股している女に言われてもにゃあ……」

それを言われたらおしまいだよ！　はい終戦！　わたしの負けでーす！

「さ、いくよかのピ」

「りょーかいです、かのピ……」

生涯わたしの誤解が解けることはないんだろうな。いや、それは別に、生涯女の子と付き合い続けるとか、そういう意味ではなくてですね。

ピーッピッピと言い合いながら、体育館へと向かう。こっそりとドアを開いて、中を盗み見。

香穂ちゃんと覗《のぞ》き込む。

お、いたいた。ちょっと遠いけど、なんとか見える。

「どう？　かのピ」

「ええと、あそこにいるのは、三人、かな」

紗月《さつき》さんに絡《から》んでた三人だ。高田さんと、照沢《てるさわ》さんはいないみたい。

「まだパス回ししかしてないね」

「うん。でも、なんか運動できそうな雰囲気ある……」

男子の陽キャは運動ができる人ばっかりだけど、女子の陽キャは二パターンに分かれる。

男子同様、運動ができるため、幼い頃から自己肯定感が高いまま育った戦士系陽キャ女子(うちの妹はこっち)と、そんなに運動ができなくても許される魔法使い系陽キャ女子だ。

魔法使い系の陽キャ女子はいろいろいる。例えば顔がずば抜けてよかったり、家がお金持ちだったり、めちゃくちゃコミュ強だったり、つよつよな彼氏がいたり。王塚《おうづか》真唯に入学初日に話しかけて同じグループにしてもらった、とかだったり!

まあ、だから何人か運動ができない子が交ざってても、おかしくはなかったんだけど……。

高田さんグループはほぼ戦士系の可能性がある……。

「ふうむ、手強《てごわ》そ?」

「どうだろ……。実際に試合しているところを見ないと、なんとも言えないけど。てか、香穂ちゃ……かのピ、そんなに目が悪かったっけ」

「実はコンタクトがズレてきて」

「ええっ……!?」

香穂ちゃんは普段、陽キャのコスプレをしている子なので、コンタクトが外れると素の香穂ちゃんが表に出てきてしまうのだ。

陰キャな香穂ちゃんはかわいいんだけど、頼りにはならないので、わたしは焦った。

「こ、こんなところでかのピ(陰)になられても困る……! 誰もいない空間でわたしとふたりっきりのときにしてよ!」

「えっ、なんで……コワ～……」

もちろん、わたしが日頃、からかわれていることのお礼（婉曲的《えんきょくてき》な表現）をするためなんだけど、そんなことをいちいち言う必要はないので口を閉ざす。

「まあ、だいじょびだいじょび。ちょっとぼやけてるだけだから。お、シュート練っぽ」

「ほんとだ。ええと……」

うわ、シュートもけっこう上手だ。少なくともわたしよりは。

「これはもうちょっと練習量増やさないと……」

「かのピ、やる気勢《ぜい》だにゃあ」

「そりゃもちろん」

──紫陽花さんのキスがかかっているからね。

わたしは強く唇を嚙みしめた。あっぶな！　ぜったい言わないよそんなの！

ていうかキスとかそんなの関係ないし！　もともとわたしは紫陽花さんのためにクラス一丸となってがんばるつもりだし！　キスがかかっているからがんばるとか、そんなの同じチームのみんなに失礼じゃん！　みんなは紫陽花さんのキスかかってないんだからさ！

「か、かのピはさ、例えばその～……勝ったら真唯からキスしてもらえるって話になったら、もっとやる気出したりする？」

「…………」

香穂ちゃんは生唾《なまつば》とともに言葉を飲み込んでから、恐る恐る聞き返してきた。

「え、なにそれ。自分の恋人を景品として提供する、ってこと……？」

「いや、そういうわけではなく！」

「さすがにびっくりした……。あたしが催眠音声で、かのピの性癖《せいへき》を修復不可能なほどにゆがめてしまったのかと……」

「そういうわけではなく…………」

言葉が足りていなかった。反省して、言い直す。

「す、好きな人からのキスがご褒美だったら、人はどれぐらいがんばれるものなのかな、って思っただけ……ごめん」

「まあ、かのピがデリカシーのない発言をするのはいつものことだから、もう慣れたヨ」

「すみません……」

「でもそれなら、あたしはかのピのキスのほうがいいな」

「ほわい!?」

とんでもないことを言い放ってきた香穂ちゃんを見返す。

香穂ちゃんは小悪魔めいた笑みを浮かべつつ、顎《あご》ピース。

「だって今、市場《しじょう》でもっとも価値が高騰《こーとー》しているのって、かのピじゃん。アーちゃんとマイマイから取り合いされて。デショ？」

「取り合いっていうより、円満な関係のつもりなんですが……」

「だから、最終的にかのピからのキスがいちばんお得な感じする。あたし、意外と上昇《じょーしょー》志向の強い女なもんで、ネ」

え、えー……。

わたしは妙に気恥ずかしくなって、髪をいじる。

「なんか、香穂ちゃんにそういう風に言われるのは、照れるっていうか……」

「なんで？」

「だって、昔から知っている友達、だし……。やっぱり、他のみんなとは違う、っていうか……。なんかトクベツ、っていうか……」

香穂ちゃんはしばらくわたしの顔をじーっと見つめていて。

それから大げさに肩をすくめてため息をついた。

「うーん、相変わらず自覚のないところが厄介だにゃあ……」

「な、なんですかそれ」

「いーのいーの、こっちの話。で、してくれるの？　キス」

「あげないよ！　ものの喩《たと》えだよ！」

人にホイホイするようなことじゃないでしょ！　紗月さんじゃないんだから！

「あ、高飛車《たかびしゃ》さんだ」

「え？」

ほんとだ。体育館に高田さんがやってきて、バスケ練習に加わった。

わたしは戦慄《せんりつ》する。

「う、うまい……」

「あー、これはレベチだにゃあ。中学生の手作り衣装と、プロのこしらえた衣装って感じ」

少なくとも、ただ運動神経がいいってだけじゃない。バスケの経験もあるんじゃないだろうか。やばすぎ。

「経験者同士、かのピにがんばってもらわなきゃネ！」

「うそでしょ⁉　ねえ、ここ最近のわたしとの練習の記憶失ってんのか⁉」

そこで、高田さんの動きがぴたっと止まった。

こちらを見て怒鳴る。

「誰か、覗いていらっしゃるの⁉」

げ。

「かのピがツッコミ入れるから！」

「だったらかのピもボケないでほしいんですけど！」

わたしたちは醜《みにく》くお互いに責任を転嫁《てんか》し、大急ぎで扉から離れる。

「やばやば！　二手に分かれよう！　あたしはこっちね！」

「え!?　わ、わかった！　後でね、かのピ！」

と、逃げ出した先は……………。

「行き止まりじゃん！」

体育館倉庫がぽつんとあるだけの行き止まり。

今からフェンスをよじ登って敷地外に逃げる？　でもぜったい登っているうちに捕まると思うんだよね！　ああああ、後ろから追いかけてきてるっぽいし！

絶体絶命のピンチを迎えたそのとき、「れ、れな子クン、！」と声がした。

体育館倉庫の扉のところで、ひとりの女の子が手招きしている。

わたしは迷う暇《いとま》もなく、扉の内側に飛び込んだ。

追っ手が迫ってくる。

「確かにこっちに逃げてきましたわ！　とっ捕まえて、制裁を加えてやりますわよ！」

息を殺す。

わたしは……女の子と一緒に、体育館倉庫のロッカーの中に、身を隠していた。

がらがらがら、と倉庫の扉が一気に開いて、中が明るく照らされる。

密着状態の女の子が、口元に手を当てて、ささやきかけてくる。

「……大丈夫だから、ね？　もうちょっとだけ、大人しくしてて、ね？」

「て、照沢さん……？」

照沢燿子《ようこ》さん。一度だけご挨拶してもらったことがある。

高田さんたちと一緒にいた子だ。

「な、なんで……」

ロッカーのすぐ外で声がする。

「どーこーにーかくーれーましたー……！」

ひっ。

なんか急にすっごいホラーなんですけど！　キラー1に対してサバイバー4じゃなくて、サバイバー1のキラー4なんですけど！

高田さんとその仲間たちが、倉庫を探し回っている……。そんなに広くない倉庫なんだから、すぐに見つかっちゃう……！

見つかって、そして高田さんたちに囲まれて、吊るし上げられちゃう……！　わたしは紗月さんみたいに心が強くないから、すぐに泣いて、そしてその動画をＳＮＳで拡散されちゃうんだ……。戦わずしてＡ組が負けたことにされちゃう……！

「……大丈夫だから、大丈夫だよ」

「あ……」

震えるわたしの体を、照沢さんがぎゅっと抱きしめてくれた。

その上、頭まで撫でられて……。

「心配しないで。すぐに行くから。へーきへーき。ほら、心の中で十秒数えて。じゅーう、きゅーう、はーち……」

不思議と落ち着く声だった。

本当か偶然かはわからないけれど……。きっかり十秒数えると、高田さんたちはいなくなっていた。

全身から、力が抜けてしまう。

「お疲れっ。よく、がんばったね」

「照沢さんー……」

背骨が抜かれたみたいにふにゃふにゃで、支えてもらわなければ立つこともままならないわたしを、照沢さんはしばらく抱きとめてくれた。

この人、なんだかすごく、甘い匂いする……。香水、つけてるんだ……。

「あっ、ごめん。私さっきまで運動してたから、汗くさいよね……!?」

「ぜ、ぜんぜん！　いい匂いです！」

「えっ？」

ロッカーの中でもわかるほどに、照沢さんの顔が赤くなった。あっ。

「す、すみません、そんなつもりじゃ！」

「あ、あはは一。いい匂いかあ……。そんなこと言われたことないから、照れちゃうなあ。しかも、れな子クンに言ってもらえるなんてねえ、ほんとにねえ」

「ご、ごめんなさい……」

あんまりロッカーの中で密着していると、どんどん匂いに包まれていきそうだ。もういいかな？　と照沢さんを窺《うかが》った後に、ドアを開く。

外気が流れ込んできて、涼しい。わたしは大きく息をついた。

「ふぅ……あ、助けてもらって、ありがとうございました！」

「ううん、いいのいいの！」

「ていうか……なんで助けてくれたんですか？」

照沢さんもB組なのに……。

「んー」

照沢さんは顎先に人差し指を添えて、斜め上を見上げた。

「れな子クンのこと、助けたいって思ったから、かな」

「……ど、どうして？」

「どうしても！」

あははと口を開けて、照沢さんが笑った。細かいこと気にするなよ！　っていう陽キャの善意を感じて、わたしはそれ以上追及できなくなる。

うう、助けてもらっておいてなんだけど、わたしの能力ではこの子とあんまり上手に会話できるイメージがない……！　ここはそそくさと退散を……。

「あ、れな子クン。まだ外は危ないかも」

手を引かれた。わ、わわ。

クインテットのみんなとは徐々に慣れてきたけど、でもやっぱりよく知らない子からのボディタッチはまだまだ焦る。

わたしは過剰ぎみに手を引いて、照沢さんをびっくりさせてしまった。

「すっ、すみません」

「あ、ううん。ぜんぜん。でもれな子クンって、思ってたより腰低くて大人しいんだね」

「えっ!?　いえ、量産型女子ですけど！」

それはつまり、陰キャっぽいって言われているのでは……!?

警戒しつつ言い返すと、照沢さんは『あちゃー』と頭に手を当てた。

「あー気にしてたらごめんね。わたし、すぐ思ったこと口に出しちゃうんだ……。もっと派手な子なのかなって思ってただけでさ。よくないよね、ごめんね」

「あ、いえ……」

照沢さんは体育館倉庫のマットによいしょと腰を下ろして、足を伸ばして座る。わたしもその少し離れたところに、ドアから死角になるよう身をかがめた。

「わたし、デリカシーがないっていうか、ちょっと変わっているっていうか……。こんなだから、中学ではあんまり友達がいなくて。高校に入ってからなんだよね、ようやく女子の輪に馴《な》染《じ》めるようになったの。いわゆる、高校デビュー、っていうの」

「えっ、あっ……そ、そうなんですね」

高校デビュー、の一言に心臓がドキッとしてしまう。

「うん。卑弥呼《ひみこ》ちゃんが友達になってくれて、それで救われたんだ。他クラスの子からは横暴な女王サマみたいに見えるかもしれないけど、優しいところもあるんだよ。ほんとに」

「そうなんですね……」

なんて返せばいいかわからなくて、ワンパターンの相槌《あいづち》を打ってから、これじゃだめだと首を振る。

「あの、どうしてわたしにその話を……？」

「あ、たしかに！　どうしてだろ⁉」

「な、なんですかそれ……」

あっけらかんと笑う照沢さんに、わたしはコケそうになる。

「んー、でもなんだか、れな子クンって優しい雰囲気だから、かな？　わたしが高校デビューって聞いても、バカにしてこないんじゃないかっていう、希望的観測！」

それは。

「ぜったい、しませんけど……わたしは……」

思わず声が出た。

「え？」

「あ、いや」

取り繕《つくろ》う。

「なんか、つまり、あの……。そういう努力して自分を変えようって行動した子のこと、尊敬しているので……！　だから、その……いいと思います！　わたしは！」

って……照沢さんは目を丸くしてて……ハッ。

「ふふっ、あはは、正直すぎだよ」

「ご、ごめん」

謝るわたしに、照沢さんは可憐《かれん》に笑う。

「やっぱり、れな子クンって優しいね。れな子クンみたいな陽キャもいるって思うと、案外、わたしもいろんな子と仲良くなれるかも、なんて思えちゃうんだ」

うっ……。なんか、さっき『あんまり上手に会話できないかも』なんて思ってしまって、申し訳なさが……。一生懸命生きている人に対して、一方的に判断を下すだなんて、なんて傲慢《ごうまん》な人間なんだ、わたしは……！　ちょっと友達が増えたからってうぬぼれているのか!?

人にはそれぞれ、みんないろんな悩みがあるって、知っていたはずなのに！

わたしは深く、心から反省した。そして改めてすべての人類を色眼鏡ではなく、そのありのままを観《み》ようと固く決意した。

「な、なれると思いますよ、照沢さんなら、きっと……！」

もう二度と過《あやま》ちを繰り返さぬよう、しっかりと告げると、照沢さんがにっこりと笑った。

「ありがと、れな子クン。あ、わたしのことは燿子でいいよ！」

「ええっ……。えと、あの、燿子、さん？」

「もう一声っ」

「ええ!?　じゃ、じゃあ……燿子、ちゃん……とか」

照沢さんはぱっちりとした瞳を細めて、にっこり笑った。

「嬉しい！　あはは。なんだかお見合いみたい。クインテットのれな子クンとわたしじゃ、ぜんぜん釣り合わないけど！　でも、嬉しいな！」

「そんなこともないと思いますけど……！」

でも、わたしの借りた虎の威、メッチャ良質なクイーンローズ製のやつだからな……！

「卑弥呼ちゃんのこと、あんまり嫌わないでほしいけど……あんなことしちゃったら、たぶんムリだよね！　せめて、勝敗がついた後は、すっきりと終われるといいよね、お互い」

「う、うん、そうだね」

高田さんに関しては、おっしゃるとおり難しいと思うけど……。

よりにもよって、紫陽花さんを悲しませてしまいましたからね。

でも、今は敵陣営だけど、もしかしたら他のクラスにも友達ができるかもしれないっていうのは、なんか嬉しい。争いの果てに生まれるものも、あるんだ。

「照……よ、燿子ちゃんこそ、本番ではよろしくね」

「うんっ。きょうはお喋《しゃべ》りできてよかった！」

お互い、そうすることが自然とでもいうように、握手を交わした。

それだけでなぜかまた、燿子ちゃんの顔が赤くなってゆく。

「あ、れ、れな子クン、手、柔らかいね……」

「そ、そうですか？」

「うん……。あ、ゴメン！　ぜんぜん、そういうつもりじゃなくて！　つもりってなんだろ!?　ともあれ、Ａ組には負けないんだからねー！」

「は、はい！」

なんか最後わちゃわちゃしちゃったけど！　燿子ちゃんが先に出て、辺りを確認してから、わたしを逃がしてくれた。

ただ、去り際《ぎわ》に。

「あっ、そうだ、れな子クン。あの、あのね」

「な、なんでしょうか」

燿子ちゃんは口元を手で押さえながら、もじもじと。

「……た、たまたま偶然聞こえちゃったんだけど！　こ、小柳さんのこと『かのピ』って呼んでたの、わたし、誰にも言わないから！　大丈夫だから！　それだけ！　じゃあね！」

「待って！」

わたしの叫びも届かぬまま、燿子ちゃんは走り去っていった。

ちょっと香穂ちゃん！　しっかり勘違いされているんですけど！

ねえ！　香穂ちゃんさあ！

＊＊＊

「はははは」

「笑いごとじゃないんだからね!?　もう！」

わたしは顔を赤くしながらも、プールサイドにいる真唯をビシッと指差した。

ここは赤坂《あかさか》のホテル。会員制の、例の広々としたフィットネスプールだった。

なぜこんなところにいるのかというと、きょうは雨降りだったのでバスケができず、だったら体力づくりのためにと、真唯に予定を伺《うかが》ってプールにやってきたのだ。

泳ぎは決して上手ではないわたしだけれど、バタバタとさっきから何度も行ったり来たりをしている。

まあ、こういう高級プールで一生懸命泳いでいるのはわたしぐらいのものなので、ちょっと恥ずかしいと言えば恥ずかしいんですが……。

「かわいい勘違いじゃないか。そうか、香穂とキミがね。これで恋人はついに三人か」

「不誠実道《ふせいじつどう》を極《きわ》めんとする求道者じゃないんだよわたしは！」

わたしは先日の一件を真唯に愚痴っていた。

香穂ちゃんとふたりで高田さんグループを偵察したこと。コードネーム『かのピ』を用いたこと。それをうっかり他の人に聞かれて勘違いされたこと。相手が燿子ちゃんというのは、それとなく伏せつつ。

真唯はプールサイドに腰かけて、わたしに笑う。

「人気がありすぎるというのも大変だね、れな子」

「決してそんなことはないはずなんですけどねえ……」

うめく。当たり前だけど、プールなのでわたしも真唯も水着姿だ。

わたしは露出のあんまりないワンピースタイプの水着。真唯の前でお腹《なか》が見えるビキニなんて二度と着ないからね。

そんな真唯は、きょうは黒ビキニだ。あんまり泳ぐ気がなさそうな、装飾がいっぱいついている感じの超かわいいやつ。

普段もそうだけど、脱いでいると脚の長さがあまりにも強調されて、これが世界で戦うモデル……！　ってなる。人間ってすごいな。なんか、多様性が。

多様性というと、さらにすごいのは、香穂ちゃんとか燿子ちゃんとか、どちらかというとかわいい系の女の子たちが、世界で活躍する真唯よりも輝いて見える瞬間があることだ。

わたしが女の子を見る素人だっていうのはあると思うんだけど……。ほんとに女の子って不思議。いや、一生懸命生きている人はそれだけで美しいんだぞ、れな子。反省しろ。

「てか、なんか、『かのピ』のことは話すべきじゃなかったかも……」

言った後に気づく。判断が遅い。（パァン！）

「それは、どうして？」

「だって……真唯が嫌な思いをしたりするのかな、って……」

「ふむ」

真唯は脚を組み直して、わたしに微笑む。

「なるほど。では、どうして私が今の話を聞いて、嫌な思いをするかもって思ったんだい？」

「えっ？　突然の真唯クイズ？」

「じゃあそういうことにしよう」

真唯はニコニコ笑っていて、それを見る限りでは一切、不快感なんて味わってなさそうなんだけど……！

いや、でもわたしはちゃんとありのままの人を観られるようになりたいし、人間の気持ちを察せられる人間にもなりたいので、プールサイドによりかかって、熟考する。

「なんだろ……。ええと、真唯と紫陽花さんには、わたしは本気で告白したつもりなんですが、でもそこに友達の香穂ちゃんが並ぶことによって、ふたりへの気持ちも軽く思われちゃったりするから……とか、どうでしょう」

「んー」

正解か不正解かも言ってくれない！

さらに考える。

「あ、じゃあ、わたしがふたり以外にも浮気するかも……って不安になるとか！」

「んー……」

真唯はさらにうなった。

なんなん!?

「いや……面白いかなと思ってクイズと言ったはいいけれど、案外『正解だよ』って答えるのは、自分の弱さを君に押しつけているみたいで、恥ずかしいね……」

「……なんかそういう迂闊《うかつ》なこと言うの、紗月さんみたい」

「そうかもしれない。というか、なんだ、その」

真唯は視線を伏せて、両手の指を絡めながら。

「どちらかというと、後者が近い、かな。君の真剣さを疑ったことはない。ただ、君はやっぱり魅力的だし、優しい君なら相手のアプローチに応《こた》えてあげたくなるんじゃないかと思って」

「う、すみません……」

またも紗月さんの顔が浮かんできて、わたしは心の手でパッパッと払う。

プールサイドにあがって、真唯の隣に並んで座る。

反省だ。もう一個重ねて反反省省だ。

「はぁ……。ごめんね、つくづく至らない人間で」

「ううん。そうやって日々善《よ》くあろうとしてくれている君のことが、好きだよ」

「真唯はすぐわたしを甘やかすー……」

「結果の出ない努力そのものを認めてくれたのも、君だったからね」

真唯と触れ合う太ももが、ほのかに熱い。

「……なんか、真唯と話してると、わたしがよっぽど善人に聞こえてくるっていうか」

「それは残念ながら勘違いだと思うよ」

「知ってますけども！」

間髪《かんはつ》をいれずに否定され、怒鳴る。笑われた。もう！

ばちゃばちゃとバタ足をする。水しぶきが舞う。

波紋ができて、プールの端まで広がってゆく。

「……あのですね、真唯」

「うん？」

心情を吐露《とろ》するのは、どこまでわたしの弱さなんだろう。

安心させようと思って言いたいことだってある。だけど、その線引きがわからない。

言いたいことと、言えないことと、言うべきじゃないことと、言ったほうがいいこと。ぜんぶをちゃんと整理整頓して、真唯を喜ばせることだけを、言えたらいいのに。

「ごめん」

「それは、なにについて、かな」

「最近ずっと地に足がついてなくて、あんまり自分のことを振り返る余裕もなくて。あ、これも言い訳だよね……。だから、なんというか、真唯に迷惑ばっかりかけてるなって思って」

ふたりきり。

真唯がわたしの太ももの上に手のひらを置いた。

わたしはそこに、手を重ねる。わたしのよく知っている、真唯の手。

「最初に告白してもらって……。真唯が最初に告白してくれて、ずっと待っててくれたのに、なんか後回しにしちゃったみたいになって……。そのこと、ずっと謝りたくて」

「……うん、そうだね」

「う……。はい」

真唯は決して自《みずか》ら口に出してきたりしないけど、同意されると『やっぱりそう思われていたのか』という気持ちが広がっていって、心に穴が空きそうになる。

だけど、わたしよりずっと真唯のほうが寂《さび》しかったはずなんだから、この先も言わないと。

「あのね、信じてくれなくてもいいんだけど……。わたし、ちゃんと真唯のことが好きだから。今は、しっかりと好きだから。お台場《だいば》にデート行ったのとか、ずいぶん昔っぽいけど、すごく楽しかったし……。好きだからね、真唯のこと」

「うん」

繋いだ手の指を、真唯がぎゅっぎゅと動かす。

「どうして、信じてくれなくてもいい、なんて言うんだい？」

「え？　あ、それは……」

どうしてだろう。

考えて、言葉を紡《つむ》ぐ。

「……今は信じてくれなくても、ちゃんとこれから行動で示して、いつか信じてもらえるようにがんばるから、かな」

「ふふっ」

真唯が微笑んで、わたしのほうにもたれかかってくる。

「私も好きだよ、れな子のこと。そんなれな子のことが、前よりも好きだ」

「そ、それは、光栄です……。あ、あのさ、きょうの真唯が『どうして』『なんで』が多いのって、ちゃんとわたしのことを理解しようとしてくれているんだよね？」

「うん。ちょっと鬱陶《うっとう》しかったかい？」

「ううん！　ぜんぜん、そんなことない。真唯もがんばってくれているんだな、って思うっていうか」

わたしは水面に視線を浮かべながら、言う。

「なんか、嬉しいっていうか……。好きな人が、わたしのためにがんばってくれるのって、嬉しいんだな、って……」

ただそれには、真唯は首を傾《かし》げた。

「それなりに、がんばってきたつもりではあったのだけど、おかしいな……。君を喜ばせようと、あの手この手で」

「それわたしをパーティーに連れていったり、懐石《かいせき》料理に招待したりとかでしょ!?　スケール感が違いすぎて、素直に受け入れられなかったんだよ！」

「小さなスケールか……。ええと、アメいるかい？」

「アメもらって『ああ、わたしのために努力してくれたんだな』って思うようなやつがどこにいるんだよ！　わかってて言っているよね!?」

真唯はくすくすと上品に笑っていた。

まったくもう、まったくもう……。

「そういえば結局、真唯って高田さんになにかしたの？」

「それが、心当たりがまったくなくてね」

顎に手を当てる真唯。

うーん。

「真唯って人生で関わっている人の数がものすごく多そうだから、なにかしてたとしても忘れているのか、あるいはまったくの逆恨みなのか、判別がつかなくて大変そう……」

「そうだね。まあ、慣れたと言えば慣れたよ」

そう言って、真唯は遠くを見つめていた。

「仕方ない話だ。私は王塚真唯なのだから、そういった宿命なんだろう」

「えい」

わたしは真唯の腰を押して、プールに突き落とした。

ざっぷーん！

「い、いきなりなにを!?」

さすがにびっくりして振り返ってくる真唯。わたしも内心こんなことして怒られないかな、のドキドキがすごかったけど、平然としたフリで応える。

「別に、悲しいとか寂しいとか、つらいとかムカつくとか、言ってもいいじゃん。わ、恋人《わたし》の前なんだから」

最後のセリフだけ少し恥ずかしくて、つっかえちゃった！　百点取れず！

ええい、素知らぬ顔で続けてやる。

「だって真唯にとっては、悲しみも喜びも分かち合うのが、恋人なんでしょ？　だったらほら、分かち合ってよ。ほら、ほらほら」

「む……」

プールに立つ真唯はしばらく、所在なさげにしていたけれど。

諦《あきら》めたのか、あるいは前からずっと言いたいことがあったのか。

ぽつぽつと、わたしに語ってくれた。

「……初対面の相手に、真っ向から敵意をぶつけられて、一方的に罵《のの》しられることも、よくあるんだ。大勢に知られていると、その中には一定数の否定的な意見もあるからね」

俗にいうアンチってやつだ。

「昔よりは、マシになったよ。受け流し方も、うまくなった。心無い声にいちばん傷ついていたのは、小学生の頃だったな……。あの頃は応援してくれる人よりも、私を叩く声のほうが大きく響いていた気がした」

「そうだったんだ……」

紗月さんが一緒に、スタジオまで来てくれた頃の話だよね、それ。

真唯の小さかった頃、か。

「クイーンローズはね、当時はまだまだそこまで有名じゃなくて、メディアに露出を増やしていた時期だったんだ。母のことだ。きっと多少強引な手段も使っていたんだろう。恨みを買うのも仕方ない話で。その看板を背負っていたのが、私だったから」

「だ、だからって子供に八つ当たりするなんて、ひどい話じゃん！」

わたしが声を荒らげると、真唯は自嘲《じちょう》するように笑った。

「そうだね。今は仕方ないと諦めもつくようになったが、あの頃は……悲しかったな」

うつむく真唯の顔が、まるで小さい子のように映って、わたしもプールに入った。

真唯の手を握る。

「真唯……」

「クラスメイトもね、みんな仲良くしてくれたんだけれど、どこか居場所がないような気がしていたんだ。家族と、好きな人と、友達と一緒に、心穏やかに暮らせていたら、私はそれでよかった。……と、言っても詮無《せんな》いことかな」

微笑む真唯のそれが、すごく儚《はかな》く見えてしまって。

なんだか、真唯っていつも強く在《あ》ろうとがんばっているけど、ほんとは人一倍、平穏に過ごしたかったりするのかな。

人の期待に応えて、誰かのためにがんばってばかりいるけど、そのエネルギーをもう少し自分のために向けられたらいいのに……。

……いや、その向ける先がわたしだったのか……!?

衝撃の事実だ。

だったら、部屋で押し倒されたときに真唯を拒絶してしまったのは、大変なことだったんじゃないか……？　いや、あれはムリヤリの真唯が悪いと今でも思っているけど！

ううう、わたしは頭を抱《かか》えた後に、ぴたりと真唯に抱きついた。

「れ、れな子？」

「わたしの『おさわりタイム』……」

「えっ？」

「なので、これが終わった後には、わたしへの『おさわられタイム』が発生します……」

「そ、そうか……。そういうルールだったな……」

真唯とベタベタすることで、真唯の心を慰《なぐさ》めようとするのは、良いことなのか、あるいは悪いことなのかな。自分の体を粗末に使っている……って思われちゃう？

だけど、わたしは真唯に喜んでほしいって思うし、嫌なことを忘れさせたい。そのためにさわられるのって、結局、別にそんなに嫌じゃないのかもしれない、わたし……。

友達にしても恋人にしても、真唯はわたしの大切な人だもん！　そのためにできることがあるなら、してあげたいって思っちゃうよ！　わたしチョロいのかなあ!?

こんなわたしでも、真唯にくっつくことで、真唯に喜んでもらえるなら……。そんなの、体だってなんだって、使えるものは使っちゃうっての！　ただし勇気の出せる範囲内で！

しばらくぎゅーっと抱きついて、真唯のしなやかな体を感じる。水の中だからこそ、お互いの体温が鮮明にわかって、ふれあった部分がじんじんと熱い。

「そ、そろそろ5分ぐらい、かな」

「……じゃあ、次は私の番だね」

「うん……」

抱きついただけで、真唯のヘンなところ（!?）とかは触っていないけど……。

別に、その、触ってきても……特にわたしは、拒《こば》みませんからね……？　真唯。

じーっと真唯の瞳を見つめる。真唯は頬を染めて目を逸らした後で、今度はわたしの体を包み込むように抱きついてきて。

「れな子……」

「んっ……」

真唯のキスを、わたしは受け入れる。

なんだか、久しぶり。

唇が何度かふれあう。とってもやわらかい。

真唯の、女の子のくちびる。

前みたいに舌を入れてくるのかなって思って、その覚悟もして、身構えていたんだけど、それはなかった。赤ちゃんのほっぺたにするみたいに、ちゅ、ちゅ、と真唯が優しくキスを繰り返してくる。

誰も見ていない、プールの中。わたしは真唯の体にしがみついて、お互いの熱を分かち合う。ふたりの間を循環する熱が、きもちも溶かして混ざり合うみたいに。

……しょーじき、きもちいい。

しっかり味わうことなんて、なかったけど……。キスって、こんなにきもちいいんだ。

しかも、恋人とのキス。わたしが恋人とのキスをしてるなんて、笑っちゃう。高校生になって、いろんなことがありすぎたけど、わたしがいちばんびっくりだなあ……。

頭がふわふわする。だから、5分が過ぎたのもしばらく気づかなくて、身を離した真唯に
「ふえ……？」って目を向けちゃった。

「あ、いや……時間が、経《た》ったから」

その言葉に。

わたしの鼓動が、ドッと跳ね上がった。

「あ、うん！　そうだよね！　時間、時間だもんね！　オッケー！　今回もどうですか真唯さんお楽しみいただけましたかね、わたしの身体は！」

なんてこと言うんだれな子、という目で見られた。あの真唯に！

くっ、屈辱……。ていうかわたしもテンパってなにを口走っているんだ……。

「そういえばなんだけど」

「はいそういえば！　そういえば大好きわたし！」

真唯が遠くを見つめた。

「紫陽花から聞いたよ。今回の球技大会で、君が勝ったらキスをする、と」

「…………………」

おかしいな、プールの中なのにめちゃめちゃ汗かいてきた。

「え、ええと………」

なにか言わなければという衝動に突き動かされ、わたしはもったりと口を開く。

「違くて、ね」

「ほう」

第一声が否定文って、浮気したやつの常套句《じょうとうく》みたいだな、って思った。

「あのね、真唯に黙っていたわけじゃなくて、ほら、なんというか、デリケートな話だからさ。っていうか真唯ともキスしたって別に紫陽花さんに言ったこともないし……」

「私は聞かれたから答えたよ。れな子とキスしたことがあるよ、って」

「なんでも話してるじゃんふたり！」

なぜだろう。わたしのことをイロイロと棚に上げて思うこととして、真唯と紫陽花さんが仲良くしていると危機感を覚えるんだよな……。

だって、ぜったいふたり同士で話していたほうが楽しいはずだもん……。話題も豊富だし、会話もうまいし……。

ある日、真唯も紫陽花さんもね、ふと気づくんだよ。

ニュートンが落ちるリンゴを見て重力を発見したみたいに、ふたり笑い合った直後に『あれコレれな子いらなくね……？』ってね。

そうなんだよ！　わたしは最初から思っていたよ！

だから、わたしは捨てられないようにがんばらなきゃ、がんばらなきゃいけない……！

わたしの焦りもつゆ知らず、真唯は微笑む。

「君がいろいろと私たちのことを考えてくれているようにね。私たちも、お互いどうすればうまくやれるのかを、ときどき話すんだ。これはそのひとつなんだよ」

「それって……？」

「もし少しでも後ろめたいと思っていることがあったら、それがどんなことでも話そう。そして、相手から打ち明けられた際には、しっかりと受け止めよう、ってね」

そんなことを、話してたんだ。

「紫陽花はなにをするにも、私に心を砕いてくれるから。だから、私に話すことで彼女が君との関係をポジティブに捉《とら》えられるなら、私もそのお手伝いをしたいんだ」

「そう、なんだ……」

確かに、紫陽花さんはわたしにも気を遣ってくれるから、真唯にはもっと気を遣っているんだろう。それは機嫌を伺っているとかじゃなくて、紫陽花さんの真摯《しんし》な優しさだ。

わたしにも話せないことはたくさんあるんだろうから、なんか、うん。

ここは、むしろお礼を言うべき場面だ。

「……ありがとう、真唯。わたしぜんぜん気づけなかった」

真唯が高潔に微笑む。

「いいんだよ。紫陽花は少し優しすぎるからね。といっても、もちろん私だって望んだ関係だ。その維持のために尽力《じんりよく》するのは、当たり前だろう？」

自分が得をするわけでもないのに、そんな風に言い切ってくれる真唯こそ、すごく優しいじゃん……。

「だったら、あの、わたしも真唯に聞きたいことがあって」

「なんでも言っておくれ」

「……どう、思った？」

真唯は首を傾げた。

「なにがだい？」

「いや、だから、わたしと紫陽花さんが、その、キスをするって聞いたとき……嫌な気持ちにならなかった？」

「ふむ……」

真唯は顎に手を当てて、押し黙った。

どう答えればいいか、わたしが傷つかない言い方を探してくれている、みたいな間だった。

「もちろん、三人で付き合うんだ。いつかはこうなることも考えていた。だから、覚悟はしていたよ。紫陽花と君が幸せになるのなら、それはいいことだ」

「……妬《や》いてる……？」

わたしは真唯を見上げた。

真唯はこれまでいろんな暴走をしてきたけど、そのきっかけは、ほとんど嫉妬によるものだった。だったら今回も……。

「妬いてないよ」

真唯はそう言い張った。

わたしは信じられなかったので、念を押すように聞く。

「ほ、ほんとに？」

「妬いてないもん」

「『もん』!?」

目を見張る。

「ちょっと真唯、なんか軽いキャラ崩壊が！」

「ほんとだもん」

「真唯が『もん』とか言うの⁉」

「言うもん」

か、かわいい………のか⁉

奇っ怪な感情が芽生えてくる。

ともあれ、これぜったいに妬いている……。ちゃんとガス抜きしてあげないと、後のわたしが大変なことになる。ひいては、わたしたち三人の関係性がピンチになる。

「だ、だったら真唯もさ！　わたしにしてほしいこととかある⁉　ね、球技大会に勝って、紫陽花さんだけご褒美があるなんて不公平だよね確かに！　ね、ね⁉」

もともと紫陽花さんのキスも、わたしが紫陽花さんのためにB組との戦いをがんばると決めたから、それを悪いなと思った紫陽花さんからのご褒美でって話なんだけど……。

それがなんで真唯のためにご褒美をあげなきゃいけないのか、理論ではぜんぜんわかんないけど……でも人間関係って理屈だけじゃないじゃんね！

ただ、わたしの言葉はそれなりに真唯にも響いたみたいで。

瞳を揺らした真唯は、口を開く。

「君にしてほしいこと、か」

「う、うんうん」

MONO

いったいなにを言われるんだろう……。

もし『恋人同士の睦《むつ》み合いを』みたいなことを言われたその時に、わたしは真唯を拒めるんだろうか………。

ていうか、拒む理由が、あるんだろうか…………………？

「れな子」

「ふぁ、ふぁい!?」

全身を熱くさせるわたしに、真唯は微笑みながら告げてきた。

「だったら――」

＊＊＊

「ぬおおおー！」

わたしは猛然とドリブルして、ゴールにシュートした。肩に力が入りすぎたので、ぜんぜん入らなかった。

例によって、香穂ちゃんとふたりで公園でのバスケ練習会。

「れなちん、きょうも気合い入ってんねえ」

「はぁ、はぁ、はぁ……まぁ、ね……！」

わたしは、顎先にたれる汗を拭《ぬぐ》う。

真唯が言った言葉が、わたしの頭の中にずっとピン留《ど》めされていた。

『だったら』

そこでわずかに息を止めて、真唯は恥ずかしそうにその先を続けた。

『君が紫陽花とキスをしたその後に……私にもちゃんと、好きだ、って言ってほしい』

弱さを見せるように吐き出した真唯の言葉を聞いて。

わたしは、頭を殴られたような気分になった。

結局は、そうなんだ。

わたしと変わらない。嫉妬するのは、真唯だって不安だからなんだ。

真唯と紫陽花さんが親密にしていると、わたしが不安に思うように。わたしと紫陽花さんが親密だと、真唯が不安に思う。

だから、安心させてほしいと、真唯はそう言ってきたのだ。

「うおおー！　もう一本ー！」

それってつまり、ぜんぶ、ぜんぶ――。

――ぜんぶ、わたしのがんばりが足りないからだ。

だってそうでしょ。わたしがふたりのことを幸せにするってちゃんと伝わっていたなら、不安に思う必要なんてないんだから。そうだよね。わたし、間違っていないよね。

今はそれができていないから、だからわたしはだめなんだ。

もっとちゃんと紫陽花さんを。真唯を安心させたいよ。わたしがふたりのことを好きなんだって、わかってもらいたい。本気なんだって、ちゃんと伝えたい。

そのためには。

やっぱり、球技大会で勝たなきゃいけないんだ。

言葉じゃなくて行動で見せなきゃ、気持ちは伝わらない。紫陽花さんのために、わたしはこれだけがんばったんだよ、って結果で見せなきゃいけない。たった一回でぜんぶわかってもらうことなんてできないから、一個一個をしっかりと積み重ねて。

これは、その第一歩なんだ。

紫陽花さんとキスをして、その後、ちゃんと真唯に好きを伝えて。

だから勝たなきゃ。勝たなきゃだめなんだ！

「でやあー！」

投げたボールが再び空《くう》を切る。

ころころと転がっていくボール。それは誰かの足下で止まる。

「あ、すみませ——んん？」

ボールを拾い上げた女子が、あたふたと声をあげてきた。

「あ、あのあの」

控えめで、どこか昔のわたしに似た挙動不審な声。

その女の子を見て、きょとんとしてしまった。あれ、なんでここに？

「平野さん？」

「は、はい！　きょうは、部活がなかったので」

「私もいます！」

平野さんと長谷川さんだ。

「ええと……どうしたの？」

「うっ」

わたしが尋《たず》ねると、平野さんはなんとも痛いところを衝《つ》かれたとばかりに、よろめいた。

ハッ……。今の聞き方はよくなかった気がする。

わたしの頭に謎の記憶が蘇《よみがえ》る。学校をサボりまくっていたわたしが、たまに保健室じゃなくて教室に行くと、声がかけられるんだ。『あれ？　どうしてきょういるの笑』って。

なんだよそれ！　中学校は義務教育だし、誰でも登校する権利があるだろ！　わたしの心はトランプタワーより壊れやすいんだからさ！　もっと腫《は》れ物に触る風にやってよねえ！

そう、陰キャの心はナイーブなのだ。だからわかるよ、わかるよわたしには、平野さん、長谷川さん。いつだってわたしたちは分厚い鎧《よろい》の中にラビットハートを守っているんだよね。

言い直す。なるべくフレンドリーに！

「ふたりとも、ジャージ着て、学校帰りっ?」

「い、いや、違うんですケド……」

「じゃあ、運動している最中だった、とかっ?」

「エエト……」

もじもじして目を逸らす平野さんの言葉を、待つ。

なんだか、懐《なつ》かしいような会話のテンポ感だった。

落ち着く……。

だがその平穏を陽キャが破った!

「お、来てくれたんだ! ふたりとも!」

たったか走ってきた香穂ちゃんが大きく手を振ってくる。すると、平野さんと長谷川さんは急にフラッシュライトを浴びせられたように、顔をかばった。

「うっ、陽属性が急に!」

「はう……かわいい……! 感情が、思考が、かわいい一色に染め上げられてゆく……!」

突然の香穂ちゃん、眩《まぶ》しい……!

うさぎだけが住む谷にやってきたティラノサウルスみたいな香穂ちゃんは、三人まとめてフリーズさせた挙げ句「はにゃ?」と首を傾げている。自分だって本当は陰の者のくせに!

けど、平野さんは負けじと一歩前に踏み出す。平野さん強い!

「はぁ、はぁ……あ、あのですね……！　実は、ですね……！　くっ、陽キャさまの時間を奪ってしまっている、この一瞬一秒が申し訳ない……！」

「だからって引き延ばしたら、注目してもらう時間が延びるだけなので……！　き、気合いを入れて、言いますよ！　言います！」

ふたりはお互いに支え合って立つ。そうしなければ陽キャのプレッシャーに今すぐ逃げ出してしまいそうになりながら。なんだこの感動的なシーン。

「わ、私たちは！」

平野さんがポケットからスマホを取り出し、その画面を突きつけてきた。

「小柳さんに誘われて、やってきました！」

なんと……。

そこにはメッセージの文面で『バスケ練習するから、一緒にどう？（なんかかわいい絵文字）』とあった。

香穂ちゃん、ふたりとも友達登録してあるんだ。さすがのコミュ力……。じゃなくて。

とはいえ、だ。

いくらお誘いを受けたって、ここにやってくるのは容易な道のりではなかったはずだ。

なんたって、香穂ちゃんもわたしもクインテット。平野さんたちから見たら、ここに真唯がふたりいるような気分だろう。

もし中学生のわたしがクラスの陽キャからバスケ練習に誘われたら？　そんなの、ぜったい行けるわけがない。だって、のこのこやってきたら『うわ、ほんとに来たんだ？　草』ってバカにされるに決まってる――って妄想するに決まってる。

だから行けるわけがない。なのに、ふたりは来てくれた！

平野さんと長谷川さんはお互いに視線を交わした後、小さく口を開く。

「あの、私たち、クインテットの方々が好きなんです」

「え？」

わたしはドキッとした。そういう意味じゃないとは、わかってるけども！

「見ているだけで目の保養ですし、いつもこんな私たちにも優しくしてくださいますし……」

「優しくって、そんな」

むしろわたしからしたら、ふたりがわたしに優しくしてくれているって印象だけど……。

自分の言葉に自分でうなずきながら、平野さんが続ける。

「スクールカースト上位の方々って、割と陰キャなんて虫けら程度にしか思っていないっていうか、コミュ力たったの5か……ゴミめ……って感じですけど……」

その言葉はわたしにも刺さるぞ！

「でも、A組の皆さんはほんとに気さくで、私たち、話しかけられても特に面白いこととか言えないのに、気遣っていただけて……。A組でよかったなあって、心から思っているんです」

平野さんの言葉に、長谷川さんがウンウンと大きくうなずいた。

それは、ほんとにそう。わたしだって最初に話しかけたのが真唯だったから、今もうまくクラスに馴染めている。

クラスの雰囲気っていうのは、国のイメージがその国の首相によって変わるみたいに、クラスを仕切っているカースト上位の立ち振る舞いによって決まるものだ。

自分たちのことしか考えてないやつがクラスのトップにいれば、クラスの雰囲気も冷たくなるし。善政を敷く優しい王がトップなら、そのクラスの雰囲気は温かくなる。

そういう意味で真唯は、国民に慕《した》われる愛すべき女王だった。

真唯や紫陽花さんが打算のために人に優しくしているとは思わない。けど、その優しさが巡り巡って、真唯や紫陽花さんを助けていることに、わたしは嬉しくなる。

長谷川さんに背中を支えられながら、平野さんがきっぱりと言う。

「B組のしたことを見て、許せないなって、思ったんです。だから私たちも、瀬名《せな》さんとかクインテットの皆さんのために、がんばりたいので！」

――ただ、不意に頭をよぎる。

燿子ちゃんが、告げた一言。

自分は陰キャだったけれど、高飛車さんが友達になってくれたから救われた、って燿子ちゃんは言っていた。

ほんの少し、胸が痛んで――。

でも、わたしはその疼《うず》きを振り払って、平野さんと長谷川さんに笑いかける。

「ありがとうね、ふたりとも！」

「うっ、かわいい……！」

「はわわわ……甘織さんの笑顔……！」

わたしは勢い余って、ふたりの手を握る。

「A組はすごいんだぞってところを、一緒に思い知らせてやろうよ！」

「手――っ」

「や、やめてください甘織さん！　好きになっちゃいますよ!?」

いろんな嬉しいことが重なり合って、わたしの不安をかき消してくれる。

わたしは確かに光差す場所に立っているんだって、感じられる。

勝つべきは、A組なんだ。

「わたしもぜんぜん上手じゃないけど、みんなで力を合わせて、チームプレイでがんばろうね！　A組の結束を見せてやろうよ！」

「だからおててを！」

「あーもう好きになっちゃいました！　好きになっちゃいましたけど!?」

こっちには妹から授かった作戦だってある。きっと大丈夫。なんとかなるはず！

わたしが、赤くなった平野さんと長谷川さんにまったく気づかずにいると――。

隣にいた香穂ちゃんがぽつりと「魔性《ましょう》の笑顔だにゃあ……」とわけのわからないことをつぶやいていた。

まあ、一緒に練習してみたら、ふたりとも決して上手なほうではなかったけど……。こっちにはチームワークがありますから！

＊＊＊

偵察もした。練習メンバーも増えた。モチベはマックスで、ご褒美も超豪華。いや、ご褒美はそれ目的ではないので、いったん置いておくとしよう！

となると、勝つためには最後のピースが必要となる。

高飛車さんのあのご無体な身体能力に対抗できる人材は、うちにはたったひとり。

そう、清水《しみず》くんを女装させてうちのチームに加えるのだ……！　ではなく！

わたしはスマホに目を落とした。

『チラ』と壁からチラ見しているかわいいコアラのスタンプは、見事なまでに既読スルー。これで12日間連続既読スルーの記録樹立だ。

「紗月さん、強者すぎる……」

わたしは自宅までの帰路とは違う道を、てくてくと歩いていた。

そっちがその気なら、いいでしょう。もうわたしにできることは、これぐらいしかない。

ククク、せいぜい、家に押しかけるぐらいしか、ね……！

と思って、アパートの前をうろうろしているわけなんですが。

さすがに、ひとんちのインターフォンを押すの、勇気がいるな……。

今って基本あれじゃないですか。スマホがあるから前もって連絡して、むしろインターフォン押さずにメッセージとか送ってドアを開けてもらうじゃないですか。いや、わたしは約束して友達の家に行くことは基本ないのであれなんですが……。

そう考えると、訪問販売とか一生できる気がしないよね。社会で働いている人ってすごいなあ……。なんてことを、わたしはアパートのドアが見える電柱の陰から覗きつつ、考えているんですけどね。

どうかな、紗月さん出てこないかな。チラチラ。

端《はた》から見たら不審者丸出しですけどね。その実態は『友達』なんで。しっかりと許されるというワケ。許される……よね？

あれ、もしかしたらわたしってただの不審者……？　いや、そんな……。ちょっときれいすぎる黒髪の美少女の動向を窺っているだけですけど……？

「もしもーし、警察ですけどー」

「えっ!?　ちがっ！」

わたしは怒濤《どとう》の勢いで振り返った。

「あの、わたしは、友達に用があって！　だから、その！　不審者では！　不審者かもしれませんが！　違くて！　理由《ワケ》あって不審者でして！」

そこにいたのは、目を丸くしている美人のお姉さん。

「あれー？　甘織ちゃん？」

「紗月さんのおね……お母さん！」

「うん、お姉さんだよー、ぴすぴす」

わたしの言い間違えをあえてそのままに、紗月母は両手でピースサインを向けてくる。のだけど、その手に握っているものが物騒《ぶっそう》だった。

「なんですか、それ……」

「右手に催涙スプレー。左手にスタンガン」

「なぜ……」

「なるほどね、甘織ちゃん。こう言いたいんだね。スタンガンを利《き》き手に持った方がいいのでは？　と。でもね、どちらかというとちゃんと顔に吹きかけないといけないのは、催涙スプレーのほうなんだよ。スタンガンは体のどこかに命中さえすれば、動きを封じられるからね。だから催涙スプレーの射程を活《い》かす意味でもこの持ち方で正しいの」

「なにもかもがちがう！」

にこやかなドヤ顔を披露してくれた紗月母は、首を傾げる。

「えーじゃあなに？　正解はー？」

「いや、あの、わたしずっとドアのほう向いてたんですけど……？　なぜここに……」

「なんか怪《あや》しい子が見えたので裏の窓から出て回り込んできた！」

「すごい」

まるで手慣れているかのようだった。

「いつもやっているんですか？　こういうこと」

「えー、たまにだよー。うちは女の子しかいないんだもん、自分の身は自分で守って敵はやっつけなきゃね！　だから紗月ちゃんにもね、いつも言っているの。やりすぎないように、でもちゃんと戦うときには二度と刃向かってこないようコテンパンに！　って！」

もっとゆるふわ系だと思っていたけど、めちゃめちゃ戦闘民族だ……。そりゃそうか、紗月さんのお母さんだもんな。

心臓がびっくりしちゃってて気づかなかった。きょうの紗月母はばっちりお化粧している。こないだより大人っぽい雰囲気だ。

これならお姉さんより、お母さんに見えなくもない……かな？　タイトなスカートのワンピースっぽい格好で、ただし履《は》き物はスリッパだった。

「お母さん、きょうはかわいいっていうより、きれいって感じですね」

「えーうれしいー。きょうはね、あのね、これから出勤なの。甘織ちゃん、お姉さんと駅まで一緒に行く？」

美人なお母さんのお誘いに、後ろ髪引かれてしまう。けれども。

「あ、わたしは紗月さんに用があって……」

「そうなんだ！　紗月ちゃん今おうちにいないんだけど、どこに行ったかは知っているよ。だから、案内してあげるね！　いこいこ！」

手を引かれ、慌てて制止する。

「待ってください！　それは助かりますけど、お母さん、足下スリッパですから！」

「わ、ほんとだ。そういえば鍵もおうちだから、窓から戻らなくっちゃ」

「そ、それはすみません……不審な行動をしてしまって……」

紗月母は片目をつむって、チャーミングに笑った。

「ね、甘織ちゃん、窓から入るときにちょっとおしり押してもらっていい？　あはは、ごめんねえ、紗月ちゃんのお友達にこんなこと頼んじゃって」

「いや、それは、ちょっと！　あの！　ちょっと！　ええ!?」

友達のお母さんからのお願いならともかく、わたしは紗月母のことを完全に美人のお姉さんって思っているわけなので、その頼み事は難易度が高いんですけど！

「それじゃあ、行きましょっか」

「は、はい」

小さなハンドバッグを下げた紗月母は、高いピンヒールを履き、わたしの隣をカツカツと音を立てて歩いている。わたしだったら仔鹿になりそうな靴なのに、歩くの上手だ……。かっこいい……。

「それで、きょうは紗月ちゃんと遊ぶ約束でもしてた？」

「あ、いえ、そういうわけじゃないんですけど」

うっかり顔を見るとすごい美人なので油断してしまいそうになるけれど、この人は一応紗月さんのお母さんだ。身内に学校の事情をあれこれと話されるのは、いくら紗月さんでも恥ずかしいだろう。

うーん、でも不審者ムーブして迷惑かけちゃったからな……。ここでなにも喋らないのも悪い気がする……。

「あの、実は今度、学校で球技大会があって、それで練習に誘いに来たんです」

すると。

「えー!?　そうなのー!?」

紗月母の表情が、ぺかーっと輝いた。うっ。

「学校で球技大会あるの!?　えー紗月ちゃんそんなのぜんぜん言ってなかったのにー！　もう紗月ちゃんったらね、学校であんなことがあったこんなことがあったなんて、ほんとなんにもお喋りしてくれないんだからねえ。えっ、それって私も見に行っていいのー!?」

「えっ、あっ、だめだと思います……」

「そうなんだー。残念ー！　ねえねえ、それでそれでなにやるのー？」

「バスケットボールです」

「わー、いいねえ、バスケ。かっこいいよねー。しゅっとボール投げる姿とか、なんか見惚れちゃうよねえ。そういえば私も学生時代、体育の授業でバスケがいちばん楽しみだったなあ。こう見えても、けっこう上手だったんだからねえ」

「そ、そうなんですね。お母さん、背高いですもんね」

機関銃のような言葉の連打から、大事なキーワードだけ拾って相槌を打つのは、かなり集中力を要する作業であった。これはコミュ力を鍛えられそう……。

「うん、そうなの。紗月ちゃんはどう？　どう？　バスケ上手？　それとも下手《へた》？　でも紗月ちゃん、協調性ないもんねえ」

「そ、そんなことないですよ！　紗月さんは…………ちょっとはありますよ！」

熟考の末、告げると紗月母は爆笑した。

「うんうん、ありがとね、甘織ちゃん。そうなの、紗月ちゃんってちょっとは協調性あるの。ほんとはね、みんなと仲良くしたいって思ってるけど、口下手で不器用な子だから、きっとそれが難しいのね。なにも考えずに甘えちゃえば、紗月ちゃん美人なんだから、みんな優しくしてくれるのにねえ」

「なにも考えずに甘えてくる紗月さん……」

もあもあもあと妄想の翼を羽ばたかせる。学校に行くと、目を輝かせた紗月さんが笑顔で『おはよー！』と挨拶をしてくる。

そして『あのねあのね、甘織。実はね、うふふ、昨日ステキな本を見つけちゃったの！とーっても面白かったんだよ！今度ね、甘織にも貸してあげるから！読み終わったら、感想教えてね！』って……。

……これ、完全に紗月母ですね。

「うん？」

目が合うとニコッと微笑んでくれる紗月母。

……確かにわたしは、どうして紗月さんがあえて人と距離を取ろうとしているのかは、知らない。お母さんみたいにいつもニコニコしてたら、あっという間に人気者にもなれるだろう。

けど……紗月さんはそういうこと、したがらない気がする。

「あの、お母さん」

「なあに？」

紗月さんに似たその切れ長の瞳は、優しげな色をたたえている。

わたしは年上の人と目を合わせられず、ぼそぼそと言う。

「……なんでもそういうのって、できる人は『すればいいのにー』って、簡単に言えることだと思うんですけど……。でも、できない人にとっては、そういうのすごく難しいので……。あんまりそういうこと、簡単に紗月さんには言わないであげてほしいな、って……」

なんて、子供が生意気なことを訴えてみたわけなんですが……。

紗月母の反応は。

「甘織ちゃん」

「ひっ、す、すみません」

呼ばれて、びくっとしてしまう。

「甘織ちゃんは、いいこねえ」

「わ」

ぎゅーっと抱きしめられた。

紗月母に！　抱きしめられた！　大人の女性に！　包容力！

「あ、あの、あのあの！」

「あのね、紗月ちゃんのこと、これからもよろしくねえ。私は余計なことばっかり言っちゃうけど、紗月ちゃんはほんとにえらい子だから。団体競技はちょっぴり苦手だけど、でも自分にできることは一生懸命がんばる子だからね」

「は、はい……」

気まぐれでなにかしたり、難しい人だったり、思ったより考えなしだったりもするけど。

紗月さんがえらい子なのは、間違いない。

「そういえばなんだけど」

くすくすと笑う紗月母。

「昔ね、小学校の頃だったかな。紗月ちゃんが泥だらけで帰ってきたときがあって」

「えと、転んだとかですか？」

「ううん、なんかね、ドッジボールでコテンパンにされちゃったんだって」

「あの紗月さんが……」

ドッジボール……。今の紗月さんなら、睨《にら》んだだけでボールを跳ね返せそうなのに。

「それがほんっとに悔しかったみたいで、それからずっと公園で壁にボールをぶつけて、ドッジボールの練習をしてるの。どうしてあんなに負けず嫌いになっちゃったのかわからないんだけど、でも、なんだってついついがんばっちゃうみたいなのよねえ」

「それは、紗月さんらしいです」

「特に真唯ちゃんが関わることだと、もーう人一倍。ねえ、甘織ちゃん。紗月ちゃんって真唯ちゃんのこと、好きなのかなあ？」

「えっ!?　そ、それはどうなんでしょうか！」

実際は、どうなのか……。

確かに、ときどきそうなのかもしれないって思う場面はあるんだけど……。でも、直接聞いたら怖すぎるし。

いや、好きなのは間違いないだろうけど、恋愛としての意味ではないっていうか。もし恋愛としての意味だったら!?　いや、それはそれで、わたし相手に『付き合ってくれない？』とか言いだすのはおかしくないか!?

「あ、あの、だとしても、紗月さんの愛情は屈折しているというか……素直に『好き好き大好き！』って感じじゃないと思うので、わたしにはわかりません……」

「なのかなあ。あ、でもね、最近紗月ちゃんって甘い恋愛の本ばっかり読んでいるのよね。珍しいんだから、普段そういうのぜんぜん読まないのに」

「へー……」

ってことは、本気で恋人を欲しいって思っている……？　あの紗月さんが？

ぜんぜんしっくりこない。だって前に堂々と『私は恋愛なんてしない』って言い放ってたじゃん。あれはただの強がりだった？　いやー……。

よくわかんなくなってきた。そもそも、紗月さんに誰か好きな人がいるっていうのが想像できないし……。

っていうかナチュラルに紗月さんと女の子が付き合う姿を想像したけど！　紗月さんが男子と付き合う可能性を考慮していなかったのはどうしてだ⁉

紗月さんが男子と……。

なんか、なんか！　それは、なんか、ちょっと！　言葉にできない感情があふれてくる！

わたしとキスしたくせに！　三回も！

「甘織ちゃんは、表情がころころ変わって面白いねえ」

「えっ⁉　そ、そんなでしたか、わたし！」

顔が赤くなる。

紗月母と話していると、神社に入った。ここは例の。

「あ、ほらいたー」

そこには動きやすそうな格好をして髪をくくった紗月さんがいた。バスケットボールを手に、ドリブルの練習をしている。

「紗月さん……」

「ね、不器用だけど一生懸命で、がんばるいい子」

ニコニコと紗月母が見守る中。

わたしは大きく手を振った。

「紗月さんー！」

一瞬で紗月さんの真剣な表情が崩れる。

「げ、甘織」

駆け寄る。

「もう、こんなところでひとりで練習なんて、水臭《みずくさ》いですよ！　わたしたちと一緒にやりましょうよ！　ほら、ＦＰＳのときみたいに！」

「なんであなたが、お母さんと」

「い、家の前で偶然出会ったんですよ！　いいじゃないですかそれは別に！　ねえ紗月さん、一緒にやりましょうよ！」

紗月さんが舌打ちする。こわい。

「……あなたがバスケを上手なはずがないんだから、そんなのメリットがないでしょう」

「メリットとかじゃなくて、そっちのほうが楽しくないですか!?　ねえ！」

「過程に楽しさを求めていないから、問題ないわ。今回、喜悦《きえつ》を覚えるのは、勝利の瞬間だけでいいの」

紗月さんはボールを地面にバウンドさせる。

「私の、せいだから」

「え？」

「瀬名が舐められたのは」

「そんな、紗月さんはなにも」

そう言いかけて、紗月さんの目が据わっていることに気づいた。……おっと？

「私が絡まれた時点で、ちゃんと全員にトドメを刺していれば、こんなことにはならなかった。今度こそ、二度と刃向かう気が起きないよう、徹底的にやってやるわ」

母親の教えが息づいている……！　紫陽花さんに優しい紗月さんだから、今回のこともやる気満々なんだろうなって思ったら、むしろ殺《や》る気満々だったってこと……!?

ドッジボールのエピソードも、悔しいからとかじゃなくて、ムカついたからなんじゃないでしょうかね、お母さん……！

「あ、あの……。でも、わたしが練習しているところには、ちゃんとバスケットゴールもありますので……。よければご一緒に……」

「……」

だむっ！　とボールをもう一度地面に叩きつける紗月さん。ひい。

「アルバイトが休みの日なら、構わないわ」

「や、やったー……」

いや、どうだろう。この紗月さんが一緒に加わってくれても、決して楽しいムードにはならない気がする……。平野さんと長谷川さんのこと、わたしが守らなきゃ……！

練習に熱中する紗月さんと、それを怯《おび》えた眼差《まなざ》しで見やるわたし。

そんなわたしたちを、紗月母が少し離れたところから、ニコニコと眺めていたのだった……。

いや、そんな和《なご》やかな光景じゃないですからね、これ！


これで紗月さんも仲間になった。

翌日の練習に顔を出した紗月さんは超絶上手で……。わたしたちは四対一でも勝てず、蹴散らされた。

なんという戦闘力。バスケットボールの修羅《しゅら》となった琴《こと》・ジェノサイダー・紗月がいれば、きっと勝てる……！　B組を、圧倒できる！

この戦い、我々の勝利だー！

＊＊＊

かといって、紗月さんひとりに任せきりにするはずもなく。

わたしは、バスケをがんばった。

教本読んだり、動画見たり。たまに妹に見てもらったり。

学校では、清水くんをはじめとした、バスケの部の人たちにも、いろいろとアドバイスをしてもらった。

Ａ組が一丸となってＢ組に勝とうね！　と雰囲気が盛り上がっていく。

わたしは今まで、学校行事に積極的に参加することなんてなかった。運動会でも余り物。合唱コンクールもやらされるだけ。文化祭だって指示通り隅っこで雑用。

なのに、今年はぜんぜん違う。

高校デビューして、クインテットに入っただけで、こんな風に応援してもらえる。

クラスのみんなが力を貸してくれる。

この人気はわたしのものじゃなくて、グループからの借り物なんだけど……むしろ、だからこそ安心するし、だからこそ余計にがんばらなきゃいけないな、って思う。


球技大会が近づくごとに、わたしの行動原理は純度を増していった。

元バスケ部として下手なのがバレないようにだとか。クラスのポジションを守るためだとか。

あるいは、紗月さんのように高田さんを懲《こ》らしめたいっていうのも、なんだか違って。

平野さんが言っていたように、わたしもクインテットが好きだから。

応援してくれるＡ組のみんなの気持ちを、大切にしたいから。

ちゃんと、恩返しができるように、わたしはわたしのできることを。

ううん、できないことだって、したい。

なにがなんでも、勝ちたいんだ。グループに貢献《こうけん》できるように。わたしだって、クインテットの一員なんだから。

わたしは練習に、打ち込んだ。

小雨《こさめ》が降って、香穂ちゃんが『きょうはパス』って言ってきた日にも、わたしは家で居ても立ってもいられず、公園へと走っていった。

少しでもうまくなりたかった。

これぐらいじゃもう大丈夫、なんて思えない。

チームの足を引っ張らないように、ちょっとでも練習しなきゃ。

「……」

雨が目に入らないよう、目深《まぶか》にパーカーをかぶって、ゴールにシュートを打つ。

真唯への本気。紫陽花さんへの気持ちを胸に。

一球一球、集中してボールを放る。

決めたんだから。ちゃんとがんばるって。

だったらやり遂《と》げなきゃ。

もう中学校のときのわたしには、戻りたくないから――。

秋雨は細々と、だけどずいぶん長く降り続いた。

……。

………。

＊＊＊

週明けの球技大会を目前に控えた、土曜日。

昼からバスケの練習に行こうとしていたわたしを呼び止めて、お母さんが言ってきた。

「熱だわ」

「……へ？」

「れな子、きょうは大人しくしていなさい」

「いや……いやいや」

リビングで、わたしはブンブンと首を横に振る。

「でもこれから、練習しなきゃ。夕方から、香穂ちゃんも来るし」

体温計を持ってきたお母さんが、心配そうな顔で手渡してくる。

「とりあえず、測ってみて」

「いいけど……別に、平熱だと思うよ」

お母さんに言われるがまま、体温計を脇に挟んで測定する。ピピッと音が鳴って、持ち上げて驚いた。

「え？」

「どれどれ」

熱は、３８・2度だった。

「いや、こんなに高いはずは……」

測り直す。今度は３８・３度。増えてる……。

「ええ……？」

リビングのソファーにぽふんと座る。すると、急に全身にかかる重力が増したような気がした。ズキズキと、頭が痛む。

そういえば、きょうはちゃんと朝に起きて練習をするつもりだったのに、どうしてお昼近くまで寝てしまったんだろう。昨夜だって、そんなに夜更《よふ》かしなんてしてなかったのに……。

「いや、でも、大丈夫。これぐらいは」

「なに言っているの、寝てなきゃだめに決まっているでしょ」

「だけど、香穂ちゃんが……」

「今、お薬持ってくるから。ちゃんとお断りのメッセージ送るのよ」

わたしはソファーに浅く座ったまま、うつむく。目がかすんで、思考がまとまらない。

けど……わたしがみんなに、迷惑をかけるわけには……。

みんな、応援してくれているのに……。

ボディバッグからスマホを取り出そうとして、指先からぽろっと落としてしまった。

「あ、あれ……」

座っているのもつらくなって、思わず横に倒れ込む。

なんか……。めちゃめちゃだるい。

体を動かす筋肉が、いつもの半分しか動いていないみたいに。

「でも、これぐらい……。わたし、まだまだ下手だし……がんばらなきゃ」

立ち上がって、玄関に向かおうとしたところで、またしてもお母さんに止められてしまった。

お水とお薬を渡されて、黙ってそれを飲み込む。

「だめ、ぜったいに寝てなさい！」

かなり強めに叱《しか》られて、わたしは渋々と部屋に戻る。

だからって、こんなことしている場合じゃないのに……。

わたしは寝間着に着替えさせられて、親監視の下《もと》、ベッドに押しやられた。

とはいえ、病《やまい》は気からと言いますし……。これぐらい、少し寝ればよくなるだろうと信じて、
わたしは目を閉じた。夕方までによくなって、そして、香穂ちゃんと合流しよう。

もう球技大会は週明けなんだから、のんびりしている暇なんてないんだから。不器用なわた

しは、人一倍練習しないと、間に合わないんだから。

だから、だから……。

そう思いながらわたしは、目を閉じた。

一瞬で眠りに落ちる。次に目が覚めたときには、すっかり日が沈んでいた。


枕元に置いてあったスマホが、わずらわしく振動する。

目を開けたわたしは、部屋が暗いことに違和感を覚えつつ、スマホを掴む。

「え……着信5件!?」

ぜんぶ香穂ちゃんからだ。

しまった。わたしは真っ青になって、電話をかける。

わずかなコールの後、香穂ちゃんが電話に出た。

『もしもし？　れなちんぜんぜん来ないじゃん！』

「ご、ごめん！　寝てて……」

『こんな時間なのに!?』

「う、うん……ちょっと熱出てて。でも、もう大丈夫だと思うから、すぐ行くね」

電話の向こうから女の子の声がする。長谷川さんと平野さんも来てくれたんだ。わたしも早く合流しないと。

『れなちん、熱ってどれぐらい？』

「えと……」

わたしは口ごもった。

「その、微熱ぐらい。ぜんぜん、平気」

『何度？　はかった？』

「寝る前はちょっとあったけど……でも、少し休んだから、大丈夫だよ」

そう言った直後に、わたしは咳《せ》き込んでしまった。こんなタイミングで！

「ご、ごめん。寝起きだから、部屋も乾燥してて」

『はかって。今』

香穂ちゃんが有無を言わさぬ口調で、命じてくる。わたしは「う、うん」とうなずいてから、リビングに下りて体温計を借りた。

「ええと……」

３８・６度。さらにあがってた。

い、言いたくない……。

「わ、わたしね、普段から平熱が高くて、３６度ちょっとあるから。たまに7度に踏み込んじゃうときもあって」

『れなちん』

一瞬、ウソを言おうかどうかさえ、頭をよぎった。

だけどそれは、さすがに一線を越えてしまうような気がして。

「すみません、ええと……」

わたしが正直に告げると、香穂ちゃんに怒鳴られてしまった。

『なんじゃそりゃあ！　もっと早く連絡しなさいよそんなの！』

「で、でも、これぐらいすぐ下がるかなーって……」

『そんなわけないでしょ！　人体ナメすぎ！　風邪ひいたことないの!?　バカなの!?』

そ、そこまで言わなくても……。

でも約束すっぽかしたのはわたしなので、なんにも反論できない……。

「ごほ、ごほ……ごめんね、香穂ちゃん……」

『むう、怒りづらい……。まあ、怒るんだけど。事前に体調に不安があったら、前もって言っておいて！　そして、明日は全力で養生《ようじょう》すること！』

「でも明日には治ってるかも」

『だとしてもだよ！　人類最古の兵器で殴るぞ！』

それこそ頭にガツンと石を落とされたように、わたしは身をすくめた。

「う、うん、わかった……」

『っていうか』

香穂ちゃんが今まで以上にマジメに、告げてきた。

『れなちん、治らなかったらさすがに、球技大会もおやすみだかんね』

「……え？」

どうしてそのことに思い至らなかったのか。

香穂ちゃんの言葉にわたしは『そりゃそうだ』と思ってしまった。

こんな体調で球技大会に出たところで、みんなの役に立てるわけがない。

足を引っ張るだけだ。

内心の動揺を押し隠して、わたしはこくりとうなずいた。

「うん……わかった……」

今、初めて電話であることに感謝した。もし対面だったら、わたしの沈み込んだ表情で、相手を不快にさせちゃっただろうから。

いくつか言葉を交わした後、電話を切って、わたしは部屋に戻る。また体温があがったような気がした。

「れな子、晩ご飯は」

お布団に潜《もぐ》り込んだところで、お母さんが部屋のドアを開けて様子を見に来た。

「いらない」

「ちょっとは食べなさい。早く治したいんでしょ。あと、お水とお薬とスポーツドリンクも置いておくから、ちゃんと飲みなさいね」

「……うん」

早く治したいのはそうだけど……でも、ほんとに治るのかな……。

お母さんが作ってくれたうどんをすすりながら、わたしは願う。

せめて、明日までに熱が下がっていますように。

高校に入学してようやく初めて、学校の行事に本気でがんばりたいって思ったんです。どうにかわたしを、がんばらせてください。

そう思いながら安静にして目を閉じたんだけど。

慣れないトレーニングで無理し続けてきた体の疲れは、たった一日やそこらじゃ、取れるはずもなかったのだった。

＊＊＊

翌日、日曜日。

夕方を過ぎて、お布団の中。わたしは眠れもしないし、起きるのはだるくて、時間を持て余していた。

日曜日でもやっている病院に行った結果は、過労だろうとのこと。しばらく安静にしていればよくなるって言われたけど……。でも、それじゃ球技大会にはたぶん、間に合わない。

お母さんと病院から帰ってきたら、遥奈が慰めてくれた。

『いっぱい練習してたのに、残念だね、お姉ちゃん』

妹にしては珍しく、からかいでも皮肉でもなくて、真摯《しんし》なトーンだった。

たぶん、今までスポーツやってきて、コンディションが悪くて思い通りの力を発揮できずに負けちゃったこととか、あったんだろうな。

だけどわたしは自分が悲しくて、妹にも適当な返事しかできなかった。だめなお姉ちゃんだ。

むしろ、わたしがだめじゃなかったときとか、ないけども……。

中学生のときを思い出す。

『甘織、きょう暇でしょ？』

『え？』

明るい髪をした、クラスのきれいな女の子。華やかで声が大きくて、クラスのみんなとも仲が良かった。つり目がちの瞳が、オオトカゲみたいに私を見つめている。

わたしは当時、大人しめの女子が固まった地味グループに所属していたので、声をかけられたことにびっくりした。

『ねえ、遊びに行こうよ』

『でも、ええと』

確かに言葉を交わしたことぐらいはあったけど、特別に仲がいいというわけじゃなかったから。一緒に遊びに行っても気まずくさせちゃうかな、とか、いろいろ思ったりして。

悩んでいる間にも、彼女はずいっと距離を詰めてきた。

『いいじゃん、男子も来るっていうし、たまにはぱーっとさ』

『う、うん。わたしは、でも』

パーソナルスペースを、まるで踏み荒らすように。

『どうせ暇なんでしょ、甘織。ちょっとぐらい付き合えよ』

『いや、その』

わたしは自分をガードするみたいに、両手を胸の前に掲げる。

知らない人に囲まれてお喋りするなんて、生きた心地がしないだろうから。

目を逸らし、困惑《こんわく》も不快感も垂れ流しながら、小さく首を横に振った。

『梨地《なしじ》さん、ごめん、わたしは……』

『え？』

『あんまり、行きたく、ない……です……』

わたしを誘った子が、友達に笑われていた。『断られてるとか、ダッサ』とか、そんな感じのことを言われていたような。

だけど、メンツを潰したと、当時は慮《おもんぱか》る余裕もなくて。

女子の目が一気に冷たくなる。

『は？　甘織のくせに生意気なんだけど』

そしてわたしに、二度目の機会は与えられなかった。

もし、あの瞬間に戻れたのなら、もっと上手な断り方があっただろう。

あるいは、一日ぐらいは仕方ないと、彼女についていくこともできたかもしれない。

わたしはなんだってそうだ。一度失敗して、痛い目を見ないとわからない。

みんなが『そんなの誰だってわかるでしょｗ』って言うことだって、わたしには少しもわからなかった。

クラスの権力者に逆らうと、中学生活の間ずっと仲間外れにされるとか、練習をがんばりすぎると熱が出て、しっぺ返しを食らうだとか。

人と違ったことをするたびに、わたしはひとり後悔を重ねていった。

最初からわたしは、普通じゃないことを、してはいけなかったんだ。

だったら――。

――真唯と紫陽花さんのふたりを選んで、付き合おうと決めたことだって、わたしはいつしか『時間を巻き戻したい』と、後悔してしまうのだろうか。

それは……嫌だなあ………。

誰かに、頬を撫でられる。

まどろみの中にいたわたしは、重いシャッターを持ち上げるように、まぶたを開いた。

「……ん」

お布団からの見慣れた光景の中に、見慣れぬ人影があった。

金色の髪をした、すごく綺麗な女の子。

だけじゃない。その少し後ろに、とても優しそうな女の子がいた。ふたりは心配そうな目をして、わたしを見つめている。

「ごめん、起こしてしまったかな」

「れなちゃん……具合、どう？」

脳が記憶を読み込むと、わたしはようやく現状を理解した。

「あれ……？　真唯と、紫陽花さん……。どうして、ここに」

ふたりはベッドにもたれかかるようにして腰を下ろしていた。

「香穂から、君が熱を出したって聞いてね」

「うん、ふたりでお見舞いに来たんだよ」

「あ……そうなんだ……」

そりゃ、冷静に考えたらふたりがうちにいる理由なんてそれ以外ありえないんだけど、わたしは、ばかみたいな相槌を打つ。

っていうかパジャマだしブラもつけてないから、体を起こすの恥ずかしい……。失礼を承知の上で、わたしは毛布を口元までかぶって、ふたりを見上げる。

「ごめんね、心配かけちゃって」

カーテンを閉め切った薄暗い部屋。夕焼けが隙間からにじむ。

「わたし、がんばり方、まちがえちゃったみたいで」

あ、だめだ。

わたしの視界もにじんできた。

さらに毛布を引っ張りあげる。がんばったのも熱出したのも、わたしの勝手なのに、その上、お見舞いに来てくれたふたりの前で泣くとか、鬱陶しいにもほどがある。

わざとらしく背を向けて、わたしは咳をする。

「ご、ごめん。うつらないとは思うけど、あんま、近づかないほうがいいかも」

こんなみっともない姿を見られたくない……。

恋人のこともがんばるって決めたばかりなのに。

一ヶ月も経たずに嘘つきになったわたしは、ふたりに合わせる顔がなかった。

「ごめん、ほんとに、ごめん……ごめんなさい……」

嗚咽《おえつ》が漏《も》れる。

そんなわたしに。

「れな子」

「れなちゃん」

ふたりの手が、わたしの頭に、背中に、触れてきた。

身をこわばらせる。

「ご、ごめん、こんな、困らせるようなことばっかり言って」

背中を丸めて、わたしはうめく。

まるでふたりの優しさを、突き放すように。

「わたし、ほんとはがんばろうって思ってたんだよ。がんばって、ふたりのためにがんばろうって、そうしたら少しはふたりも喜んでくれるかな、って……」

そんなの言い訳だ。わかっているのに。

「だって、恋人なんだから、ふたりの恋人になるんだったら、ちゃんとしなきゃって……。努力して、努力したら、いつかはふたりにちゃんと認めてもらえることができるのかなって思ってたのに……。それなのに、わたし……わたし……」

自分が情けなくて。

こんな自分が悔しくて。

「わたし、なにをしても、だめなんだ……。なんにもうまくいかないよ……。クラスにも応援してもらったのに、期待に応えられない……。香穂ちゃんとか、長谷川さんとか、平野さんとか、紗月さんも……。みんなのことも、裏切っちゃったよ……」

もう、流れ落ちる涙を隠すことは、できなかった。

ふたりはきっと困っているだろう。

わたしは、紫陽花さんと真唯を困らせる自分のことも、嫌だった。

だってこんな自分のことを好きになれるはずがないよ。

なりたかったけど、ムリだよ。

なりたかったのに、なれないよ。

「れなちゃん」

さわ、と紫陽花さんがわたしの髪を撫でてくる。

ふたりは優しいんだから、わたしがなにか言えば、構ってくれるに決まっているのに。

「ご、ごめん、ほんとうに」

強烈な自己嫌悪に突き動かされて、思わず身を起こす。

紫陽花さんはベッド脇に膝立《ひざだ》ちして、わたしを透明な瞳で見つめている。

そうして、ここではないどこかに連れ出すような声で、言った。

「ね。もしれなちゃんが明日までに治らなかったら、私も一緒に学校休もうっかな」

「……え?」

わたしは呆然と紫陽花さんを見返す。

紫陽花さんは一瞬だけ斜め下に目を向けた。

「私もソフトボール、ちょっと練習してたんだけど……でも、いいかなって」

伏せた瞳の睫毛《まつげ》が、虹みたいに輝いている。

「どうして」

「んー」

わたしと目を合わせて、紫陽花さんは、はにかんだ。

「そしたら、もし負けちゃったときも、私とれなちゃんで責任は半分こだね」

ひとつしかないケーキをふたりで分け合うように、紫陽花さんがそう言った。

わたしは思わず。

「──だ、だめだよ！」

そう叫んで、紫陽花さんをびっくりさせた。

「どうして？」

「だって、紫陽花さんまでそんな……わたしと一緒に、叩かれる必要なんて」

「そうだねえ。必要は、ないかもしれないけど」

紫陽花さんは穏やかに微笑んでいた。

わたしはぽろぽろと泣きながら、小さく首を横に振る。

「だめだよ、みんなに、迷惑かけちゃう。紫陽花さんまで、そんな」

だって紫陽花さんは誰よりも優しいんだから、みんなが自分のためにがんばってくれているのにズル休みするだなんて、そんなの紫陽花さん本人が傷ついちゃう。

もしわたしが紫陽花さんの立場だったら――ぜったい、ムリだ。

「でもねえ」

紫陽花さんがベッドに腰掛ける。わたしとの距離を縮める。

「私は、れなちゃんが傷つくほうが、いやだから」

「そんなの」

「えこひいき。だけど、私はれなちゃんと付き合いたいって思ったときに、そうしようって決めたんだもん」

だらりと垂れたわたしの手を、紫陽花さんが握る。両手で、慈《いつく》しむみたいに。

「それが、誰かを選ぶってことだと、思っているから」

「紫陽花さん……」

「私、前に言ったこと、今でも思っているんだよ。苦しい思いも、悲しい思いもしてほしくない。できるなら、私が引き受けてあげたい、って」

紫陽花さんが微笑む。

「ふふっ、だって、私ってワガママなんだから」

「…………」

ワガママだって言うなら、それはたぶん、お互い様だ。

わたしがふたりに報《むく》いたくて、みんなの期待を裏切りたくないのだって、わたしのワガママだから。

でもわたしは。

「紫陽花さんが悪役になって、みんなから嫌われるの、やだよ……」

「あはは、大丈夫だよ、れなちゃん。だって私ってけっこう人気者だもん。これぐらいじゃ、ぜんぜん平気だよ」

それはわたしの思い描いていた黒い紫陽花さんのような言葉だったのに、印象はまったく違って聞こえた。そうすれば誰も傷つくことはないんだと、世界の裏技を教えてくれるお茶目な魔法使いさんみたいだった。

わたしは、ぐすと洟《はな》をすする。

「なんか、ほんとにごめん……。迷惑かけて、気を遣わせちゃって」

「それに関しては、私だってお互い様っていうか……。先に夏休みにれなちゃんを引っ張り回したのは、私だもん」

ティッシュで顔を拭って、わたしはため息をついた。

紫陽花さんが、頭を撫でてくれる。

「れなちゃんはずっとがんばってるよ。れなちゃんは、えらいよ。また次の機会が、きっとあるよ。大丈夫だよ。私、ちゃんとれなちゃんのことが、好きだからね」

「うん……」

わたしのために学校をサボるとまで言ってくれた紫陽花さんに、心の隙間をぜんぶ埋められたような気がした。

「ありがとう……紫陽花さん……」

激しい感情を吐き出して、シワシワになった心が、なにかで満ちてゆく。

体の奥から、ぽかぽかするような。

それはきっと、紫陽花さんの温かな好意だった。

「だったら」

わたしたちのやりとりを、優しく見守っていてくれた真唯が、同じようにベッドに腰掛けてくる。

微笑をたたえながら、自信満々に。

「私は、君たちが後で気にしないように、球技大会で完膚《かんぷ》なきまでに大差をつけて勝利することにしようか」

そう宣言する真唯の言葉に、紫陽花さんがくすくすと笑う。

「なあにそれ、真唯ちゃんかっこいい」

わたしが目をこすり、真唯を見返す。

「で、でも、真唯はソフトボールのほうに出るんだよね。しかもピッチャーで」

「れな子が熱で倒れたとあれば、替えの選手登録だって許されるだろう。一試合投げる程度なら、ウォームアップさ」

それで真唯がバスケにも出て無双して勝利をかっさらったら、それは、わたしと紫陽花さんも気兼ねせずに学校に来られるだろう、けど！

なんか、そんなの。

「めちゃめちゃわたしに都合のいい話じゃん……！」

「なにか問題があるのかい？」

真唯が顔を寄せてくる。

「だ、だって……。そんなの……」

「紫陽花が君を守り、私の活躍でA組は優勝する。これでみんながハッピーだ」

「それ、いいと思う、真唯ちゃん」

わたしを間に挟んで、真唯と紫陽花さんが団結する。

ふたりの恋人の言葉に、わたしの頭はパニック状態。

「わたしがなにかしたわけでもないのに……幸せなことだけ味わうなんて、そんなの、ずるいよ……」

今まで幸せというものは、幸せになろうと願って、がんばって、行動して、それでいてようやく勝ち取れるものだったから。

与えられる幸せに、わたしはすっごく違和感があって、なので……。

紫陽花さんが横から抱きついてきた。

「なにかしたんだよ、れなちゃんは。だから、私たちもれなちゃんのために、なにかしようって思うんだよ」

真唯もまた、その逆側からわたしの腕を抱く。

「そうさ。最初に行動をしたのは君だ。だから君にはこれからも幸せになる権利がある。私としては、義務と言いたいけれどね」

わたしたちの座る位置は、不格好な三角形を描く。

紫陽花さんと真唯のぬくもりを感じながら、わたしは。

わたしは……。

「ありがとう、ふたりとも……ありがとう……」

こんなにも言ってもらえて、それでもまだ拗《す》ねて自分を見限るなんて、できるわけなくて。

自己嫌悪をも洗い流すように、また涙を流した。

抱きしめられたまま、思う。

ふたりが優しくしてくれるのは、わたしが恋人だから、だけど。

それだったら。

わたしはふたりの恋人《トクベツ》になれて、よかったんだ、って。

初めて、恋人っていいなって、思ったんだ。

＊＊＊　＊＊＊

甘織れな子の家を出て、真唯と紫陽花は並んで歩く。

夕暮れ時。駅まで向かう道の途中だった。

「れなちゃん、あんなに練習したのに、かわいそうだったね」

幼子に寄り添うような声で、紫陽花がしんみりとつぶやく。

「そうだね」

真唯もまた、れな子の泣き顔を思い出していた。

「コンディションのせいで、思うようなパフォーマンスが発揮できない人がいる現場は、昔からよく見たんだ。けど、私はそのたびに胸が痛くなったよ」

自分が――真唯自身が決して涙を他の人に見せようとしないのも、苦手だからだ。女性が泣いている姿を見ると、どうすればいいかわからなくなる。

それに……。一瞬だけ母親の姿が浮かび上がり、真唯は首を振った。

「明日は、がんばらないといけないね。ふたり分の期待を背負って戦うのだから」

「ごめんね、真唯ちゃんにばっかり、押しつけて」

「いいさ。逆に、困難を前にして闘志がわいてきた。それに、まだれな子が病欠すると決まったわけじゃないだろう？」

「うん、そうだね。あ、帰りに神社にお参りしていこうかな」

「神頼みか。それも悪くないね」

ふたりの歩調はいつもよりゆっくりしていて、それはまるでれな子と会っていた時間の余韻《よいん》を引き延ばすかのようだった。

「ほんとはね」

自白するみたいに、紫陽花が口を開く。

「香穂ちゃんからのグループメッセージを見たとき、ひとりで行くかどうか、悩んだの」

真唯は黙って聞いている。

「私はずるいから、ひとりでお見舞いに来たら、キスするタイミングもあったのかな、なんて、思っちゃったりしたんだよ」

「……そうか」

「うん」

そう思って当然だ。恋人を分け合う《シェアする》ことは、ひとりの時間と想いを分割することなのだから。

もっとも、そんな内心を素直に白状する紫陽花がずるいとは、とても思えなかったけれど。

「だからね、むしろ私はお邪魔もので、ふたりに遠慮したほうがいいのかなあ、って……。真唯ちゃんが一緒に行こうって連絡くれたのに、悩んだりしたんだ」

紫陽花は、歩く自分のつま先を見つめていた。

もし、そんな風に紫陽花に機会を譲られていたら、真唯は。

「それでも私は、君がうなずくまで、君を誘い続けていたと思うよ」

「……真唯ちゃんは、もう、悩まないんだね」

「ふたりのことが、好きだからね」

もちろん、単純な綺麗事で片付けられる感情ではない。

しかし、れな子と紫陽花には、自分の本性も暴かれてしまった。散々に格好悪いところを見せて、今さら取り繕っても遅いかもしれないが。

せめて、穏やかに暮らしていられる間だけは、れな子と紫陽花の幸せのために尽力したいと思っている。

「かっこいい、真唯ちゃん」

「よしてくれ」

紫陽花に言われると、彼女がそんな人ではないのはわかっているけど、なんだか、からかわれているような気分になってしまう。

ごめんね、と小さく笑った紫陽花は、前に向き直る。

「でもね、ちょっとだけ、わかったかもしれないの。私、ひとりでお見舞いに来ても、きっと同じことを言ったと思う。ふたりで一緒に学校を休もうね、って」

「そうだね。あれは、私には言えなかった。ひとりのために寄り添うことができる君の想いが、私は少し羨《うらや》ましかったよ」

真唯はどこまでいっても、みんなのための自分という役割を捨て去ることができない。たとえ恋人ができた今でも。

公私の境界線を簡単に飛び越えることができる紫陽花は、軽やかで、そして魅力的な女の子だと、真唯は心から思う。

だけど。

「ううん、でもね」

紫陽花はゆっくりとかぶりを振った。

「私にできたのは、そこまで」

「……というのは？」

「れなちゃんはきっと、気にしちゃうと思うんだ。私とふたりで……逃げたこと」

あえて強い言葉を使って、紫陽花は自分の提示した未来を蹴飛ばした。

代わりに、真唯の手をそっとつまむように、握る。

「真唯ちゃんもいてくれたから、れなちゃんも吹っ切ることができたんだよ。真唯ちゃんが、自分が勝つって言ってくれたから、誰も不幸にならないって、保証してくれたから」

真唯は苦笑いを浮かべた。

「それは、どうかな」

「……わ、私はそう思ったの」

ワガママな恋人のように紫陽花は幼い口調を装《よそお》った。

それから、恥じらって目を逸らす。

「だからね、その……。真唯ちゃんがいてくれてよかったんだ、って。強がりとかじゃなくて、ほんとにそう感じたの」

真唯と繋いだ手を、紫陽花は軽く揺らす。

「三人で付き合うってね、れなちゃんのことを私と真唯ちゃんで分け合って、半分こになっちゃうんだ、って思っていたけど……でも、それだけじゃなかったんだね。私と真唯ちゃんで、ふたりでれなちゃんの心を拾い上げることができるんだね」

それがまるで、とても素敵な発見だったかのように、紫陽花は言った。

「私が苦しくて余裕がないときでも、真唯ちゃんがいてくれたら、れなちゃんのことを安心して任せられるんだ。それってある意味では悔しいけど……でも、それ以上に嬉しくて」

人の幸せを、自分のことのように思いやることができる、紫陽花だからこその言葉だった。

だから、真唯は首を振る。

「残念ながら、そうはならないよ紫陽花。もし君が苦しんでいたら、そのときは私とれな子が君を迎えに行くからさ」

　隣に立つ紫陽花に、微笑む。

　真唯の笑顔に、紫陽花はしばらく見惚れてしまった。

「もしそんな日が来たら……私、嬉しくて、わんわん泣いちゃうかもしれないよ」

「ふふ」

　笑う真唯と繋いだ手を意識して、紫陽花は。

「あのね、真唯ちゃん……」

「うん？」

「もしも、もしもの話なんだけど」

　自分なりに勇気を振り絞って、その先を口に出した。

「もしも……私が、真唯ちゃんとキスしたいって言ったら……真唯ちゃん、困る？」

「え？　いや、それは」

　驚いて紫陽花を見やる真唯。頰を染めた紫陽花は、慌てて手を振る。

「ち、違うの。まだれなちゃんとも、その、してないのに、言いだすのは、ちょっと気が早いかなっていうか、気が早いって言うとそのうちしちゃうみたいだけど、それも違って、あの」

「う、うん」

すーはーすーはー、と紫陽花は大げさに酸素を取り込む。

「さ、三人で付き合うって、三角関係と違って、たぶん、そういうことだと思うから……その、もしかしたらそういう日が来るのかな、って……。そうなったら、真唯ちゃんはどう思うのかなーって聞いてみたかったっていうか……、その、はい……」

赤くなった顔をごまかすように反対側を向く紫陽花。

真唯は真剣に考え込む。

以前そんな話をしたときには、好きの気持ちが違うから、紫陽花とキスをするかどうかはわからない、と答えた。

だけど、三人で付き合うようになって状況が変わった今、改めて思えば。

「それはきっと、幸せな気持ちになれると思うよ」

「え、ええっと……？」

紫陽花と繋いだ手が、わずかに熱い。

「諦めようとしていた恋が叶《かな》ったのは、君のおかげでもあるんだ。だったら、もちろん、前よりも君のことを好きになっているのは、当たり前だろう。その気持ちがれな子へのものと違っていても、親愛の念を口づけで表すことに、一切の抵抗はない」

「そ、そういう考え方なんだぁ……」

「？　どこかおかしかったかな？」

「う、ううん……。そ、そうだよね、真唯ちゃんはもう、何度もキスしたことあるんだもんね……。私がちょっと意識しすぎてる、のかな……」

もはや耳まで真っ赤に染まっている紫陽花に、真唯は冗談めかして笑う。

「だったら、今ここで体験してみるかい？　なかなか、いいものだよ」

「ええええっ!?」

握った手に軽くぎゅっと力を込めると、紫陽花は面白いようにうろたえた。

「で、でもそうしたら私！　初めてが真唯ちゃんとになっちゃうから！」

「それは光栄なことだ」

「じゃなくてっ！」

くすくすと笑うと、紫陽花は唇を尖《とが》らせた。

「真唯ちゃんと話してると、私ばっかりいっつもいじられちゃってる気がするぅ……！」

「そうかな。紫陽花はかわいいから、ついね」

「れ、れなちゃんといるときは、ちゃんとお姉さんぶっているんだからね、私は」

「私が見たときには、妹だったみたいだけど」

「もー！」

紫陽花がうなって、それからすぐに笑った。真唯もまた、楽しげに微笑む。

同じ女の子を好きになった同士。そんな奇妙な縁で結ばれたふたりを正しく言い表す言葉があるのなら。それこそまさしく友達以上、恋人未満——という関係性なのかもしれない、と。

真唯はどこか甘酸っぱさを感じる紫陽花とのひとときを、快《こころよ》く思う。

「でも」

ようやく落ち着いた紫陽花が、ふぅ、と息をつく。

「れなちゃん、明日、よくなるといいよね」

それは、もちろん。

「きっとよくなるさ」

「真唯ちゃん？」

紫陽花が首を傾げる。

微笑む真唯は、唇に指を当てて、とっておきのように告げた。

「だって私と君が、そう願っているのだから」

＊＊＊　＊＊＊

「…………熱、下がった？」

月曜日の朝。起きてすぐ体温を測ったわたしは、その表示された数字を見てまるで夢みたいにつぶやいた。

後から知った話では、心因性発熱の可能性もあったらしく、だからこそ真唯と紫陽花さんの言葉に安心したわたしの容態《ようだい》は一気に回復に近づいたんだとか、なんとか。

それもこれもすべて、お見舞いに来てくれたふたりのおかげ……………。

ともあれ！

「これで球技大会出てもいいよね!?　ね!?」

わたしはフリスビーを取ってきたイヌのように、お母さんに体温計を見せつける。どうですか、どうですかこれ！　ねえ、どうですか！

なのに、お母さんはしばらく渋っていた！　なんで！　下がったじゃん熱！

「でもねえ……。病《や》み上がりは危ないって言うし……」

「お母さんー！」

裾《すそ》を引っ張って訴える。お願いいたしますよぉ！

「朝からうるさいなあ……」

妹がリビングにやってきた。パジャマ姿のわたしと違って、早くも出かける準備を完了している。

「学校に、学校に行かせてよぉ！」

もはや土下座も辞さない覚悟で、お母さんにまとわりついていると、食パンかじりながらの妹が口を挟んできた。

「いいじゃん、熱下がったんだったら」

「遥奈ちゃん！」

天使のようにかわいらしくて聡明で利発的な妹御《いもうとご》が、助け船を出してくださった！

「お母さんだって、元バレー部じゃん。お姉ちゃんの気持ち、わかるんじゃゃないの？」

「それは、そうだけど」

「ていうかメンバーなのに球技大会を欠席するとか、ぜったい気まずいよそれ。お姉ちゃんがまた学校行きたくなくなっちゃうかも」

わたしの黒歴史を持ち出してお母さんを脅《おど》す、極悪な妹……！　でも女の子は、ちょいワルに憧れちゃうってよく言うし、わたし今だけその気持ちがわかっちゃう……！

遥奈、お小遣いか？　お小遣いがほしいのか？　いいよいいよ。今度チョコベビー買ってきてあげるからね、遥奈……。

「しょうがないわねえ……。れな子、あんまり無理はしすぎないようにね」

わたしは、お年玉をあげるからおいでーと呼ばれたときより元気にお返事をした。

「はーい！」

紫陽花さんにも急いでメッセージ送らなくっちゃ。きょう学校行けるよ、ってね！

というわけでいよいよ、わたしにとっての大一番、球技大会の時がやってきた。

あとは練習の成果をじゅうぶんに発揮して、見事B組を打ち倒し、勝利をもぎ取るだけ！

だったら。

よかったのだけど！

わたしにはまだ、人間関係での大きな困難が、待ち受けているみたいだった。

誰かには誰かの大切な人がいて、その人たちはお互いの幸せを願っている。そんな、当たり前のことを、わたしはまざまざと思い知らされることになる。

わたしのために学校を休んでくれると言った紫陽花さんのように――それがたとえ、間違った方法であっても。

わたしは――。

グループ名『5déesseの間』(4)

その4

姫百合：みんな、見た……？
鶴ちゃん：見た……。
姫百合：他のクラスから回ってきた、バスケスーパープレイ集。あれ、顔は映ってなかったけど、琴紗月《ことさつき》だよね……。
クイーン：……。
姫百合：なんか、大学生のプレイヤーにも普通に勝ったとか、噂で流れてるし……。
鶴ちゃん：私は、中学生大会三連覇したバスケチームの、幻の六人目って言われてたって。
miki：待って、でもその噂って誰から聞いた？
姫百合：え？　私はC組の。
鶴ちゃん：私は、D組から……。
miki：これは……小柳香穂《こやなぎかほ》だよ。
姫百合：えっ!?

鶴ちゃん：どういうこと？　ミキ。

miki：情報攪乱《かくらん》しているんだ、あの女が。動画を作って、噂を広めて。すべてはあたしたちを動揺させるために……。小柳香穂なら、やりかねないよ。

姫百合：で、でも！　小柳さんとは私、普通に話すし……。

鶴ちゃん：ええ、私も。そんな、悪いことをするような子には。

miki：それがあの女のやり方なんだよ！

姫百合：ひえっ。

miki：誰に対しても取り入って！　都合のいいときだけ利用する！　意地汚い泥棒猫が！

鶴ちゃん：だったら、あの琴紗月の動画も、作り物ってこと？

miki：いや……。それはどうか、わかんない。

miki：小柳香穂なら、自分が作ったと見抜かれるとわかっていて、その上で油断を誘って本物を用意してきた、なんてこともするかもしれないから……。

クイーン：もう、いいですわ！

姫百合：ひみちゃん。

クイーン：どちらにせよ、本番は明日。わたくしたちは、必ず勝つ。そうでしょう？

クイーン：……今さら負けるなど、恥知らずな真似、許されるはずがありませんもの。

一同：……。

＜グループ名『裏5déesseの間』(3)

姫百合：ねえ。
姫百合：ひみちゃん、大丈夫かな。
鶴ちゃん：あれはちょっと、参ってたわね。
miki：……うん。
姫百合：もし負けたら、どうなっちゃうんだろう。
鶴ちゃん：そりゃあ……。あれだけケンカ売って負けたんだったら、卑弥呼《ひみこ》の言う通り、とんだ恥をかいて、クラスでの立場もずいぶん悪くなるんじゃないかしら。
miki：B組でも、強引なやり方をどうかと思っている生徒、けっこーいるみたいだし……。
負けたら、一気に叩かれちゃうだろうね……。
姫百合：……クインテットの人気、クラス外でもすごいもんね……。
鶴ちゃん：……。
miki：……。

姫百合：あの、私。
鶴ちゃん：え？
miki：な、なーに？
姫百合：う、ううん！　なんでもない！
姫百合：その、明日は、がんばろうね！
鶴ちゃん：そ、そうね！　卑弥呼のために！
miki：お、おー！　勝つぞー！
姫百合：うん！　どんな、手を使ってでも。

第四章　わたしが陽キャになれるわけないじゃん、ムリムリ！（※ムリじゃなかった!?）

Friends?

Lovers?


球技大会当日。天気は良好。体調も健《すこ》やかです！

ちなみに本日は、午前中は普通に授業があって、午後の授業を潰《つぶ》して球技大会が開かれることになっていた。なので大事《だいじ》を取って昼まで寝ていてもよかったんだけど、せっかく熱も下がったことだし！

わたしはみんなに心配をかけた分だけ晴れ晴れとした笑みを浮かべながら、教室に入るなり元気よく挨拶《あいさつ》をした。

「おはよ！」

「れなちん！」

「おわっ」

香穂《かほ》ちゃんがジャンプしながらわたしの両肩を摑んできた。バランスを崩して前のめりに倒れた際に、すかさず額《ひたい》に手を当てられる。

「熱は……ナシ！」

「う、うん。治ったってば！」

「ちょっと信用ができなかったので」

「ええー!?」

　そんな、毎日誰よりも学校を休みたいと願っているわたしが、病《や》み上がりなのに学校に来たんだから、信じてほしい……。

　まあ、みんなのために無茶するかどうかで言ったら、それぐらいはしそうな感じもある……のかな。後先考えないからね。わかる。香穂ちゃんは正しかった。

「心配かけてごめんねえ」

「ほんとだよ。ま、来てくれたから許すケド！　球技大会までは大人しくしておくんだよ！ほら、座ってて！」

　香穂ちゃんにムリヤリ、席に座らされる。

　でも、必要とされているのは正直、嬉しい……。へへへ……。

「わかった、体力温存しておくね……」

「ウン、ちょっとぐらいの用事があったら、代わりにやってあげるから休んでなさい」

　優しい……。

「あ、でもその前にトイレに」

「コラ、座ってなさい！　あたしが代わりに行っておいてあげるから」

「それはどうやって!?」

自分の分は自分で始末しなければならないので、トイレに向かう。その途中、平野《ひらの》さんと長《は》谷川《せがわ》さんがいたので、ちゃんと謝った。

「すみません、熱出して皆様に心配をおかけして……。きょうはまったく問題ありませんので！　バスケ、がんばろうね！」

そう言うと、ふたりもわたしを心配しつつ、きょうの大会へのやる気を燃やしてくれた。ふふ、A組の士気は高い！

「あ」

「……」

女子トイレで手を洗っていると、この学校随一《ずいいち》の、黒髪の長身美人が現れた。

「紗月《さつき》さん」

「具合、よくなったのね」

「う、うん」

紗月さんはわたしを上から下までじーっと眺める。な、なんでしょう。

「きょうは、せいぜいがんばりなさいね」

「は、はい！」

「愛《いと》しの瀬名《せな》のために、だものね」

「ぐっ……そ、それはまあ、そうですけど……。紗月さんだって、紫陽花《あじさい》さんのためにって燃えていたくせに……！」

紗月さんはツンとした澄まし顔。それがどうしたの？　とでも言いたげな不遜《ふそん》っぷりに、わたしはそれ以上なにも言えなくなってしまう。

一応、うちの最高戦力なので、このぐらいにしといてやりますか……ね！

「ねえ、甘織《あまおり》」

女子トイレを出ようとしたところで、呼び止められた。

「なんですか？」

紗月さんはトイレの中ほどで立ち止まっていた。他に誰もいないことを確認してからか、問いかけてくる。

「あなたは、真唯《まい》と瀬名と付き合って、幸せ？」

「それは……どういった意味での」

「勘ぐらなくていいわ。そのままの意味で受け取って頂戴《ちょうだい》」

そんな、夜道で前から来た男が両手に手斧《ておの》を持っていて『自分は怪《あや》しいものじゃありません』って笑顔で言ってきたみたいなことを……。

「裏の裏の裏まで勘ぐる癖《くせ》がついてしまっているので、紗月さん相手には……」

「面倒くさい女ね」

「あれっ、紗月さん、こっちに鏡はありませんよ!? そっちですそっち！」

親切心で洗面所の鏡を指差すと、紗月さんから殺意のこもった視線をいただいた。あ、こっちで合っているみたいですね……。

「そりゃ、まあ、幸せ、ですけど……」

「ふうん」

紗月さんはなぜか不機嫌そうだった。答えたのに！

「あれだけ渋っていたくせに」

「それは遡及《そきゅう》処罰ですよ！」

過去のわたしが考えていたことを、今のわたしが乗り越えていくのが、成長する人間ってもんじゃないかよう！

むしろここで逆に、紗月さんに恋人がいかに素晴らしいかでマウントを取ってみようかな？紗月さんにはわからないと思いますけどー！ って。一周回って面白いかもしれない。好奇心の対価は、自分の命で支払うことになるだろうけど……。

「甘織」

「はっ、はい!?」

声が裏返る。

しまった。紗月さんは人の心を読めるサトリの妖怪だった！

いや、違うんですよ！　これは、つい思ってしまっただけで……！　思うぐらいは別に罪になりませんよね!?　だって人の心は自由であるべきですもんね!?

じっと見つめられた後、紗月さんは興味を失った猫のように顔を背《そむ》けた。

「それは、よかったわね」

「え？　あの、はい」

素直に祝福してくれた……？　そんなわけがない。薄ら寒い気持ちになる。

「だ、大丈夫ですよ、紗月さん！　恋人ができても、わたしたちは友達ですからね！」

その言葉に返事はなく、紗月さんは個室に入っていった。

……なんか、なんか、こう。

指にささくれができたみたいに、普段は気にならないんだけど、ふとした拍子《ひょうし》に紗月さんの様子がおかしいな、って思うときがある。それは、メッセージをもらってから。あるいは、わたしが真唯《まい》と紫陽花さんと付き合いだしてからだ。

紗月さんの『言いたくないこと』ってなんなんだろう……。このささくれがいつまでも治らなかったらどうしよう。不安になる。

球技大会が終わるまでは、わたしもいっぱいいっぱいだけど……。せめて、終わったらもう少し、紗月さんとしっかり話ができればいいな。

「……ひょっとして紗月さん、真唯に恋人ができたから、自分と遊んでくれる時間が減って、寂《さび》しいのかな……？」

「甘織」

口に出していた迂闊《うかつ》なわたしに、個室のドア越しに声がした。

「バカが死んだら治るかどうか、実験してみる？」

「いえ!!!」

わたしは疾風《はやて》のごとくきびすを返したのだった。


教室前の廊下には、またも人だかりができあがっていた。

うわ、なんかいつか見た光景……。

わたしは嫌な予感を覚えながら、こっそりと中を覗《のぞ》き込む。すると、そこにはゴジラとキングギドラがいた。もとい、真唯と高田《たかだ》さんが向かい合っていた。

あわわわわ。A組とB組の頂点……。

「まったくもって残念ですわ。今度こそあなたと決着をつけられると思いましたのに。でも仕方ありませんね。あなたのお仲間をコテンパンに叩きのめして、どちらが上かを知らしめて差し上げますわ！」

相変わらず高笑いが似合いそうな芦ケ谷《あしがや》生徒ナンバーワンの高田さんが、ぐいぐいと迫ってくる。真唯はいつものように涼しく受け流すだけかと思いきや。

「やれやれ……。いよいよ、君の言葉も聞き飽きたね」

その剣呑《けんのん》な発言に。

空気がピリッとした。

「なんですって？」

高田さんがわずかな微笑すらも引っ込めると。

真唯もまた、瞳に怜悧《れいり》な色を宿して、口元をつり上げる。

「私も、友達を傷つけられて、黙っているような女ではない、ということさ」

ふたりの間に、嵐が吹き荒れている……！

「ふ、ふんっ、どんなに言ったところで、5déesse《ゴッディス》の勝利は揺るぎませんわ！　あなたの悔しがる顔が今から楽しみですわね！」

「果たして、それはどうだろうね」

普段は決して柔和《にゅうわ》な笑みを崩そうとしない真唯が、今度ばかりは不敵な態度で、高田さんに顔を近づける。

うわっ、顔がいい女のムーブ……。A組B組からも男女入り交じった『わあああ……！』という黄色い声が巻き起こった。高田さんですら、後ずさりする。

ささやくように。だけども通りのいい声で真唯は宣告する。

「勝利を得る者は、正道を征《ゆ》く者だ。たゆまぬ努力となによりも真摯《しんし》な態度で臨《のぞ》むべきだったんだよ。君のようなやり方では、私にも、私の友人にも敵《かな》うはずがない。それを教えてあげようじゃないか」

「っ」

高田さんが弾《はじ》かれたように、真唯から距離を取る。

そのお顔は屈辱のためか、赤く染まっていらっしゃいますわ！

「それはだって、あなたが私のことを――」

と、ヒステリックに言葉を区切って、高田さんはキッと真唯を睨《にら》みつける。

「――いいですわ！　どちらにせよ、結果はすぐにわかりますもの！　首を洗って待っていることですわ！　王塚真唯《おうづかまい》！」

高田さんがバラの花びらを散らすように片手を掲《かか》げると、真唯が獰猛《どうもう》な笑みを浮かべる。

「君こそ、せっかくのきれいな長い髪が、汚れてしまうのが残念だ」

「……なんの話です？」

怒り半分、怪訝《けげん》半分の高田さんに、真唯が言い放つ。

「負けて申し訳ないと、Ｂ組の皆に深々と頭を下げることになるからね」

「――――」

そのときの高田さんの様子を見ていた人々は、後にこう語る。ええ、ええ、石油コンビナートが大爆発するみたいでしたよ、と……。

高田さんがひとしきり喚《わめ》き散らしていたところで、ホームルームのチャイムが鳴った。

鬼の形相《ぎょうそう》で去っていった高田さんを見送った後、輪の中から香穂ちゃんが飛び出してくる。

「すっごいマイマイ！　言うじゃん！　初めて見た！」

その言葉を皮切りに、Ａ組の男子も女子も「ちょっとスッキリした！」「王塚さん、かっこよかったよ！」「あとは勝つだけだな！」「格ではかんっぜんに勝ってたけどね！」と口々に言って、盛り上がってゆく。

男子が「みんなで瀬名さんの仇《かたき》、取ろう！」と拳を突き上げると、輪の端っこにいた紫陽花さんが「生きてるよ～！」と声をあげて、笑いが巻き起こる。

紫陽花さんと目が合った。わたしは大きくうなずく。

クラスよりわたしを選ぶと、紫陽花さんは言ってくれた。それはすごく嬉しかったけど……でもやっぱり、紫陽花さんはこうしてみんなに愛されている姿がよく似合うから。これでよかったんだ。

紫陽花さんが可憐《かれん》に微笑む。口元に手を添えて、唇だけで『ふぁいと』と応援してくれた。

かわいい！

ほんっと学校に来れてよかった！

そして――。

「れな子」

「わ、わわわ！」

真唯に見つかったわたしが、輪の中心に引っ張り込まれる。

「というわけだ、頼りにしているよ」

まるで社交ダンスのように手を取られ、真唯の微笑みに照らされて。

クラスメイトたちの視線が突き刺さる。

目立ちたくない！　目立ちたくない――けど！

ステージ上でコスプレしてぴょんぴょん言ってたのを、大勢から見物されるよりは、だいぶマシ！　みんなに振り向く。

「ま、任せて！」

わたしはぐっと拳を握って、大した言葉なんて思いつかなかったけど、とにかく威勢のいいことを大きな声で言った！

「この甘織《あまおり》れな子が、一年A組を、大勝利に導きますから！」

わっと歓声があがる。

今まで真唯グループに所属して、スクールカースト最上位だワーイ！　なんて浮かれてたわたしだったけど……。なんか、ようやく実感した気がする。

みんながわたしの話を聞いてくれて、わたしの一言でみんなが沸き上がって、わたしの一挙一動がクラスに影響を与える。これが陽キャ……！　学校最強の存在……！

それではお借りした女王の権威に傷がつかないよう、せいぜいジタバタしますかね！

＊＊＊

なんて息巻いた、お昼休み。

我ながら感情の起伏が激しすぎて、オーバーフローしちゃわないか心配なんだけど……わたしは人気《ひとけ》のない校舎裏で、震えながらひとり待っていた。

気がついたら何者かによって、机の中に怪文書が入れられていたのだ。

その手紙はわたしの手の中にある。

いったい、なにをしたっていうんだ、わたしが……。ただ学園の女王のおそばで、甘い汁を吸わせてもらっているだけなのに……！

罪状十分すぎるわたしの前に現れたのは、意外な人物だった。

「お待たせして、ごめんね」

「あ、あなたは！」

高田さんのお友達。紫陽花さんにちょっぴりキャラ被《かぶ》っている、羽賀鈴蘭《はがすずらん》さんだった。

「よく来てくれたね」

「そりゃ来ますよ！　来るしかないじゃないですか！　こんな手紙を送られたら！」

わたしは手紙を突き出した。

その文面にはこうあった。

『甘織れな子。

私はお前の重大な秘密を握っている。

バラされたくなければ、お昼休みに独りで校舎裏に来るべし。』と。

「なにを知っているっていうんですか、羽賀さん……」

全身をこわばらせる。あらかじめ紗月母にスタンガンを借りてくれれば良かった。

すると、羽賀さんは次の瞬間、大きく頭を下げた。

「ごめんっ！」

「………な、なにがですか？」

恐る恐る恐るぐらいの気持ちで問いかける。

「あのね、その文面、ぜんぶウソなの」

「………う、ウソ？」

「うん」

「いや、でも重大な秘密を握っている、って書いてますけど……」

「甘織さんだって目立つ陽キャなんだから、重大な秘密のひとつやふたつぐらいあるでしょ」

「それはどういう偏見ですか!?」

思わず叫ぶ。

「いるかもしれないじゃないですか、秘密のない陽キャだって……」

特に誰とかは、思いつかないけれど……。

「っていうことは、甘織さんにはあるんだ？」

しまった！　罠《わな》だった！

「黙秘権を行使します……」

わたしに秘密があることは明白で、むしろもしかしたら、芦ケ谷でわたしがいちばん秘密の多い女かもしれない、まである。

中学時代陰キャだったこと。紗月さんとキスしたことがある。先日コスプレフェスに出た。真唯と付き合っている。紫陽花さんとも付き合っている……。どれかひとつが漏《も》れただけでも、余裕で致命傷だ。

「あ、大丈夫だよ。テストの点数が悪くて親に見せてないとか、スマホゲーに課金しちゃったとか、夜中にチョコ食べすぎちゃったとか、そういうの誰にだってあるから！」

「そうですね！　安心しました！」

羽賀さんに余計に傷口を広げられて、それよりも、と問う。

「では、わたしになんのご用で……ハッ」

わたしは周囲を見回す。まさか、いつぞやの紗月さんのときみたいに、今度はまんまとおびき寄せられたわたしが袋叩きにされる……!?

ムリだよ、あれは紗月さんだったから耐えられたんだ！　わたしは長女だけど紗月さんじゃないから耐えられない！

「ち、違うの、そんなに警戒しないで！」

警戒するなと言われて、ハイワカリマシタと納得できるわけもなく！

「あのね、ひみちゃんの話なの」

「ひみちゃん……やっぱり、高田卑弥呼《ひみこ》さんの話じゃないですか！」

「そうだけど、そうじゃなくて！　甘織さんにお願いしたいことがあって」

またしても、羽賀さんは大きく頭を下げた。

「ごめん、あのね、無茶なお願いだってのは、わかってるの……。だけど、他に方法がなくて、ごめん」

「な、なんですか……？」

その切羽詰《せっぱつ》まった声は、さっきのお手紙みたいな偽物《にせもの》には思えなくて、なんだか聞いてあげなきゃ可哀想、という気持ちにさせられてしまう。

事実、顔をあげた羽賀さんは、わたしと目を合わせられずに、ぼそぼそと口を開く。

そのお願いというのは、あまりにも予想外な内容だった。

「甘織さん、お願い……。ひみちゃんのために、球技大会で手を抜いてほしいの」

わたしはB組の、ほとんど知らない、絡《から》んだこともない、どちらかというと迷惑をかけられっぱなしのグループの子から、とんでもないこと言われて。

「……は？」

それって、つまり……？

「わざと負けろ、ってこと……？」

羽賀さんは、しばらくして、小さくこくりとうなずいた。

めちゃめちゃ素《す》で、わたしがうめく。

「いや、ムリですけど……」

そんなお願い、ぜったいムリに決まっている。

紗月さんが『私とも付き合って』って言ってきたときとは比べものにならないほど、わたしは強い拒否感を覚えていた。

そこまでして、簡単に勝ちたいんですか……？　だから、グループでいちばん弱そうなわたしを狙ってきたんですか……。

ドン引きしているわたしに、羽賀さんが首を横に振る。

「だって、もしも、ひみちゃんが負けちゃったら……そんなの、ぜったいだめだから……」

「……え？」

羽賀さんが、潰《つぶ》れた風船から空気が抜けるように、言う。

「ひみちゃん、この勝負に命懸《か》けてるの！」

「ど、どういうことですか」

負けたら死ぬ……？　そんな、わたしの知らないところでデスゲーム的な展開が……？　いや、怖すぎなんですが！

羽賀さんが、とつとつと事情を話してくる。

「ひみちゃんね、球技大会の話が出る前から、ずっとA組の王塚さんを敵視していて。確かに学校の話題とかぜんぶあの人が独占しちゃうから、ボケカスクソうっといなーってよく話してたんだけど」

流れるように口悪いな、この人……。

「なんか執着が尋常《じんじょう》じゃないっていうか、だんだんおかしいなって思ったから、聞いてみたんだ。そしたら、ひみちゃんって昔はモデルをやっていたみたいで」

「えっ……!?」

「あ、これぜったい誰にも言わないでね！　昔の記事とか引っ張り出されたら、さすがに恥ずかしいと思うから」

確かに、高田さん背高いもんな……。にしても、ひとつの学校にモデルってそんなにいるんだ。東京ってすごい。

「でもね、ひみちゃんの載《の》っていた雑誌が、ある日、王塚真唯の特集を組んだら、その売り上げがよかったからって……ひみちゃん、その雑誌から外されて……。他にも何個も、王塚さんに仕事を奪われたとかで……。ひみちゃん、プライド高いから、それでモデルを辞《や》めちゃったんだって」

……。

「なのに、学校でまで自分より目立っているのが許せなくて、せめて学校ぐらいでは勝ちたいって、ひみちゃん、本気なの。このままじゃ王塚さんに、居場所ぜんぶ取られちゃうよ」

命かけてるって、そういう意味か……。

同世代のモデルは、少なからず誰もが真唯に影響を受けているんだろう。高田さんみたいな人は、いっぱいいそうだ。

なんとなく、花取《はなとり》さんから見せてもらった映像を思い出す。真唯と紗月さん、そしてその後ろにいた、その他大勢の子どものモデルたち……。

……でも。

「そんなの、逆恨みじゃん……」

「そうだけど！　それでも、王塚さんに勝てたら、これからのひみちゃんは、きっと変われると思うんだ。お願い、甘織さん」

羽賀さんが一生懸命、わたしを見つめてくる。

「お願い、瀬名さんにしたことだったら、あとでちゃんと謝るから……。だから、お願い。私たちに手を貸して、甘織さん」

そんなの……。

「なんて言われても、わたしには、ムリです……！　すみません！」

「甘織さん！」

わたしはいたたまれなくなって、羽賀さんの視線から逃げるようにして、その場を去った。

いくら友達のためだからって、そんなやり方、ずるい。

人の善意につけ込む暇《ひま》があるなら、もっともっと練習すればよかったじゃん！　してたのかもしれないけど……！

どんなに言われても、八百長《やおちょう》に手を貸すなんて、ムリだから！

そしてわたしは、羽賀さんを振り切った先で。

「お願い、甘織さん」

次の人に捕まっていた。

前髪を長く伸ばして、あまり表情の見えない亀崎千鶴《かめさきちづる》さんが、90度のお辞儀をしている。羽賀さんのときと同じだ。

「な、なんですか……まさか、球技大会でわざと負けろって言うんじゃないでしょうね……」

わたしと亀崎さんが、一対一。人気《ひとけ》のない渡り廊下で、亀崎さんがびっくりした後に、真剣な顔でうなずいた。

「……その、まさか。私ね、あんなに不安そうにしている卑弥呼を見るの、初めてだったの」

聞きたくもない事情を、亀崎さんは勝手に話し始める。

「どんなときにも自信満々だったのに……。珍しくね、卑弥呼が弱音を吐いたの。もう後には引けなくなった以上、勝つしかない。もし自分が負けたら、なにもかもを失ってしまう。これからの学校生活、やっていけなくなる、って」

後には引けなくなった、っていうのは、紫陽花さんのペンケースを落としたことだろうか。

確かにあれで、A組とB組の対決は、冗談ではなくなってしまった。

高田さんはめちゃめちゃヒールになって、A組の結束は高まった。

だけど……それもこれもぜんぶ、高田さんが蒔《ま》いた種じゃん……。

「卑弥呼はね、昔っからすぐ調子に乗って、思い込みで突っ走ろうとして、勝手に傷ついちゃって……。本当に危なっかしくて、見てられないの。ほんとにバカ。だけど、今回の一件だけは、いつもとぜんぜん違ってて……」

そんなの……。

知らないキャラの設定だけを語られている気分だった。

わたしが知っている高田さんは、真唯に突っかかっている姿だけ。その裏にこんなにたくさんのストーリーがあったんですよ！　って、いくら語られたところで……。

そっちのお話に、わたしを巻き込まないでほしい。

それとも……これが『目立つ』ってことなんだろうか。

「甘織さん、お願いします。悪いことしてるって、わかってる。だけど、今はもう、これしか方法がなくて……。私がこんなことしてるって知られたら、卑弥呼には怒られてしまうでしょうけど……。どうか、お願いします」

頭を下げた亀崎さんの前で、わたしは固まっていた。

なんで羽賀さんも、亀崎さんも、よりにもよってわたしにこんな風に訴えてくるのか。その理由が、不意にわかった気がする。

陽キャの人生には『物語』がある。

それは王塚真唯を例にあげれば、わかりやすい。

真唯は、友達になってくれてわたしを救ったし、紗月さんのライバルとして君臨しているし、高田さんを含めた学校全体を巻き込んで、自分の物語を作り上げている。

それはただ普通に、真唯が真唯らしく生きているだけなのに、だ。

わたしが高校でも陰キャのままで、もし真唯とひょんなことから知り合って、例えば放課後の図書館で笑顔を向けられて、ふたつ三つ言葉をかけられて優しくされただけで……きっと、高校を卒業してからも、それはわたしの大切な思い出になっただろう。

それが真唯の物語性。陽キャだからこその、輝くような存在感だ。

真唯だけじゃない。紗月さんだって、紫陽花さんだって、香穂ちゃんだって、今も誰かに影響を与え続けている。

そして、あるいはそれは――。

高田さんが紫陽花さんのペンケースを落っことして、わたしが血気《けっき》に逸《はや》って宣戦布告をしたそのときから――わたしもそんな存在に、片足を突っ込んでしまったのかもしれない。

そう思って、怖くなった。

「ごめん、そういうの、ムリだから……わたし……！」

「あっ、甘織さん！」

わたしは亀崎さんの訴えを拒絶した。

誰かに影響を及ぼすというのは、いいことだけじゃない。

こんな風に、無理難題を言われて、それを蹴っ飛ばしたら逆恨みされて……。理不尽《りふじん》だ。でも、そんな理不尽なことに巻き込まれて、真唯はきっと何度だって傷つけられてきたんだ。

有名税なんて言葉、今まではなんとも思っていなかったけど……。目立つっていうのは、きっと誰かの物語の登場人物に招かれて、勝手に役割を押しつけられるってことで。

わたしは走って逃げ出す。

陽キャであるというのは、特権ではなく、責任なんだ。

だけどわたしは、そんなに多くの人とは関われない。

コミュ力は簡単に底をつくし、メンタルポイントの回復はあまりにも遅い。能力がないのに立場だけ持ち上げられても、わたしにできることはなんにもない。

高田さんのためにって言う、羽賀さんや亀崎さんの思いをぶつけられても。

わたしは彼女たちを責めたり、あるいはさとしたりもできなくて。ただ壁を作って、逃亡するだけだった。

荒い息をついて。呼吸を整えるわたしの背に、声がかけられた。

「ねえ、甘織さん！　ちょっと、今いいかな！」

振り返る。

香穂ちゃんとキャラがかぶっている謎のギャル、根本《ねもと》ミキさんがそこに両手を合わせて、申し訳なさそうな顔をして、立っていた。

もう、勘弁して……。

＊＊＊

声がする。

「れなちん！」

「え？」

顔をあげる。そこには眉根を寄せた香穂ちゃんがいた。

「大丈夫!?　ぼーっとしちゃって……。やっぱり、まだ熱あるんじゃないの？」

「いや、そんなことは」

わたしは着替えて、体育館にいた。周りには同じように着替えた女の子たち。香穂ちゃんはバスケのユニフォームをわたしに突き出して、唇を尖《とが》らせる。

「もう、しっかりしてよね。いよいよ本番なんだからさ！」

「う、うん、ごめん。ちょっと、緊張しているのかも」

体操着の上からユニフォームを着る。番号は４番。なんかこれいい番号だった気がする。

「がんばりましょうね、甘織さん！」

「私、これを高校生活最高の思い出にしますね……！」

平野さんと長谷川さんも、声をかけてくれる。わたしが慌《あわ》てて作り笑顔でうなずくと。

髪を後ろにくくった紗月さんが、首を傾《かし》げた。

「なにかあった？」

「え？　いや、そんな別に」

「そう」

グラウンドでは男子がフットサルを、女子がソフトボールを。そして、体育館では男子がバレーを、女子がバスケを行うことになっている。

隣のコートでは、A組の男子が円陣を組んで、燃えている。やる気満々だ。

グラウンドからワーッという歓声があがった。どっちかはわかんないけど、試合が始まったんだろう。その声で、ようやくわたしの視界も広がった。

一年生はD組まであるんだけど、うちの学校はリーグ戦でもトーナメント戦でもなく、シンプルにA組対B組。C組対D組という組み合わせになっている。だからバスケも一試合だけ。

「マイマイやアーちゃんみたいに、あたしたちもがんばらないとね！」

そうだ、さっきまで先に始まったソフトボールの試合を応援していたんだ。

B組はソフトボール部が多いらしく、なかなかの打線を揃《そろ》えているみたいだけど、それをピッチャーの真唯が次々と三振に打ち取っていった。

真唯はまさにスター選手の輝きを放ち、そのたびに男子も女子も一緒になってキャーキャー騒いでいた。

何回まで見学していたのかは忘れてたけど……。でも、C組対D組のバスケが終わったから、わたしたちがこうして呼び出されたんだ。

体育館には、まだ熱気が渦巻いている気がした。

そして、わたしたちの前には。

「いよいよ勝負ですわね。クインテット」

高田さんを含めた、B組の五人が勢ぞろいしている。

「フフーン！　けっちょんけっちょんにしてやるんだからネ！」

中央に立った香穂ちゃんが、びしっと指先を突きつける。

バチバチと火花が飛び散るさまを見て、応援の男子が「おおー……」と、どよめいていた。

相手は、高田卑弥呼さん、羽賀鈴蘭さん、亀崎千鶴さん、根本ミキさん、そして。

「どうも、よろしくお願いします」

最後のひとりは、なんかめっちゃ背の高いスポーツマンっぽい強そうな女子だった。

「あれ!?　耀子《ようこ》ちゃんじゃない!?」

燿子ちゃんは体育館の二階の細い通路にいた。おーい、と大きく手を振られる。

「みんなー！　がんばってねー！」

「なんで!?　5déesse で一チーム組んでいるんじゃないの!?」

わたしが叫ぶ。

「あははっ、わたし、運動あんまり得意じゃなくてー！」

「ずるい！　ずるいー！」

さらに香穂ちゃんまでも叫ぶ。

「げっ、バスケ部の一年生エース連れてきてんじゃん！」

「彼女はきょうだけ 5déesse よ」

高田さんがしれっと、とんでもないことを言い放つ。エースさんは『嫌だなあ』という顔をしていた。

「大丈夫ですよ！　こっちにも元バスケ部の実力者いますもんね！　ね、甘織さん！」

「え!?」

平野さんの言葉に激しく動揺する。

でも、試合前にみんなの士気を下げる発言をするわけにはいかないし！

「そ、そうだね！　わたしに任せて！　あとなるべく紗月さんにボールを集めよう」

「はい！」

「別にいいけど」

こうして、まとまりがあるんだかないんだかわからない状態で、わたしたちは整列する。

うっ……羽賀さんと、亀崎さんと、根本さんが、なにかを訴えかけるように、ちらちらとわたしを見てる気がする……。

さっきまでの話を一生懸命、頭から追い出す。

B組の人たちの話を聞いた後だと、高田さんはチームメイトに気を遣《つか》って「ぜったい勝てるわ！」「どんなに点数を取られても、取り返すもの！」「みんな、緊張せずにね」と、周りをちゃんと励ましているようだった。

もしかして本当に、ただの悪い人ではないのかもしれない……なんて思っちゃうと、向こうの思うつぼなんだ！

もしかしたらわたしを精神的に揺さぶる作戦だったとか……？　さすがにそれはないとしても、結果的にそうなっているじゃん！

だめだめ、だめだめ。今は試合のことだけ考えて。

香穂ちゃんやみんなと練習した日々を、無駄にはさせないんだから。

審判役の先生が、ボールを持ってコートの真ん中に立つ。最初はジャンプボールからだ。

センターサークルに立つのは、向こうは当然、高田さん。そしてこっちは。

「よし、れなちん行け！」

「ええっ!?」

香穂ちゃんに送り出される。

「高田さんと身長20センチぐらい違うんですけど！」

「れなちんがリーダーでショ！」

「そうだったのか……」

いつの間に……。ならば、わたしはリーダーとして采配《さいはい》を振る。

「お願いします、紗月さん！」

「いいけど」

よし、わたしは満足げに額《ひたい》の汗を拭《ぬぐ》う。リーダーとしての責任を果たしてしまったな。隣の香穂ちゃんが『それでいいのか？』という目をしてたけど、リーダーとしてスルーした。

いよいよ試合が始まる。

大丈夫大丈夫。香穂ちゃんも、紗月さんもついている。敵に回すととんでもないお方がただけど、味方にしたら、頼りになる人たちだ。

わたしもがんばって……紗月さんをサポートしますので！


ジャンプボールはなんと紗月さんが取った。

「むう！」

高田さんが悔しげにうなる。

こぼれたボールを拾ったのは香穂ちゃん。

「ごぅごぅ！」

カットに来た根本さんを素早く振り切る。わたしもパスを受けようと、ゴール近くに移動するけど——。

わたしのマークについたのは、バスケ部のエースの人だった。なんで!?

「ちょ、あの」

圧力が強すぎる。抜ける気がしない！

まごまごしているうちに、香穂ちゃんが平野さんにパスをして、それがさらに紗月さんの手に渡って——。

紗月さんがひょいとジャンプショット。「あっ!?」とB組の誰かが叫んだ。

ボールは安定感のある放物線を描いて、ゴールネットを通過する。最高点の高い、女子バスケのお手本のようなツーハンドシュートだった。

「さっすがサーちゃん！　仕事のデキる女ー！」

香穂ちゃんがぺしぺしと紗月さんの背中を叩く。

「は、はわわわ……私のパスが、琴《こと》さんに渡って、琴さんがシュートしてくださった……！」

「こんなのもう、共同作業じゃないですか……！」

感極《かんきわ》まったように平野さんと長谷川さんが声をあげる。

ふっふっふ、これが真のクインテットの力……。この調子ですよ、紗月さん！

向こうは悔しそうにしていた。

「やはり強敵……！　だけど、わかっていたこと！　取られた分はきっちり取り返しますわよ、皆さま！」

高田さんが号令をかけて、今度はこっちが守る番。

わたしもみんなに、告げる。

「よっし、例の作戦でいこう！」

「……例の作戦？」

向こうチームが眉をひそめる中、わたしたちは一致団結してディフェンスに当たる。

これぞ妹から賜《たまわ》った作戦。

——全員で守る、だ！

球技大会の即席チームは、全員がほぼ素人《しろうと》だし、チーム練習なんてろくにしてこなかった以上、綿密な連係を取るなんてムリ。

だったらどうするか。

『相手のゴール成功率を下げて、こっちのゴール成功率をあげればいいんだよ』

わたしのお部屋で、妹が友達から教わったお話を伝授してくれた。

『マークがついた状態で、素人のスリーポイントシュートなんて、ほとんど決まらないんだから。外は完全に捨てるの。それで入ったら、切り替えて。入らなかったボールを全員で獲《と》る。そうすれば、こっちの攻撃機会は増えて、あっちは自滅してくってわけ』

完全に、素人対素人の対戦における必勝法だった。

『まあ、そのためにはこっちもシュートが決まらないといけないんだけどね』

だからわたしは、ずっとシュートの練習ばっかりしてきた。

相手のパスコースを塞《ふさ》いだり、ディフェンスやドリブルの技術を磨くのは、難しいから！

全員で守って、外へのパスは素通し。そして、オフェンスにおけるシュートは失敗しないようにして、攻撃機会を奪い続ける。

これがA組の作戦だ！

事実、ボールをもって切り込んでこようとした鈴蘭さんは、香穂ちゃんと平野さんのディフェンスに苦戦していた。

前へのパスは封じられているため、フリーになっていた亀崎さんにボールを回す。

わたしも、必要以上に前へは出ないで、内側にいた高田さんとの間に体を割り込ませている。

困った亀崎さんは様子を窺《うかが》いながら、その場からシュートを打って――。

――外した！

そのボールを、ちょうどいい位置にいた紗月さんが奪い取る。高く跳ぶのが似合う女ぁ！

今度はわたしたちの攻撃だ。すでに走っていた香穂ちゃんにパスが渡る。

「でいやあ！」

香穂ちゃんが叫んでシュートしようとして、そしてわたしにパスしてきた。ひえ。

仲間のフェイントにわたしまで引っかかりそうになるけど、今度は落ち着いて、シュートを、シュートを……。

よし、入った！

「4対0！」

香穂ちゃんがわたしにハイタッチをする。やったー！

妹が与えてくれた作戦は、見事に決まった。これを続けていけば勝てる。きっと勝てる。

「甘織さん、ワンハンドシュートかっこいいっ……！」

「クインテットが繋いだボールの絆《きずな》……ああ、神……！　私は今、歴史の生き証人になってい
る……！」
平野さんや長谷川さんにも親指を立てて、にっこりと笑う。
ああ、まさかわたしが体育の時間に活躍できているなんて、信じられない。まあ、やったこ
とは定位置について、シュートを入れただけなんだけどね！
妹の注意が頭に浮かぶ。
『でも、この作戦の難は、オフェンスにもディフェンスにも参加しなきゃいけなくて、スタミ
ナの消費が激しいから、基礎体力しっかりつけてね』
もしこれが40分の試合ならきっとムリだった。
けど、球技大会の試合時間は、前半10分、インターバルを挟んで後半10分と、普通のバスケ
の試合の半分の時間だから。
「最後まで、この調子でがんばろう！」
順調な滑り出しであった。
妹は言った。『チームがみんなモチベ高くて、自分が目立つためにとか無茶なことをせず、
作戦を守ってチームプレイを第一に心がけてたら、球技大会は楽勝だよ』と。
あるいはそれは、本当にそうなのかもしれない。
みんなが学校行事だから、と手を抜くようなただの球技大会だったら、あるいは。

Ｂ組も本気だった。もしかしたら、わたしたち以上に。

これは、そういう結果なのだった。


12対15。

第一クオーターも終わり間際《まぎわ》、なんと点数は逆転されていた。

全員で守ろう作戦は、途中まで順調だった。なのだけど……。唯一《ゆいいつ》の誤算は、バスケ部の助っ人の存在だった。

わたしたちの作戦に気づいた高田さんの指示により、彼女が外からスリーポイントシュートを狙ってきたのだ。さすがちゃんとしたバスケ部の人だけあって、完全フリーから放たれるシュートは、まさに射程距離内の凄腕《すごうで》スナイパー同然。

百発百中ではないにしても、無視できるレベルじゃなかった。

だから、うちで二番目に上手な香穂ちゃんが、エースさんをマークしたんだけど……そうしたら今度は高田さんを止められる人がいなくなってしまう。

相手が2トップなのに、うちでずば抜けて上手なのは紗月さんだけ。その紗月さんも、厳しいマークを食らって、思うように点数を入れられなくなっていた。

みんな、がんばって練習をしたから、大きなミスはしていない。だけど、急にものすごく上手になったりもしないのだ。

紗月さんがレイアップシュートを入れて、1点差に戻したその矢先。

「ここで決めて、突き放すわよ」

高田さんがエースさんとパス回しをして、どちらが来るのかわからない状態。紗月さんは相手にボールを取られないよう、リバウンドのためにゴール下にいなきゃいけないし。もうこうなったら、わたしが高田さんを止めるしかない……！

「甘織さん、来ましたわね」

「ま、負けないいんだから、A組は」

「残念ながら」

パスを受け取った高田さんが、わたしを睨みつける。その目力にわたしは気圧《けお》される。

高田さんは命を懸けている。羽賀さんはそう言っていた。わたしを睨むその視線の先に、執念のようなものを感じてしまう。

ドリブルのリズムが変わる。

来る——。

「——あなたでは、役者不足ですわ」

「な」

わかっていたのに、止められなかった。いともたやすく、高田さんはわたしを抜き去る。

そのままジャンプシュート《ブルアップジャンパー》。ボールがネットを揺らす。

最後に2点を入れられて、前半戦のスコアは14対17。

2分のインターバルを挟んで、決着の後半戦へと持ち越された。


「ごめん……」

わたしはみんなに頭を下げた。

タオルで流れる汗を拭った紗月さんが、ふー、とため息をついて、一言。

「どれのこと？」

「うっ」

最後に高田さんを止められなかっただけじゃなくて、シュートを外したり、パスをカットされたり……それなりに醜態《しゅうたい》をさらしちゃったけど……！

紗月さんがおもむろにわたしの額に、手を当ててきた。

「へっ!?」

「……まだ熱があるってわけじゃないのね」

び、びっくりした。

「なんでですか……？」

「試合に集中できていないように見えたから」

それは……。紗月さんから目を逸らすと、その先で香穂ちゃんが腕組みをしていた。

「メチャメチャ集中してても、れなちんはこんなもんだよ！」

「それもそうね」

なんてフォローだ。でも、フォローありがとう、香穂ちゃん……。

「それよりも、後半戦どーしようにゃあ。作戦はそのままに、あとは気合いでなんとか逆転する！　トカ？」

「無能すぎないかしら」

「じゃあサーちゃんにはなにかいい案があるっていうんですかー!?」

「そのことを話し合う時間でしょう」

「確かに……！」

香穂ちゃんは衝撃を受けたようにのけぞった。漫才みたいなやりとりに、その場の雰囲気が少しだけ和《なご》んだ気がする。

「でもそれじゃあ、どーしようねえ」

だけど、肝心のことは決まらないまま、時間だけが過ぎていく。

わたしはそこで、平野さんがちらちらと視線を上げ下げしているのに気づいた。ハッ、これは陰キャ特有の、どのタイミングで話に交ざればいいかタイミングを窺っている仕草……！

「平野さん、なにかあったりする？」

「えっ!?　あ……あ、あの……！」

話を振ると、みんなの視線が平野さんに集中した。ハッ、申し訳ないことをした……!?

平野さんはぐるぐる目になって、それでも口を開いてくれた。

「み、みんなで守るの次は、みんなで攻めるのはどうでしょうか！」

言ってしまった……！　と平野さんが固く目をつむる。

発言した後の間《ま》が、なによりも怖いというその気持ち、非常によくわかります。だからわたしも、すぐに『あーなんでもないですなんでもないですそんなのだめですよねー！』とか、発言の後に付け加えちゃうんですよね。

平野さんは手をパタパタ振って。

「あ、いや、なんでもないです、なんでもないです！　そんなのだめですよねー！」

わたしの心の声とまったく同じことを言う平野さんに、長谷川さんが大きくうなずいた。

「いいかも……！　ね、どうですか！」

「そうね」

紗月さんが思案顔《しあんがお》。

「現状の問題点を挙げると、相手のオフェンスを止められないことよね」

「そ、そうです。だから、全員で守っても守り切れなくて、点差が開いていっているのかなって……。あっ、役に立っていない私が生意気なことを言ってスミマセン……」

平謝りする平野さんの言葉を、香穂ちゃんが引き継ぐ。

「だったらディフェンスを捨てて、点取り合戦を挑むってわけかあ！　ひらのん大胆だね！」

「ひ、ひらのん……？」

目をぱちくりさせる平野さんの視線が、黙っていたわたしのほうに向く。

「うん」

わたしは平野さんのほうを向いて、努《つと》めて明るい声をあげた。

「いいと思う！」

「いや、でも」

「どっちみちこのまま続けていっても、負けちゃうかもしれないし！　だったらやってみようよ！　なんにもしないで負けるほうがやだな、わたしは！」

わたしの言葉に、香穂ちゃんが「おう！」と拳を突き上げ、紗月さんが「そうね」と首肯《しゅこう》した。平野さんはしばらく、どうしよって顔をしてたけど、目が合った長谷川さんが背中を押すようにうなずいた。

「じゃあ具体的にどうするか、決めないとだね」

「う、うん……うん！」

クインテットに意見するなんて、わたしが同じ立場だったらぜったいできなかっただろうから、平野さんはすごいな。特にあれだけ畏敬《いけい》の念を抱いていた紗月さん相手に……。

でも、言ってたもんね。クインテットのことが大好きだ、って。だったらちゃんと平野さんの作戦で勝って、いい思い出にしてあげたい。

集中しなくっちゃ、わたしも……！

ただ、見つめた先。B組の五人もがんばってこのリードを守り切ろうと一生懸命、お互いを励まし合っていた。

わたしたちA組と、高田さんたちB組。

仲が良くて、この日のために練習を重ねて、絶対に負けられないんだって強いモチベーションをもっていて……。

そこにいったいどんな違いがあるのか。わたしには、わからないままだった。


そういえば、紫陽花さんに言われたことがある。わたしは誰にでも優しい、って。

あれを言ってくれたのは紗月さんだったかな。わたしは陰キャで気を遣うから、どんな人の弱さにも寄り添える、みたいなことを。

その言葉を聞いたときにはあんまりピンとこなかったんだけど……。こうして勝負をしているとわかる。

このコートに立つ生徒の中で、幸せになれるのは、たった五人だけ。

残る五人は、敗北の悲しみに浸《ひた》ることになる。

戦っている最中なのに、負けるほうに感情移入するなんて、さすがにバカすぎる。

いつもやっているような、顔の見えないネットでのオンライン対戦なら、こんな風には思わなかった。

相手側の事情なんて、ほんとに、知らないほうがよかった。

わたしは優しくなんてない。ただ、愚かなだけだ。


後半戦が始まり、辺りにはギャラリーが増えてきた。

この一戦は、高田さんがさんざん焚《た》きつけてきたこともあって、芦ケ谷一年生の間で注目の的《まと》になっていたようだ。他のクラスからも、大勢見物人がやってきている。まあ、そうでなくても香穂ちゃんや紗月さんがバスケをしている姿は、眼福《がんぷく》だからね……。

これだけ多くの人に見られながらなんて、衆目《しゅうもく》耐性0のままだったら、わたしはドリブルすらもうまくできなくなっていただろう。ありがとうリナぴょん。

作戦内容としては、平野さんと長谷川さんでゴール下だけは死守しつつ、他の三人はディフェンスで使うスタミナをなるべく減らして、攻撃に全力を注ぐ戦法。

案の定、相手のゴールはなかなか止められないけど、それは想定内。むしろしっかりとカウンターを決めることで、試合はスコア勝負の様相を呈してきた。

16対17。16対19。18対19。18対21。20対21。

なかなか追いつけないけれど、かといって突き放されもしない。

わたしたちはなんとか食らいついていた。

「……なかなかしぶといですこと」

「うん……こっちは、助っ人までお願いしているのに」

思うように点差を開けなくて、高田さんと羽賀さんにも、疲労の色が見える。

「さすがはクインテット。そうでなければ、面白くはありませんわね」

内心はともかく、あくまでも高田さんは自信満々に胸を張る。それが上に立つものの役割とばかりに。

ただ、向こうが疲れているということは、こっちだって同じだ。

「あ、あの、小柳《こやなぎ》さん」

「はぁ、はぁ……なーに？」

「いえ……あの、大丈夫ですか……？」

「ま、なんとかなる、デショ！　鍛えてるかんね！」

平野さんに心配された香穂ちゃんが、空元気《から》を振り絞ってピースサインをする。

実際、うちでいちばん疲れているのは、香穂ちゃんだった。攻守の要《かなめ》である高田さんをずっとマークして、マークされているんだ。負担が激しすぎる。

たった20分の勝負だけど、その間ずっと全力疾走しているようなものだから。

かといって、紗月さんと香穂ちゃんが替わったら、リバウンドが取れなくなる。

「ねえ、香穂ちゃん……わたしが替わろうか?」

「だめだよ。せっかくうまくいっているのにさ」

「でも」

「あたしね、体育会系じゃないけど、こう見えてもけっこー熱血なんだぞ」

香穂ちゃんに額をツンとされた。う。

「限界超えてこのあとバタンって倒れちゃっても、それってきっといい思い出になっちゃうし。クラス一丸となって盛り上がるなんて、今まで経験なかったからさ。しんどいけど、楽しんでるから、だいじょーぶ!」

「……わかった」

グッと親指立てた香穂ちゃんの気持ちも、伝わるから。

だいたい、熱出してまで試合に出ようとしてたの、わたしだし……。

「本気でムリってなったら、ちゃんと言ってね」

「言わない!」

「もう!」

「来るわよ、あなたたち」

じゃれ合うわたしたちに、紗月さんの冷静な声が飛んでくる。紗月さんだけは、試合開始からただひとり、まったく動きのキレが落ちていなかった。

ろくに運動しているところなんて見たことないのに、なぜ。無限のスタミナをもっているのかもしれない。

Ａ組とＢ組の点数は拮抗《きっこう》している。しかしそれは、蜘蛛《くも》の糸を渡るようなギリギリのバランスの上に成り立っていた。

ただ、そんな均衡《きんこう》は、いつかどこかでぷっつりと途切れてしまう。

もしかしたらＢ組だってしんどい状況で、気力を奮《ふる》い立たせているのかもしれない。一度逆転さえできれば、流れはＡ組に向いてくるのかもしれない。

だけど。

勝利の女神が微笑んだのは、どうやらＢ組のほうだった。

空中で激突したふたりが、どさりと地面に叩きつけられる。鈍《にぶ》い音がした。

ギャラリーがどよめく。わたしもまた、慌てて駆けつけた。

「紗月さん！」

ずっとリバウンドを奪われ続けていたエースさんが、さすがにバスケ部のプライドが傷つけられたのか、後半はムキになって紗月さんに熾烈《しれつ》な空中戦を挑んできていた。

それでも紗月さんはひらりと蝶のように華麗にボールを獲って、攻めの起点を作り続けてくれていた。その一幕だった。

「ご、ごめん！」

エースさんが紗月さんに慌てて手を貸す。紗月さんはなんでもないような顔をして、その手を取ろうとして。

「痛……」

顔をゆがめた。

「紗月さん!?」

わたしが叫ぶと、紗月さんは不愉快そうに眉をしかめたまま。

「うるさいわね……。大騒ぎしないで」

「どこか打ったの!?」

「ちょっとひねっただけよ」

紗月さんは足首を押さえていた。

試合はいったん中断し、A組もB組も集まってくる。わたしは辺りを見回す。

「だ、誰か、保健委員は」

「大丈夫だってば」

「いやいや、だめでしょ！　紗月さんのおみ足にそんなお怪我だとか！　ほんとに痛そうにしてるし！」

「……別に、いつものことよ。私は痛みに弱いの。予防接種の注射にも大泣きするぐらい」

「サーちゃん、クロコダイルに咬《か》まれても平然としてるでしょ！」

香穂ちゃんが紗月さんにツッコミを飛ばす。ああもう、そんなこと言っている場合じゃないでしょ！

しかし紗月さんは不機嫌そうに言う。

「私が抜けて、あなたたちがB組に勝てるの？」

「いや、それは」

替えの選手がいない以上、ルールとしては誰か補充要員を探すか、あるいはそれもいなかった場合、B組がひとり抜けて4対4で試合を続けることになっていた。

試合時間は残り4分もない。だけど、点数は相変わらず3点差で、紗月さんがいなくなったA組がこの点差をひっくり返せるとは思えない。

ていうか、たぶんぜったいムリ……。だけど……。

「それは、痛みを我慢したサーちゃんでも、同じことじゃないの？」

A組チームのみんなが思っていたことを、香穂ちゃんが代弁する。わたしは少し驚いた。香穂ちゃんはいろいろとズバズバ言う子だけど、紗月さんに対してもこんなに切り込んだ発言ができるとは思わなかったから。

痛いところを衝《つ》かれたとばかりに、紗月さんは視線を逸らす。

高田さんがやってくる。

「どうやら、ここまでのようですわね」

「…………。別に、試合は続けられるけれど」

「嘘おっしゃいなさい。腫《は》れがひどくなっていくわよ」

紗月さんに怪我を負わせてしまったエースの子は、青ざめていた。その子に、紗月さんがなるべく感情を排した声で告げる。

「あなたのせいじゃないから、気にしないで。後で仕返しとかもしないから」

「はっ、はい」

紗月さんなりのジョークだったんだろうけど、やりそうだから怖いよそれは……。

皆の見守る中、紗月さんはひょこひょこと立ち上がる。

「まったく……。なんとも格好悪い幕切れだわ」

「紗月さん……」

わたしが手を貸すと、紗月さんはわたしを見つめて。

「結局これじゃあ、お膳立てを済ませてしまったようなものだもの」

いや、違う。紗月さんはわたしの向こう側を見ていた。

どこを。

「どうやら、大変なことになっているみたいだね」

振り返ると、体育館のドアが開いてて、そこにひとりの美少女が立っていた。

「力を貸そうか」

　金色の髪をなびかせた、王塚真唯が。

　高田さんが憎々しげにその名前を呼ぶ。

「王塚、真唯……！」

「せめて応援に間に合えばいいと思ったのだけど、もしかしたらこれは交代要員が必要なんじゃないかい？」

　ギャラリーから歩み出てくる真唯。見学者たちが「おお……」と声をあげた。これはもしかして、A組とB組の女王同士の戦いが見られるのでは……!?　と。

　その盛り上がりが、空気となって表に現れる前に、羽賀さんが声をあげた。

「ちょ、ちょっと！　交代ってそんな、こっちはもう15分以上も試合しているんだよ！　今さら、ピンピンした人が加わるとか、ずるくない!?」

　あっ、すかさずそんな！

「確かに、現場では何時間も立ち続ける仕事だ。まだまだ元気ではあるけどね。とはいえ、ソフトボールの試合でも完投してきたばかりなんだ。それじゃあ、ご不満かな」

「ぐっ」

　羽賀さんが怯《ひる》んだ隙に、さらに真唯が高田さんに視線を向ける。

「高田卑弥呼さん。君も私を降さずに、胸を張ってB組がA組に勝ったとは言い難《がた》いのではないかな。どうだい」

大勢が見ている前で、そんな風に挑発された高田さんの答えなんて、決まっている。

「……いいでしょう！　私が望むのは、ただひとつ完全勝利ですわ！　さあ、コートに入ってきなさい、王塚真唯！」

「ふふ、そうでなければね」

「……真唯」

女子の保健委員に肩を借りた紗月さんは、呆《あき》れた顔でため息をつく。

「わかっているでしょうね」

「もちろん。君のためにも勝つよ。じゃなければ、君もずっと気にしてしまうだろうからね」

「別に。私はそんなに情の深い女じゃないわ。ただ、あの子のために勝ちなさい」

紗月さんが顎《あご》を向けた先には、試合が終わって駆けつけてきたもうひとり、ハラハラしながらこの状況を見守っている——紫陽花さんがいた。

「さ、紗月ちゃん……！」

なんでもないとばかりに紗月さんが片手をあげる。真唯が微笑む。

「ああ、そうだね。つまり、君のためにも勝つよ」

「……言葉の通じない女ね」

紗月さんは不意にこっちを見た。

「甘織」

「あ、うん」

呼ばれて近づくと、顎を摑まれた。

「ふぐっ……!?」

「あなたがなにを気にしているか知らないし、どうして集中できないのか本当はどうでもいいのだけど、でもね」

意志の強い声。

「選ぶというのは、それ以外を選ばないということ。しっかりと、胸に焼きつけなさい」

その瞳は、わたしの魂をも見通しているようだった。

「紗月《ひやつき》しゃん……」

ふ、と微笑む紗月さん。

「不細工な顔ね」

「ひどくない!?」

紗月さんの手を振り払って叫ぶ。

「……ま、私はまだ諦《あきら》めていないのだけれど」

「え？」

謎の一言を残して、紗月さんがゆっくりとコートを離れていく。い、今のは一体なんなんでしょうか……？　ドキドキする。

でも、うん。

紗月さんの去っていったほう。紫陽花さんが紗月さんに軽く声をかけて、そして再びギャラリーの輪に加わる。その心配そうな顔を見て、わたしは大きく酸素を吸い込む。

えこひいき。だけど、決めたから。そう言ってくれた、紫陽花さん。

優柔不断で、中途半端で、なにをやってもうまくできないわたしだけど。

それでも、紗月さんの言うとおり、選んだんだ。

これがわたしの大切なものなんだ、って、そう決めたから。

だったら、もう。

優先順位を間違えない。

「真唯！」

その言葉に、周りのみんながびっくりしていた。

わたしは学校では真唯のことを、ずっと王塚さんって呼んでいたから。

でも、真唯だけは微笑んでわたしを見返す。

「ああ」

わたし、ようやく目が覚めた。

大切な女の子のために。大切な女の子と一緒に。

「勝とうね！　この試合！」

ふふっ、と真唯が笑って、わたしの頭にポンと手を当てた。

「任せてくれ。私が勝利の女神さ」

さすがにその一言は格好良すぎて、わたしは思わずなにも言えなくなってしまった。


試合は、A組ボールから始まった。真唯には簡単に作戦を説明して、紗月さんの抜けた穴を埋めてもらうことにした、のだけど。

「ギャッ！」

ドリブルで敵陣に切り込んだ香穂ちゃんが、いともたやすくボールを奪われると、それは高田さんの手に渡った。

「王塚真唯！」

「やれやれ、早速盛り上げてくれるね、高田さん」

1on1の勝負。高田さんの前に、腰を落とした真唯が立つ。

まるで誰も立ち入ることのできない決闘場。見物人すらも、物音ひとつ立てず、固唾《かたず》を呑んで見守る中。

「あなたを倒して、私がこの学園の頂点に立ちますわ！」

「正直、そんなものに興味はないんだけどね」

「……なんですって？」

「ただ、私が負けると、友達が悲しむんだ。だったら本気でやるしかあるまいさ」

「減らず口を――」

高田さんがドリブルのリズムを変えた。また、あれが来る。わたしがまったく反応できず、気がついたら反対方向を抜かれていたやつが。

わたしは万が一を想定して、真唯のカバーに入ろうとして。

「ならば、ご覧に入れよう」

ボールは、真唯の手にあった。

「――な!?」

高田さんが目を剝《む》く。真唯がドリブルで敵陣に突っ込んでいく。

「そうはさせないから！」

「いくら王塚真唯でも、この人数なら！」

「ぜったい止めるし！」

羽賀さんと、亀崎さん、それに根本さんが真唯を三人で囲みに行く。いくらなんでもその包囲網を抜けられるわけがない――。

光が木立を抜けるように、真唯が三人をかわした。

最後、ゴール手前で止めに来たエースさんが飛び上がってシュートコースを塞ぐも、真唯は高く舞い上がり、空中でボールを持ち替えて――。

――そのまま、レイアップシュートでのゴールを決めた。

いわゆる、ダブルクラッチという技。

「さて、残り3分か」

高くくくった金色の髪が、ペガサスの尻尾みたいに揺れている。

「3点差でいいのかな？　ああ、もう1点差か」

ま、真唯……！

どうしよう、真唯のちゃんと格好良いところ、初めて見たかもしれない。

なんだこの人……なんだこの人……！

高田さんはボールを手に、檄《げき》を飛ばす。

「今のはちょっと虚を衝かれただけですわ！　琴紗月でもじゅうぶん止められたんです！　あなたもいつまでもショックを受けていないで、しっかりなさい！」

紗月さんに怪我をさせてしまったエースの子に声をかける高田さん。エースさんの瞳にも力が戻ってくる。これでもう、そう簡単には抜かせなくなった……と思うんだけど。

真唯はちっとも気にしていない。

それどころか。

「紗月は運動が苦手だからね。彼女は読書が好きなんだ」

いやいやいやいや、と香穂ちゃんが思いっきり手を横に振っていた。

「サーちゃんが運動苦手とか、あたしたち無脊椎《むせきつい》動物じゃん……」

「これが、真唯の本気……！」

わたしや香穂ちゃんはもう完全に一般人視点。平野さんや長谷川さんなんて、すっかり目をハートにしていた。

「ああっ、これがクインテットの女王、王塚真唯さま……っ！」

「あまりにも麗《うるわ》しすぎて、この目で見た映像のすべてをＨＤＤに永久保存したいです……！」

Ｂ組はいつの間にか、羽賀さんが中心となって指示を飛ばしていた。

「王塚真唯でも、全員を止められるわけないんだから！　全力でオフェンスがんばろ！」

それは、その通りだ。真唯のマークが高田さんにうつったので、わたしがエースさんを担当し、香穂ちゃんがちょっと楽になったんだけど。それはそれとして、他の人にパスを回されると、どうしても点数を入れられて、点差は縮まらない。

Ｂ組もよっぽど集中しているのか、あるいは執念か、シュートをぜんぜん外さなくなってきたため、リバウンドの機会も回っては来なかった。

ここに来て、Ｂ組は完全に団結していた。

皮肉にも――あまりにも強大な女王陛下、王塚真唯の存在が、Ｂ組に火をつけたのだ。

「ひみちゃんを勝たせるんだよ！」

「うん！　あとちょっとなんだから！」

真唯が点数を入れ、B組がチームワークでゴールをもぎ取る。

前半戦とは裏腹に、奇《く》しくも平野さんの作戦通り、ポイントの奪い合い。一進一退の攻防の中、時間だけが過ぎてゆく。

36対37。残り時間は、もう幾ばくもない。

できてあと1プレー。

ボールが高田さんに渡った。正面に見据えるのは再び――真唯。

「どうしてあなたばかり、なにもかも……！」

「……」

「持つ者は、すべてを手に入れるというのですか？　そんなのが、この世の中なんですか……！　あなたみたいな人に、私の気持ちはわかるはずがありません！」

「確かに私は、恵まれている人間だ」

「だからこそ、私はあなたに勝たなければ！　勝たなければ、私にはなにも――」

「だけどね」

真唯がすっと目を細めて、ささやく。

「振り返ってごらん。君だって、誰にも負けない素晴らしいものを、もっているじゃないか」

私はそれを、れな子に教えてもらったんだ――。

真唯の声なき声が、わたしに届いた気がした。

高田さんのボールをスティールして、真唯が走り出す。

「――！」

驚きに目を見張って、振り返る高田さん。

そこには。

「今度こそ、ぜったい止めるから！」

B組の、高田さんの、大切な仲間たちがいる。

まるで噛みつくようにして、真唯の行く手を阻《はば》む。

ひとり、ふたり。だが、三人目を抜く前に、後ろのふたりが執念で追いついてきた。真唯の足が止まる。

時間はもうない。

一瞬だけど、真唯の目が左右に走る。

ゴール前には、わたしがいた。

わかっている。真唯がムリヤリ、ゴールに向かったりしないことを。だってこれは、わたしたちみんなで、A組で摑むべき勝利なんだから。

真唯のボールが、わたしに渡った。

誰かが叫ぶ。

「甘織さん、だめ――」

それはB組の子の声だった。

高田さんを大切に想う女の子の声が、わたしの手首に茨《いばら》の蔓《つる》のように巻きつく。

シュートの体勢に入る。練習したワンハンドシュート。

呼吸が苦しい。

みんながみんな、幸せを願っている。

自分の幸せじゃなくて、誰かの、大切な人の幸せを。

全力なんだ。

「お願い、外して！」

だけど、わたしだって。

「入るな！」

どっちが正しいとか、間違っているとかじゃなくて。

「外れろー！」

大切な人を、幸せにしたい。

だって、決めたんだから。

がんばるって、わたしが、決めたんだから。

「──れなちゃん！　決めてー！」

体が軽い。

わたしが放ったボールは。

雨上がりの虹のような軌跡を描いて、ゴールに入った。

スコアがめくられる。

38対37。

ホイッスルが鳴り響く。

「試合終了！」

審判の先生の声が、サウナのような体育館の空気を震わせた。

A組の勝利だ。


「わたし……」

最後はもう、シュートしたという感覚がなかった。

ただ無心に、レティクルの中に見えたターゲットに銃弾を放つように、反射的に体が動いた。

だから、実感もなかった。

真唯がやってくる。

「信じていたよ、れな子」

「わたし……わたしが、決めた……？」

「そうさ。最後は君が、入れたんだ」

指先を見下ろす。

「わたしが……」

自分が、スポーツで活躍する姿なんて、想像したこともなかった。

そんなこと言ったら、球技大会に本気になることだってありえないと思ってたし、自分がクラスに応援してもらうことも、っていうか高校入るまでは友達も恋人もできるとはぜんぜん思わなかった。

指先が震えてる。

「わたしが入れて……勝った」

体の内から、これまでに感じたことのないような高揚感が、湧き上がってくる。

これは、達成感だ。

「れなちんー！」

「わ！」

「おっと」

香穂ちゃんが抱きついてきた。押されて、真唯に抱きとめられる。

「すごい、すごいです！　私、感動しましたぁ！」

「高校生活の、いえ、輪廻転生《りんねてんせい》しても来世に思い出としてもっていきますぅ！」

平野さんと長谷川さんが駆け寄ってきて、ふたりは感動の涙を流していた。

コート外には、紫陽花さんと、怪我を手当てして戻ってきたらしい紗月さんが並んでいた。

紗月さんは当然でしょとばかりに、したり顔をして、そして紫陽花さんは涙ぐんでいる。

……ありがとう、紫陽花さん。

ボールを入れてくれたのは、紫陽花さんの最後の一押しだった。そんな気がしたから。

あ、やば。

なんか、終わったと思ったら、泣けてきた……！

ぐっと涙をこらえる。今はまだ笑顔でいよう！　だって勝ったんだし！

「やっぱれなちんはすごい！　やるう！　いちばん最後においしいところを持っていきやがって、このこのお！」

「ちょ、香穂ちゃん!?　なんでくすぐるの!?　ねえ、ちょっと！　あは、あははは！」

ふと、B組を見る。

エースの子が、改めて紗月さんに頭を下げていた。その後、嘆息《たんそく》した紗月さんが手を差し出すと、ふたりは固い握手を交わした。もしかしたら、バスケ部に勧誘されているのかもしれない。バスケ部の紗月さんも、きっとかっこいいと思うけどね。

ただ……。

高田さんはその場に崩れ落ちていて、周りをチームメイトたちが囲んでいた。

……わたしには胸を痛めるような資格は、ないんだろうな。

なにか声をかけてあげるべきだろうか、って思ったんだけど。

「勝利おめでとっ、れな子クン」

「あ、うん……耀子ちゃん」

整列と礼が終わってからやってきた耀子ちゃんは、その背に高田さんたちをかばうように立って、苦笑いを浮かべていた。

「なんていうか、今はそっとしておいてほしい、かな。ごめんね、身勝手で」

「ううん」

ここで高田さんに追い打ちをかけるようなメンバーは、クインテットにはいない。後で落ち着いたら、紫陽花さんに謝ってもらえれば、それでいい。

「実はね、正直ちょっと、意外だった。卑弥呼ちゃんたちに勝てると思っていなかったから。すごいね、れな子クンは。たぶんきっと、もっている人なんだろうね」

「そんなの、初めて言われた」

わたしの言葉を謙遜《けんそん》と捉《とら》えたみたいだ。耀子ちゃんは、あははと笑う。

「それとも、これって愛の力かな」

「え⁉」

耀子ちゃんは、わたしの耳元にささやく。

「ふふっ、これからもかのピちゃんと、仲良くね」

「いや、それは、ちがっ！」

まだ誤解が解けていない！

勘違いされたまま、わたしのかのピ（偽）は両手を突き上げ、叫ぶ。

「よーし！　それじゃあ、宴《うたげ》だあああああああああ！」

この後、クラスで勝利の打ち上げに向かう予定があるらしい。知らなかった。

え、わたしも人数に入っているよね？　この流れでわたしが入ってなかったら、さすがに泣くよね。女には生涯で三回泣いていい瞬間がある。産まれたとき、自分が死ぬとき、そして打ち上げにハブられたときだ。

「いや、さすがに！」

よかった。香穂ちゃんに保証してもらった。よかった………。

ただ、すかさず笑みを浮かべながら、わたしをからかってくるのが、香穂ちゃん。

「ふたりっきりのラブホ打ち上げ♡　は、その後にやってもいいしね♡」

「しませんけどね!?」

そういうことを耀子ちゃんに聞かれたら、ますます誤解されるんだから！　やめてくださいよね!?

わたし、ただでさえ恋人ふたりもいるんですから！


こうして、わたしの球技大会は終わりを告げた。

最後の最後まで波乱たっぷりで、心も体もへとへとになっちゃうような出来事だったけど
……終わってみれば、うん、楽しかったような気がする。

大会そのものだけじゃなくて、そのために公園で練習したことも含めて。

できることができたからじゃなくて、できないことができるようになったからこその、達成感、だよね。

ちょっとできすぎかもしれないけど……我ながら、今回はがんばったと思いますので。

わたしの憧れた『特別』な四人と肩を並べて歩くほどには、まだ難しいけど。

打ち上げ先のファミレスで、みんなに褒《ほ》めてもらえているわたしのことを、わたしもちょっぴりは。

褒めてあげてもいいかな、って気分に、なれたんだ。

へグループ名『5déesse の間』(4) その5

姫百合：……お疲れ様。
鶴ちゃん：やられちゃったわね。
姫百合：甘織《あまおり》れな子ちゃん、か。最後の最後にぜんぶ、もってかれちゃったね。
鶴ちゃん：大人しくて、女の子っぽくて、かわいいだけの子だと思っていたのに。
miki：根性あったね、意外と。
鶴ちゃん：シュートも、よっぽど練習したんでしょうね。
姫百合：だてにクインテットの一員じゃなかった、ってことかあ……。
姫百合：……ひょっとして、人畜無害を装《よそお》って、あの子が真のクインテットのリーダー!?
鶴ちゃん：いや、さすがにそれは。
miki：そういえば、王塚真唯《おうづかまい》を『真唯』って呼んでたよーな……!?
鶴ちゃん：あり得ない話でもないってこと……?
姫百合：あーもう!

姫百合：あんなことまでして、ひみちゃんを勝たせてあげたかったのになあ……！
クイーン：あんなこと？
姫百合：え!?　ひみちゃん!?
クイーン：いったいなんですの？
姫百合：いや、それは、あはは、なんでも。
姫百合：……えっ!?　電話!?
鶴ちゃん：え、えっと。
鶴ちゃん：そ、そういえばあの子、照沢《てるさわ》さんと仲良さそうにしてたわね。
miki：そ、そだったね！
鶴ちゃん：照沢さんって、誰とも仲良くないのに、誰とでも喋《しゃべ》るから、不思議な距離感よね。
miki：うん。
miki：最初に5déesse《ゴッディス》でA組に宣戦布告しに行ったときも、なんかひょっこりいたね。
鶴ちゃん：……そういえば、どうして四人しかいないのに5déesseって言うの？
miki：クインテットが五人だから、4déesse《シディス》だと人数で負けているから、じゃないかな……。
miki：5億déesseにしようとしてたのを、鈴蘭《すずらん》ちゃんが止めてた。
鶴ちゃん：もしグループ名が5億déesseだったら、私は抜けてたわね。
miki：……だね！

エピローグ

だからといって、今回のがんばったわたしへのご褒美《ほうび》は、あまりにも糖分過多なのではないでしょうか……。

わたしは鏡の前、化粧水代わりに接着剤を塗りたくったようなこわばった顔面で、カチコチに緊張していた、

球技大会が終わり、地獄の筋肉痛と、そしてぶり返しの体調不良をなんとかやり過ごし、翌々日の学校、放課後。

お外は天気がよくて、今年最後の陽気と言われる秋晴れ。

女子トイレを出て、わたしは向かう。

『明日の放課後、屋上で待っているね』

昨夜そんなメッセージをもらって、わたしはＯＫのスタンプ以外に返信の仕方がわからなくて、それからずっと緊張し続けている。

心臓も爆音を奏《かな》でているし、この調子で紫陽花《あじさい》さんとご対面したら、わたし死ぬんじゃない

だろうか。

ご褒美というのは、言わずもがな。

紫陽花さんからの、キスだ。

「ううう……」

わたしは、胸を押さえる。

正直な話、まだ、こんなわたしでいいんだろうか、という葛藤《かっとう》はある。というか永遠にある。

きっと二万年経《た》って人類が外宇宙に進出を果たしても、わたしは思い悩んでいるだろう。

だけどもう、決めたことだ。

がんばったご褒美のキス。最初のダンジョンでエクスカリバーが手に入っても首を傾《かし》げるけど、ラストダンジョンに落ちている聖剣はついにここまで来たかという達成感がある。これは、そういうものなんだ。

いや……それでも、やっている最中は苦しかった気がするけど、終わってみると、果たして練習も試合も、紫陽花さんからキスをしてもらうほどのことだったかな……？　ＮＢＡ選抜チームを倒すぐらいのことしないと、キスしてもらっちゃだめなんじゃないか……？

だめだ！　怖《お》じ気《け》づいてきた！

真唯《まい》のときも、紗月《さつき》さんのときも、突然だったから！　覚悟決めるために時間をたっぷりもらったら、わたしは覚悟なんて決まんないんだよ！

屋上に続く階段を見上げて、わたしはぐっと拳を握る。

よし、逃げよう。

逃避という前向きな光を瞳に宿し、わたしは回れ右をした。念のために、階段から足を踏み外して、言い訳代わりに骨の一本でも折っておいたほうがいいかな。

わたしがゴミクズみたいな考えに取りつかれていたところで、声がかけられた。

「――甘織《あまおり》さん。少し、お時間いいかしら」

「……え？」

高田《たかだ》さんと、その後ろに三人の女の子がいた。

……………骨の一本で済むかな？


校舎裏に連行されたわたしは、必死に後ずさりするも、後ろは壁。

「あ、あれですか……!?　負けた腹いせに……！　ひとりひとり、ブチ転がしていこうって、そういうやつですか……!?　わたし、最初のターゲットですか!?」

まさか、直前で紫陽花さんから逃げようなんて足を止めたから、罰が当たったのか……？

違うんです、ただの気の迷いだったんです神様！　あなたの天使にわたしが逆らうわけないじゃないですかぁ！　この仕打ちはやりすぎですよお！

わたしが泣き叫びながら命乞いをしようとしたタイミングで。

おもむろに、高田さんが頭を下げてきた。

「申し訳ありませんわ！」

「…………な、なんですか……？」

謝る相手はわたしじゃなくて、紫陽花さんだし、それを言うなら高田さんたちはすでに紫陽花さんに謝ってくれている。四人で迷惑をかけたと、紫陽花さんにしっかりと謝罪してくれた。

だから、もうこれ以上話すことはなにもないはずなんだけど……。

「あなたにしたことを、みんなから聞きましたわ」

「……わたしに、したこと？」

どうやら、本当にわたしはブン殴られずに済む？　大丈夫？

すると、後ろにいた羽賀《はが》さんが、自分の書いた始末書を読み上げるように言う。

「甘織さんに……わざと負けて、って、お願いしたこと……」

「あ、ああ」

「ほんっとーに！」

高田さんが声を荒らげると、後ろの三人がびくっと体を震わせた。

「最悪ですわ！　終わってから聞かされて、血が沸騰しそうになりましたわ！　そこまでして勝って、私が喜ぶとでも思っていたんでしょうかね！　まったく、心から遺憾《いかん》ですわ！」

「ご、ごめんなさい、甘織さん……。本当に、ごめんなさい……」

亀崎《かめさき》さんが、涙ぐんでいる。

シメられるわけじゃなさそうだ。よかった…………。

とりあえずほっと胸を撫で下ろし、状況を再確認する。

高田さんが三人を連れて、球技大会の一件を、わたしに謝りに来たのか。なるほど。

まあ、あれは確かに、かなりメンタルに来るお願いだったけど……。

「ええとね、高田さん。わたしはもう気にしてないから……。あんまり三人のこと、怒らないであげてほしいな……」

するとが高田さんは意外そうに眉をつり上げた。

「……なんですって？」

「だって、三人はB組を……っていうか、高田さんを勝たせるために、がんばってたんだから。それは、がんばり方が間違っていたのかもしれないけど……でも、高田さんのためだったわけだし」

三人が驚いて、一斉にわたしを見る。

高田さんは眉間《みけん》にシワを寄せていた。

「ですから、それが私のためになると思われていたことが、甚《はなは》だ不本意なのであって……」

「それは、そうかもだけど」

「とはいえ！」

火炎放射器のように大きくため息をつく高田さん。

「迷惑をかけた当事者であるあなたにそう言われてしまっては、こちらも立つ瀬がありませんわ……。みなさん」

高田さんは振り返らず、うつむいたまま。三人に告げる。

「もう二度とこのようなことはしないでくださいまし。……私のことを、本当に思ってくださるのなら」

お友達たちは、それぞれしょげながらも、返事をした。

自分が善意で行動したことを、相手がどう思うかはわからない。そういう経験はわたしにだってある。

紫陽花さんと家出旅行に行ったとき、わたしは善意でお金を払うべきだと思ったし、紫陽花さんは善意で自分がぜんぶ払うべきだと思っていた。価値観の対立したわたしたちは、いろいろあっても、なんとかこじれずに済んだけど……。

結局は、お互いに話し合うしかないんだよね。なにがお互いのためになるのか。それをされた人が、どういう気持ちになるのか。ま、それで人に迷惑をかけちゃうのは、だめだけどさ！

今回の三人みたいに！

っていうかわたし今、紫陽花さんを待たせているんだった！

「用事が済んだのだったら、わたしはこれで」

「そういえば、あなたには話していませんでしたね……。私が、なぜあんなにも王塚《おうづか》真唯に固執《こしつ》するのかを」

「え？」

いや、知っているけど……って言おうとして、そういえば羽賀さんに聞かされたあれは、他言無用との約束だった。

わたしはもにょもにょする。

「う、うん……」

「今回、いろいろと迷惑をかけてしまいましたからね。いいですわ、恥を忍んであなたにだけはお伝えします。あれは、私が小学五年生の頃……」

遠い目をして、胸に手を当てた高田さんが語りだす。

ま、まあちょっとぐらいなら……。この後、すぐに屋上に向かえばいいんだ……うん……。

しかし高田さんのワンマンライブは、ぜんぜんちょっとじゃ済まなかった。


「そこで私の全身に稲妻が走ったのです……。ああ、なんて美しい、と。こんなにも、ヴィーナスに愛されたような人間がこの世界にいたのか、と」

「完全敗北でしたわ。私の心が、もはや屈服してしまったのです。しかし、そうなれば私に生きる道はふたつにひとつ。受け入れるか、そうでなければ拒絶するしかありません。私は自己を守るために、王塚真唯を否定しました」

「しかし、まさかの再会でした。芦ケ谷《あしがや》高校に、あの女がいるとは。王塚真唯はもはや私の中で、認めることのできない存在として膨《ふく》れ上がっていて……今や、敵対する以外の道はありませんでした。だからこそ私はB組の女王として君臨することを選んだのです」

「長い……たかが齢《よわい》十六の娘ではありますが、本当に長い呪いでしたわ……。でも敗北を認めることができて、ようやく私は前に進めるかもしれません」


長いのは、高田さんの話だよ…………………！

と、思いっきり叫びたかったけど、高田さん自身は自分の人生においてめちゃめちゃ大事な話をしているっぽいので、水を差すわけにもいかず……！

これが陽キャであるということ。そしてこれが、誰かの人生に巻き込まれるということなのか……。なるほどね、陽キャも楽じゃないわ！

話しているうちに勝手に浄化された高田さんが、澄んだ笑顔で手を差し出してくる。

「それもこれも、あなたのおかげですわね。甘織さん、あなたは本当にお人好《ひとよ》しで、変わった人ですのね。けれど、ありがとうございます。あなたと出会えてよかったですわ」

「ど、どういたしまして！」

わたしは素早く高田さんの手を握る。ちゃんと女の子の手だった。

この人も、王塚真唯に人生を狂わされたんだな……。

そう思うと、同情する気持ちも湧いてくる。紗月《さつき》さん、花取《はなとり》さんに続く、三人目の被害者だったか……。あれ、そしたらわたしもそうか？　いや、深く考えるのはやめよう。紫陽花さんが待っているんだ。

「じゃ、じゃあわたしはこのへんで」

「ただし、幼い頃に見た夢を、もう一度繰り返すことはできません。華やかな仕事に憧《あこが》れていた少女は、もういないのです。しかし、こんな私にも大切にしてくれる友がいる。それを気づかせてくれたのが、あの王塚真唯とは皮肉ですけれど、ふふ」

……あれ!?

「鈴蘭《すずらん》さん、あなたには今まで、ずいぶんと迷惑をかけてきましたわね。でも、あなたの素朴《そぼく》な優しさに、私は本当はずっと救われていたんですのよ」

「ひ、ひみちゃん……。ひみちゃんに、そんなこと言ってもらえるなんて」

なんか、高田卑弥呼《ひみこ》物語のシーズン2始まってないか!?

「思えば、あなたとの出会いも――」

っていうかこれ、わたしの目の前でやる必要あります!?

ほんとに用事あるんですよ！　甘織れな子銀行にこれ以上、女の激重感情を貯蓄しようとするな！　うちはそういうの取り扱わないんです！

わたしは手を突き出す。

「待ってください、あの、いったんちょっと待ってください！　今、代わりの子を呼びますので！　続きはその子の前で話してあげてください！」

必死に告げて、わたしは電話をかける。

お願い、どうかまだ校内にいてくれ……！

こういうとき、わたしの人生は基本的に思い通りにはいかないものだけど、きょうは違った。

なんたって、待ち合わせ相手は、紫陽花さんだ。

わたしの行動には、紫陽花さんの祝福がついている！　だから――。

『はいもしもーし、れなちんー？』

「香穂《かほ》ちゃんお願い！　わたしを助けて！」

『え、ええ～……？』

こうしてわたしは（香穂ちゃんを身代わりに差し出すことによって）高田さんたちの包囲を突破した。香穂ちゃんには恨まれるだろう。だけど仕方ないから！　あとでいくらでも謝りますから！　きょうが終わったら、いくらでも！

ダッシュで屋上への階段を駆け上る。

もう、このまま逃げ出そうなんて気持ちはなくなっていた。ごめんなさい、あれは本当にただの気の迷いだったんです！　だからもう天罰はよしてください神様――。

もしこれで紫陽花さんがものすごく時間に厳しい人だったら、『私、一分一秒を大切にできない人とは、一分一秒も一緒にいたくないから……』と吐き捨てて、家に帰ってしまったかもしれない。そして縁を切られるかもしれない……。

お願いします、紫陽花さん！　まだ学校にいてください！

わたしは泣きそうな気持ちで屋上のドアに手をかけて、そして。

ばーんと開け放った。

紫陽花さんは!?

いらっしゃった！

わたしの視線の先、屋上の手すりの前に立って、髪を風に揺られている。

「あ、れなちゃん」

わたしに小さく手を振るその笑顔には一ミリの陰りもなくて、ただひたすらにかわいらしさだけがあふれていた。

「紫陽花さん！」

その姿を見て、なぜかわたしは妙に感動してしまう。

よろよろと屋上に出たわたしの影が長く伸びる。

夕焼けに照らし出された紫陽花さんは、かわいいだけじゃない。

すっごく、きれいに見えた。

「ごめん、遅れて！」

「ううん、ぜんぜんだよ」

紫陽花さんは、本当になんでもないことのように、微笑んでいた。

「チビたちと生活しているとね、ちょっと待たされるのなんて平気になっちゃうんだよね。逆に、遅れても連絡してくれたり、待ち合わせ場所には来てもらえるから、安心っていうか」

「うすみません、もう二度と紫陽花さんに寂《さび》しい思いをさせないようにがんばりたいと思っています……」

「寂しくなかったよ」

自分の胸に手を当てて、紫陽花さんは笑みをこぼす。

「れなちゃんのこと、考えてたから」

「紫陽花さん……」

わたしは、紫陽花さんの前で立ち止まる。

ふたりは、手を伸ばせば届く距離。

ふふっと紫陽花さんが笑う。

「ほんとはね、教室で待っていてもらおうかなーって思ったんだけど。でも、他の人に見られちゃうかもしれないから、屋上にしたの」

「そ、そうなんですか」

「うん……。懐《なつ》かしいね、れなちゃんに、いっぱい好きって言ってもらったの。あれからまだ、半年も経ってないいんだよね」

「そ、それは」

たぶん、真唯を赤坂《あかさか》のホテルに追いかけていったときのことだ。

あの頃のわたしは、人の誘いを断るのが怖くて、本当に怖くて、紫陽花さんに誤解されないように、必死に訴えたんだった。

って、黒歴史のやつじゃないですか……！

「……あのね」

紫陽花さんがおずおずと口を開く。

夕日色のチークを差したように、頬が赤い。

「実は、あのときからちょっと、れなちゃんのこと、意識してたんだよ」

「そ、そうだったんですか……!?」

「おかしいよね、女の子同士だったら、好きだとか、そんな言葉はよく言い合ったりするのに。でも、なんでかな。れなちゃんの好きって言葉には、本物の響きを感じたんだ」

そこに大切な言葉がしまってあるみたいに、紫陽花さんは胸の中心に両手を当てる。

「本当に、本当にこの子は、私のこと好きなんだ……って、そんな風に、わかっちゃったの。

だからかな。私のほうが逆に、れなちゃんを意識するようになっちゃった」

「は、恥ずかしいです」

わたしにとっては忘れ去りたいぐらい恥ずかしい記憶だったのに……。そんな風に、思っていてくれたんだ……。

確かにわたしは、紫陽花さんのことが大好きだったけど、恋人とかは、わかんなくて。

でも、紫陽花さんにも言われた。わたしの大好きな友達の定義は、他の人から見たら、恋人の定義と一緒だって。

だったら、みんなで幸せになれるなら……恋人でもいいんじゃないかな、って。わたしは、そう開き直ったんだ。

好きな気持ちには変わりないんだし。それに、その……。恋人じゃなきゃしないようなことも、できるのは、ええと……。

緊張するけど……でも、嫌じゃない、し……。

「れなちゃん、顔まっかだよ」

紫陽花さんがあんまりにもかわいらしく笑うから。

照れ隠しで、消極的に反撃をする。

「そ、それを言うなら、紫陽花さんだって」

「え、えー？」

ほっぺに手を当てた紫陽花さんが、ちょっと目を丸くして、それもすごくかわいかった。

しばらくふたりで笑い合ってから、紫陽花さんがまるで甘えるように。

「手、にぎっていい？」

「うん」

手を差し出すと、紫陽花さんが両手で包み込むように握ってくる。

緊張のせいか、紫陽花さんの手は震えていた。

「もう、恋人なんだもんね」

「うん」

わたしと同じ身長の紫陽花さんが、わたしの目を見つめる。

向けられたその好意から、今度は目を逸《そ》らさない。

わたしもまた、紫陽花さんの手を両手で握り返す。

「付き合っているんだよ、わたしたち」

「うん――」

夕日よりもきれいに目を細めて、紫陽花さんが笑う。

「大好き、れなちゃん」

紫陽花さんは、わたしとの距離を埋めるように、一歩を踏み出して。

観覧車に乗ったときのように、少し顔を傾けた紫陽花さんが、ゆっくりと近づいてきて。

観覧車に乗ったときとは違って……。わたしは目を閉じた。

この先、もしわたしたちになにか大きな問題が起きても。

それでもわたしはずっと、このひとを大切にしたいって、思うんだ。

誰よりも尊《とうと》い女の子、わたしの恋人、紫陽花さんを。

唇に柔らかな感触がして――。
――わたしはパチッと目を開いた。

「紫陽花さん！」

「きゃっ」

ぎゅ～～～っと、紫陽花さんの細い体を、抱きしめる。

「わたしも、紫陽花さんのこと、好き！　大好き！　ずっと好きだから！」

紫陽花さんの髪と香りに包まれながら告げるわたしに、紫陽花さんはずっと顔を真っ赤にしながら、目を線にして笑っていた。

「あはは、れなちゃん、私も大好き！　れなちゃんのこと、好きっ！」

今度は紫陽花さんがわたしを抱きしめてきて、それからしばらくわたしたちはお互いを抱きしめ続けていた。

屋上から眺める夕日は、まるで宝石みたいに輝いていて。

好きという気持ちで、今なら空も飛べるような気がしたんだ。……なんて、大げさかな？

『お姉ちゃん、なにかいいことあった？』って広樹《こうき》に聞かれた。

夕食を作りながら、なんにもないよーって答えたんだけど。

その後、洗い物を手伝っていると、お母さんから『なにかいいことあったんでしょ』って言われてしまった。

紫陽花《あじさい》は少し悩む。私、そんなに顔に出やすいのかなあ……って。

そりゃ、ちょっとは浮かれちゃってたけどね。でも、しょうがない。私はずっとおあずけされていいたんだもん。待ちに待ったご褒美《ほうび》なんだから。

『それはよかったね、紫陽花』

「うん……。すごく、うれしかった」

夜、紫陽花はベッドに丸まって、通話をしていた。

彼女の声は、きょうも透き通っていて、金色の光みたいにきれいだった。

「でも、真唯《まい》ちゃん……その、だいじょうぶ？」

『ちゃんと、君たちの逢瀬《おうせ》が終わった後に。私もね、好きって言ってもらったから、平気さ』

飾らない真唯の声。

「ん、そっか」

その言葉が強がりなのか、あるいは本音なのか、紫陽花にはまだ判別がつかない。

もしかしたら、真唯にすらわからないのかもしれない。それほどまでに、真唯は自分を強く在《あ》ろうと努《つと》めている。だけど……いや、だからこそ。

「あのね、真唯ちゃん……。私が喋《しゃべ》ったんだから、真唯ちゃんのことも聞かせてほしいな」

『私のこと？』

「うん。真唯ちゃんとれなちゃんが初めてキスしたときは、どうだったの？」

『そ、それは』

焦《あせ》る真唯が面白くて、つい笑ってしまう。

もちろん、恥ずかしがっているよりは、それを聞いて紫陽花が不快な気分にならないだろうか、という気遣《きづか》いのほうが大きいだろう。

だからこそ、あえて聞く。

「ねえねえ、教えてほしいな。いいでしょ、今だったらどんな話をされても、大丈夫な気分なの。ね、知らないままのほうがずっと気になっちゃうよ」

『むう……。君がそこまで言うなら、わかった』

わざとワガママを言って、真唯を困らせる。

紫陽花には今、ふたつの目標がある。

ひとつは、れな子に好きという気持ちをちゃんとわかってもらうこと。どうやられな子は、自分だけが一方的に紫陽花のことを好きだと思っているようなのだ。

そんなわけがないと口でいくら説明しても、聞いてくれない。なので、これからもちゃんとわかってもらえるように、紫陽花は行動するつもりだ。道は険《けわ》しいけれど……。

そして、もうひとつの目標。

『そこで急に雨に降られてしまって、私はれな子とホテルを借りてね』

「ほ、ホテル……!?」

真唯に、ちゃんと素直になってもらいたい。

嫌なことは嫌だって、傷ついたときには傷ついたって、言ってほしい。

真唯は自分よりもずっと強い人だけど、だからといって痛みを感じないはずがない。れな子の前で、紫陽花と真唯が対等ならば、紫陽花は真唯の悲しみや不安も肩代わりしてあげたい。

もしかしたら、自分は他の世間一般的な女の子より、感情が重いのかもしれない……と、少し気になってしまったこともあったけど、仕方ない。

チビふたりが真っ当な人間になれるように、普段から口うるさく叱《しか》っているのだ。そんな人間が、誰よりも大切な人相手に、適切な距離を保って知らんぷりをしていられるはずがない。

三人での関係性は複雑で、不安定で、不可思議だ。均衡《きんこう》を保つためには、互いの努力が欠かせない。だったら。

『だけどね、そこでれな子が言うんだ。今のキスは、友達だからノーカンだ、と。それならばと私はムキになってしまって』

「え、ええっ!?　キスって、ただのキスじゃなくて、そんな……っ!?」

だったら、今はこの奇妙で特別な恋人たちのために、微力ながら、紫陽花だってできることをしようって思うのだ。

ぱたぱたと手で自分を扇《あお》ぎながら、紫陽花は顔を真っ赤につぶやく。

「す、すごい……。真唯ちゃんとれなちゃんって、もうそんなに進んでたんだ……」

『…………いや』

「えっ!?　いや、ってなに!?」

『なんというか、その後にも、いろいろとあってだね……。うん、これはまた今度にしようか！　とにかく、私は紫陽花のことも応援しているから、ね！』

「いろいろってなに!?　ねえ、真唯ちゃん！　すっごく気になっちゃうんだけど！　ねえ、ねえ！　いろいろってなーにー!?」

三人で付き合うことになった以上は、この状況を楽しむべきだ、って。

虚勢でも見栄《みえ》でもなく、今の紫陽花は、ちゃんとそう思えているのだ。

シーズン2　プロローグ

「ひどい目に遭《あ》ったにゃあ……」

自室でひとり、香穂《かほ》はぐんにゃりとため息をつく。

放課後、たまたま学校に残っていたら、れな子に呼び出されたのだけど。そこにはなぜか高《たか》田卑弥呼《だひみこ》率いる一派が待ち構えていて、香穂は暴力的な謝罪の渦に飲み込まれたのだった。

謝罪自体は善意からの行動だとしても、受け取る側にもかなりの忍耐力を要求された。っていうかメチャクチャ疲れた。

「まさか、高田卑弥呼と根本《ねもと》ミキの出会いに、あんな凄《すさ》まじい過去があったとはにゃあ……」

夕日も沈む頃に帰ってきた香穂は、さてどうするかと机に向かう。漫画やアニメでも見るか、はたまた次のイベントの準備を進めるか。

コスプレフェス以降、香穂のフォロワーは順調に増えている。

心無い人からは、フェスでの順位をネタにされることはあるけれど、出場したというステータスによって得られる恩恵のほうが遥《はる》かに大きかった。

というわけで、最近はまたコスプレへのモチベが高いのだ。

今のうちにたっぷり稼《かせ》いでおけば、もしかしたら年末か、あるいは来年の夏には、コスプレ写真集なんてものまで作れるかもしれない……！

漫画で育った香穂にとって、自分の本を作るというのは憧《あこが》れだった。

もっとも、ソロ写真集にするかどうかは、迷いの種ではあったが……。大量に売れ残ったら心壊れちゃうなあ、的な意味で……。

「って、そんな先のことで悩んでても仕方ない！　うっし、服つくるかー」

立ち上がったところで、家のチャイムが鳴った。

「およ」

そういえば、きょう約束していたのだった。とててて玄関に向かう。来客は、芦ケ谷《あしがや》の制服を着た、黒髪の美少女。琴紗月《ことさつき》。もうすっかり足もよくなったようで、何よりだ。

「こんばんは」

「サーちゃん、おかえり！」

「お邪魔するわね」

琴紗月は優美な仕草で脱いだ靴を揃《そろ》えると、髪をかきあげながら立ち上がる。

「ほわー……」

「……なに？」

「映《ば》えヤベーなーって」

ぜんぜんわからないという顔をする紗月だが、これは日常茶飯事だ。

もともと琴紗月は香穂にとってまったく絡《から》んだことのない人種であり、それはおそらく琴紗月も同様で、お互いにはまったくと言っていいほど共通言語がなかった。

香穂が漫画、アニメを好むのに対して、紗月が読む本は基本的には純文学。図書館に置いてあるものばかり。あればライトノベルも嗜《たしな》むそうだが、香穂が慣れ親しんだネット関係の用語にはめっぽう疎《うと》かった。

「サーちゃん。なんであたしとサーちゃんって、仲良くできているのかな」

「なによ急に。別にそんなに仲良くはないでしょう」

「ズバッと言いますにゃあ！　でもそんなサーちゃんの顔面が、あたしは愛《いと》おしいヨ♡」

「そうね。私もあなたのくれる労働の対価がなにより好きだわ」

しいてあげれば、こんな風にお互い、言いたいことを言い合えているからかもしれない。

利用するし、利用される明確なわかりやすさが、居心地よかった。

（まあ、顔面が愛おしいっていうのは、間違いないんだけどね）

紗月を部屋に招いて、早速、出来立てホヤホヤの衣装に袖《そで》を通してもらう。

次回の撮影会には、再び紗月に出てもらう予定で、本日はその衣装チェックだった。

香穂はこの瞬間が、楽しみで仕方ない。

「どう!?　サーちゃん！」

「……………キックは、ないわ。ちょうどいい。だけど……」

新作の衣装。それもかなり脚を露出させたきわどいハイレグの格好を見下ろして、紗月は柳眉《りゅうび》を寄せた。

「……………なんだか、また布面積が減っていないかしら」

「えっ、そうかな!?　確かに、今回の衣装はフェイクレザーのレオタードがウリだからね！　異世界モノの女剣士だよ！　サーちゃんにぴったり！」

「そう……」

釈然としない顔で、紗月は鏡に映った自分の姿を確認している。

その一方で、香穂の胸には、台風紗月号が襲来している。

（ああっ、サーちゃん……！　なんて、なんて麗《うるわ》しい……！　二次元衣装がこんなに似合う人間、他にぜんぜんいないっすよホントに……！　あたしの作った衣装から、歓喜の歌が聞こえてきちゃう……！）

なんかもう、舌なめずりをしそうなほどに、テンション極《きわ》まっていた。

（圧倒的な本物の輝き……！　サーちゃんが衣装を引き立てて、衣装がサーちゃんを引き立てる……！　レイヤーとしてハチャメチャに悔しいけど、衣装制作屋としてはこんなに嬉しいことはなくて……！　ふたつの人格に引っ張りっこされて、分裂しちゃいそう！）

香穂は倒錯的な喜びに震える。

陽キャと陰キャというふたつの顔を使い分ける香穂だが、まれにその感情がごちゃるときがあって——だいたいは紗月かれな子相手なのだが——そんなときは、どうしても素《す》の自分が表に出やすくなってしまう。オタクで陰キャな小柳《こやなぎ》香穂だ。

「サーちゃん、本格的にコスプレイヤーやってよ！　世界を獲《と》れる才能あるよ！」

「嫌よ。興味ないもの」

「く～～～～！」

これで相手がれな子なら、思わず石で殴りかかってしまうところだが、相手が紗月なのでもう仕方ない。

家計を助けるためにアルバイトをしているような、まっとうにお日様の下を歩く上位存在に、自分の大好きな世界を一蹴《いっしゅう》されるのは、なぜかほの暗い悦《よろこ》びを覚えてしまうのだ。オタクのよくない面だった。

「サーちゃんのそういう冷たいとこ……好き！」

「そろそろ脱いでもいいかしら」

「あと写真六万枚撮ってからでいい!?」

「脱ぐわね」

紗月につれなくされても、ニッコニコの香穂であった。

「ねえ」

制服に着替え直した紗月が、髪を直しながら尋《たず》ねてくる。

「香穂は、私のことが好きなの？」

「およ」

珍しい質問だった。というか、紗月が能動的になにかを聞いてくることが珍しい上に、自分がどう思われているかを気にしているだなんて。

普段ずっと他人に興味なさそうにしているサーちゃんにも、かわいいところがあるんだにゃあ……と思いつつも、さらっと答える。

「うん、好き！　顔が特に好き！　推《お》せる！」

「そう」

空白の時間。

紗月は香穂を見つめて、そして。

「だったら、私と付き合える？」

首を傾《かし》げる。

「それは、どーゆー？」

香穂の問い返しに、紗月は答えず。

おもむろに立ち上がった。

「なんでもない。用が済んだなら、もう帰るわ」

「あっ、サーちゃん――」

感情を捨て去ったように、足早に立ち去る紗月の後ろ姿を見て。

香穂は直感的に理解する。

このまま見送ってしまったら、紗月が今の話題を口に出すことは二度とないだろう、と。

別段、それで香穂が困るわけではない。ではないのだが――。

「どっせぃっ！」

「きゃ――」

香穂は紗月の腰にタックルを食らわした。一緒になって倒れる。

抱きつかれた状態の紗月が、振り返って怒りをあらわにした。当たり前の反応だった。

「い、いきなりなにするの!?　なに考えているの!?」

「なんにも話してくれないサーちゃんが悪い！」

「いきなり人に暴力を振るうほうが悪いに決まっているでしょう！」

それは確かに。

「ゴメンナサイ」

なんの躊躇《ちゅうちょ》もなく土下座する香穂に、紗月は毒気を抜かれたようにため息をついた。

「まったく、無茶苦茶なことをして……。甘織《あまおり》の悪いところがうつったんじゃないの」

「それはあるかも！」

廊下で正座したまま、紗月を見上げる。

「で、どうしたの？　あ、わかった。グループで余ってるのがあたしとサーちゃんだけだから、もうふたりで付き合えばよくない？　ってそういうこと？」

「……違うわ」

紗月は髪を整えている。とりあえず、すぐに帰ろうという意思は見受けられない。

猶予《ゆうよ》時間をもらえたようなので、んー、と香穂は腕組みをする。閃《ひらめ》いた。

「もしかしてサーちゃん、れなちんのことが好きだった……!?　だから傷心して……！」

「殴るわよ」

殴られたくないので、話を変えることにした。

だったら。

（当てちゃいそうで嫌だにゃあ……）

思いつつも、口に出す。

「マイのことが好きだった、とか」

「…………」

紗月は、やはりというかなんというか、押し黙った。

自分も前に、真唯に告白したことがあるので、多少気まずい。

けれど、きっぱりと。

「違うわ」

「ありゃ」

その態度は、本当に違うみたいだ。だとしたら、香穂にはいよいよ理由が思い当たらない。

いや、もしかして。

「アーちゃんが好きだった!?」

それいちばん泥沼じゃん！

「瀬名《せな》のことは……まあ、好きだけど、そういう好きではないわ」

わかる。香穂だって紫陽花《あじさい》のことは好きだ。優しくて、かわいくて、おっぱいも大きい。だが、そういうことでもないらしい。

「ねえねえ、サーちゃん」

香穂は紗月の制服の裾《すそ》をちょこんとつまむ。

「ごめんね。あたし、サーちゃんの気持ち、わかんないよ」

紗月は香穂の手を振り払わなかった。

「……どうして謝るの」

「だって、友達が悩んでいるのに、力になってあげられないんだもん」

「それは……ずいぶん、身勝手な言い分ね。私がそれを求めているかどうかなんて、関係ないのかしら」

「うん」

こんなときでも、香穂は平然とうなずくことができる。

「あたし、いっつもふざけてるじゃん？　それで学校のみんなと仲良くなったり、かわいがってもらっているんだけど。でもね、ホントはそれしかやり方を知らないんだ」

「……」

紗月は黙って、その言葉を聞いている。

「だから人間関係の深い話って、実はぜんぜんどうすればいいかわかんなくて。いっつも茶化したり、オチ担当したりしてる。けど、今はそれじゃいけないって思ったから、おなか割って話すことにしてる」

「……腹を割って、よ」

「それ」

ビシと指差す。

だめだだめだ。こういうところがいけないんだ。首を横に振る。

「だから、えーと……。あたし、サーちゃんの気持ち、教えてほしい。他の誰にも話せないようなことなら、なおさら」

「……本当に、苦手なのね」

香穂は頭をかく。

「いやあ……。陽キャのコスプレっていっても、できないことができるようになったりはしないからにゃあ……。ごまかすのは、上手になったんだけどねえ」

紗月は諦《あきら》めたように、息をついた。

「あなたは今まで、好きな人はいた？」

「え？　まあ、そりゃ……マイマイとか」

どうだろう。質問の答えとしては、あまりしっくりこなかった。真唯《まい》は恋人になりたい相手であって、特別に好きかと聞かれると……。

どちらかと言えば。

ふわふわとした気持ちが形になる前に、紗月がその先を紡《つむ》ぐ。

「そう。私はいなかったわ」

「うん」

それっぽい。

「物語の中にだけある、おとぎ話のようなものだった。私にとっての恋愛は。家庭環境のせいも、多少はあったかしらね。私の人生に、恋愛なんて必要なかったの」

それがとても寂《さび》しいことのように、紗月は語っていた。

いったいどうして。

「でも、まだ高一なんだから、好きな人がいない子のほうが、多いんじゃや。あたしたちの周りが、ちょっと特別なだけで」

「そんなの関係ないわ。だって——」

紗月が歯を食いしばる。

「真唯にはもう、好きな人が、いるもの」

それは……？

「香穂」

「うん」

直後、香穂は「ふぎゃ!?」と鳴いた。

紗月が香穂の両耳を、手のひらでムリヤリ塞《ふさ》いできたからだ。

なにも聞こえない香穂の前、紗月がその唇を動かす。

「——あの真唯が、なにをしていても空虚で寂しそうだった真唯が、まるでようやく自分の家に帰ってきたような顔をして。恋愛ってそんなに夢中になれるようなことなの？　だったら、どうして私はそれがわからないの？　真唯ばかり、あんな」

その一言一言が、まるで釘を打ちつける金槌《かなづち》のように重く。

ただ、香穂が浴びるのはそれらの言葉ではなく、紗月の形相《ぎょうそう》だけ。

「……あんな風に、泣きながら、微笑んで……」

幕張《まくはり》メッセのステージ上。れな子と紫陽花に挟まれた真唯は、この上なく幸せそうだった。

そのことがなによりも許せないと、紗月は香穂にではなく、きっと己《おのれ》自身に告げる。

「私も知りたいの。恋愛がどんなに素晴らしいものか。あるいは、本当はどれほどくだらないものなのかを」

今一度。

真唯の結実は、紗月にとっての始まりでしかなく。

「間違っているのは私か、あるいは真唯か。その答えを知りたい――」


そう、言ってから。

紗月は、香穂の両耳から手を離した。

「――以上」

香穂はぼんやりと紗月を見つめる。

「サーちゃん」

「ええ」

「なんか言い切った顔をしているところ悪いんだけど、あたし、なんにも聞こえなかったヨ」

「そう、安心したわ」

誰の言葉も必要としていない紗月は、髪を翻《ひるがえ》す。

「もし聞こえていたら、あなたのことを始末しなければならなかったから」

「そんな呪いのメッセージ、手で耳を塞いだだけの人に言うんじゃないよ！」

さすがにこれは、正当な抗議だと、香穂は思う。

そのときだった。

静まり返った廊下に、振動音が鈍《にぶ》く鳴った。

紗月はすでに、面《つら》の皮をはぎ取ったかのような無表情に戻っていた。ポケットからスマホを取り出して、つぶやく。

「……珍しい」

香穂に視線で許可を取り、紗月は背を向けた。

「はい、もしもし。おばさま？」

教師を前にしたように、紗月がよそ行きの声で喋《しゃべ》っている。そうしていると、一分《いちぶ》の隙《すき》もない完璧美少女である。

「ええ、それは構いませんけれど……。はい、わかりました、はい」

電話は手短に切れた。紗月は改めて立ち上がり、ぽつりと。

「お邪魔したわね」

そう告げて、玄関へと向かっていく。

「えーと、サーちゃん！」

「なにかしら」

玄関で靴を履《は》く紗月を見送るついでに、香穂は唇を尖《とが》らせて、告げる。

「よくわかんないんだけど、サーちゃんも誰かステキな人を見つけちゃって、グループで恋人いないのがあたしだけってなったら、さすがにそれは寂しいんだからね！」

「そのときは、甘織にでも告白すれば？」

「どんだけれなちんに業《ごう》を背負わせる気!?」

駅まで送ると申し出たが、紗月はひとりでさっさと帰ってしまった。

部屋に戻った香穂はクッションを抱きしめて、ぼんやりと視線を空に浮かべる。

恋はまだよくわからないけれど。焦《あせ》る気持ちは香穂にだってある。

クインテットは心地よいグループだ。高校三年生まであの五人で変わらずいられたら、きっと幸せだっただろう。だが、そうはならなかった。

身近な三人がくっついて、それでも変わらないままでいられるほど、自分は強くないから。

「こうしてみんな、少しずつ大人になっていくんだにゃあ……」

そうつぶやいて、香穂はごろんと横に倒れたのだった。

そして、香穂の知らないところで、紗月の物語は動き出そうとしていた。

＊＊＊

清潔な会議室に、琴紗月が顔を出す。

電話を受けた直後、紗月の下《もと》には迎えが送られた。その車に乗って到着した先は、情報と流行の発信地、渋谷《しぶや》にあるクイーンローズのオフィスビル――デザイナーズビルだった。

凜《りん》と背を伸ばしていれば、紗月の立ち振る舞いはデザイナーズビルにもよく似合っていた。

大勢のモデルが出入りするそのうちのひとりだと、誰もが思うだろう。

受付に案内されて、会議室に通された。間もなく姿を見せるであろう女性は、この荘厳《そうごん》な城の主《あるじ》である。

「よく来てくれたの」

ガチャリとドアを開き、王塚《おうづか》真唯の実母――王塚ルネが現れた。

彼女は相変わらず、身なりに無頓着《むとんちゃく》で、研究に没頭する科学者のような雰囲気を漂わせていた。そして助手のように、ひとりの少女をともなっている。

「ご無沙汰《ぶさた》しています、おばさま」

「うん。適当に座って」

上座に腰を下ろすルネの、斜め向かいの椅子に座る。

壁際《かべぎわ》に立つ少女が気になった。

「そちらは？」

まだ若い。高校生ぐらいだろう。だが、モデルのはずがない。

どう見ても背丈《せたけ》が足りていないし、なによりも一介のモデルが女帝ルネの前で気の抜けた顔であくびを噛み殺せるはずがない。

「あ、わたしのことはぜんぜん、お気になさらず」

紗月がじろりと見ても、肩をすくめるばかり。まとう雰囲気も、どことなくうさんくさい。

ルネが紙の資料を机に投げた。

「あなたに来てもらった件と、関係があるの」

「……」

なんのために呼び出されたのか、概《おおむ》ね見当はつく。王塚ルネはたびたび紗月をモデルにスカウトしたがっていて、あくまでもその余談とばかりに王塚真唯の話を聞きたがった。高校に入ってから呼び出されるのは初めてだったが、これもその延長だろう、と。

娘の私生活のことはすべて花取《はなとり》から報告を受けているはずなのに。王塚ルネ曰《いわ》く『またボイコットされるわけにはいかないから』で、それを持ち出されるとかつて悪事の片棒を担《かつ》いだ紗月も、なかなかに脛《すね》の古疵《ふるきず》が痛むわけで。

もし真唯にバレたら『密会』と後ろ指を差されても否定できない状況だが、それを言うなら真唯だって自分のいないタイミングに母と顔を合わせることもあるだろう、と紗月は己の帳尻を合わせて、納得感を捏造《ねつぞう》していた。

だが、今回プリントアウトされた資料に写真が載《の》っていたのは、意外な人物だった。

甘織れな子である。

「……これは？」

「あなたと同じ高校に通うクラスメイト。相違《そうい》ないのね？」

「ええ」

なぜ王塚真唯の母親である、王塚ルネが、甘織れな子の写真を持っているのか。

いや、確かに真唯と関係がないとは口が裂けても言えない人物で、むしろものすごく関係がある人物なわけで……。

なにかとんでもないことが始まろうとしている――という予感だけが、熱気球のように膨《ふく》らんでゆく。

「一度だけ、ショウで顔を合わせたことがあって、そのときにはあの子の友人と名乗っていたの。ただ、本当にただの友人なら、花取が興信所に甘織れな子の調査を依頼する理由がない」

「……花取さんがそんなことを？」

「ええ」

それは。

まずいのではないだろうか、と紗月は目を逸《そ》らした。

一応、甘織れな子は友人（と一度は認めた相手）だし、彼女が東京湾に沈むと、泣く子もいるだろうから、なんとか取り繕《つくろ》ってやりたいけれど……。

ルネは新作のカタログスペックを披露《ひろう》するように、事実を淡々と述べてゆく。

「調査報告がね、我が家に届いていたの。悪いけれど、花取が見つける前に回収させてもらった。だから、ここから先のことを一切、花取は知らないの」

「そう、なんですか」

「いやー」

そこで、壁の花と化していた少女が、口を挟んできた。

「ほんとはこういうのよくないんですけどね。でも、同じ学校だからってことで調査員に抜擢《ばってき》された見習いのわたしが、クイーンローズの社長さんに脅《おど》されたら、そんなの従うしかないじゃないですか。というわけで、こちらが結果報告なんですけども」

どうやら彼女は興信所の調査員らしい。つまりは、うら若き探偵ということか。

言われてみれば確かに、世間慣れした態度は、どこか母親の勤め先の女性たちに似ている気がした。

なぜ、花取単衣《ひとえ》が甘織れな子の身辺調査を依頼していたのか、それはもちろん彼女の主人と甘織れな子の関係を疑ってのことだろう。

花取に、あの不実な関係性を知られることがなかったのは不幸中の幸いだが……。そのせいで、れな子はさらに窮地《きゅうち》に追い込まれたかもしれない。

よりによって、真唯の母親にバレるとは。

「あなたは、知っていたの？」

写真には、甘織れな子の他に、王塚真唯と、そして瀬名紫陽花が写っている。

もはや、決定的だ。

紗月は、甘織れな子のために、自分が多少の危険を冒《おか》してでも弁解するべきかどうかを逡《しゅん》巡《じゅん》し、それから半ば義務感に突き動かされて、口を開いた。

「あの、おばさま。彼女は、決して――」

ルネがその言葉を塗り潰《つぶ》すように、告げてくる。

「――彼女が、四人の少女と同時に交際をしている、って」

……。

紗月は、目を瞬《しばたた》かせた。

四人？

「……誰が、ですか？」

「認めたくない気持ちも、わかるの」

ルネはまるで労《いたわ》るような目をしていた。いまだかつて見たことがないルネの表情だ。

資料がめくられた。そこには、琴紗月と、そして小柳香穂の写真があった。

空き教室で、紗月がれな子に迫っている写真。

それから、れな子と香穂が、体育館を覗《のぞ》き込みながら体を寄せ合っている写真だ。

「……ええと」

「どんな経験も、真唯のためになるのならと、見過ごすつもりだったの。だけれど、これはさすがに、やりすぎだと私は思うのだわ。四股《よんまた》？　しかも女性同士でだなんて、日本の高校は、そんなことが許されるの？」

ルネの声ににじむのは、怒りではなく、純粋な疑問。そして困惑《こんわく》だった。

なんと答えればいいのか。

「許されはしないと、思いますけれど……」

「だったら彼女は、なぜ今も塀の中ではなく、のうのうとスクールライフを満喫しているのかしら。こんなことなら、有無《うむ》を言わさずに真唯をフランスに連れていくべきだったの」

目を伏せたルネの造形は、当たり前だけれど、真唯にとてもよく似ている。けれど、真唯が持ち合わせていない気弱な仕草が、まれに見え隠れすることがあった。

　母親として、娘を救ってやりたいと、もしかしたら本気で思っているのかもしれない。

　少女が胸に手を当てて、はぁぁぁ、と大きくため息をついた。

「わたしも信じられませんでした！　しかもあの子、わたしがちょっとちょっかいをかけたら、簡単に転がり落ちそうな顔をして……。これは五股だってありえますよ！　社長！」

「あなた」

　思い出した。どこかで見たことがある少女だと思ったら。

「あの、なんて言ったかしら、B組の取り巻きの」

「え、わたし、卑弥呼ちゃんとはそこまで接点ありませんけど」

「でも、あのバカみたいな名前のグループの一員なんでしょう」

　少女は笑った。

「クインテットに対抗するためとはいえ、四人なのに5déesse《ゴッデイス》って名乗っているのは、確かにバカみたいと言われても、仕方ありませんけど」

　ともかくですよ、と少女は続ける。

「王塚真唯と付き合い、瀬名紫陽花と付き合い、さらに琴紗月と関係を持ち、さらに小柳香穂をかのピと呼んでイチャラブをしている……。そんな子を野放しにはできないと、社長は仰《おっしゃ》っているわけなんですよ」

少女――照沢燿子《てるさわようこ》は、人差し指を立てて、ウンウンとうなずいた。

紗月は、ルネに視線を戻す。

「あの、おばさま。彼女は四股をしているわけでは、ないと思います。少なくとも、私とは、付き合っては……」

言いかけて。

紗月はふと、思考に沈潜した。

この状況は確かに、れな子にとっては窮地かもしれない。下手したら湾に沈められてしまう類《たぐい》の。まあ、二股だろうが四股だろうが、罪の重さには大差ないので、どうでもいいけれど。

だが、どうだろう。自分には。

もしかしたら、あるいは。

『その答えを知りたい――』

己に強く打ちつけた声がする。本当に知りたい答えを手に入れるために、どれだけのことするつもりがあるのか。覚悟を問う声が。

そんなものは――。

紗月は、顔をあげる。

「おばさま」

薄く微笑んだ。

「確かに、私もそう思います。野放しにはできない。ですけれど、甘織れな子の支配力はいまだ強く、単純に真唯を説得するだけでは、逆効果だと思います」

「娘の恋愛に首を突っ込むのは、親として、恥ずべきことかもしれないの。なによりも、真唯はいまだ学生の身分。それでも」

ルネが腕時計を見下ろし、ままならない現実に頬を張られたように、言う。

「……15分だわ。とにかく、あの子は、今が大切なときなの。名実ともにクイーンローズが世界に認められるために、あの子の力が必要なの」

立ち上がるルネ。

「はい」

紗月は、見えないようにぎゅっと拳を握り固める。

その気持ちを表に出さないように一拍置いて、胸に手を当てた。

「ですから」

告げる。

「──甘織れな子については、私に任せてください」

現在進行形で四股かけられている女などという屈辱を受けて、黙ってはいられない──と。

そんな大義名分を引っ提《さ》げて。

娘そっくりの蒼《あお》い瞳で、ルネが紗月を見つめる。

「あなたに？」

「はい」

大きくうなずいた。ルネはきっと、自分を疑わない。彼女は不器用なだけで、悪人ではないからだ。娘と同じように。

しかし――燿子が、手を打つ。

「あ、だったら勝負しましょうよ！」

「……なにが？」

「この案件、わたしもお仕事として引き受けようとしていたんですよ。社長は娘さんのことを心配されているでしょう？　だったらほら、ちょうどよかった。探偵の業務の一環で『別れさせ屋』っていうお仕事があるんです。つまりは」

事業計画を提案するバリキャリのように、燿子が両手を広げる。

「わたしとあなたで、どちらが甘織れな子と王塚真唯を別れさせることが、できるか。恋人関係を解消させたほうが、成功報酬をいただける。そういうのはどうですか？」

「……」

紗月は押し黙ってから、燿子を見返す。

なぜ勝負などと言い出したのか、わからない。この女は、いったいなにを考えているのか。

だが、本当に金がほしいだけなら、協力できるはずだ。本当にそれだけなら——。

ゆっくりと、慎重に口を開く。

「あなたが勝手に動くなら、好きにすれば。私には、私の、目的が、あ、あるから」

燿子はしばらく紗月を見つめた後で、少女漫画の主人公のように明るく笑った。

「ふふっ、了解です。その辺りはおいおいと話し合っていきましょう。学生生活、なんだか楽しくなりそうですねっ」

「……ええ、そうね」

魔女のように微笑む琴紗月と、ひだまりのように笑う燿子。

対照的なふたりの笑顔を前に。

「On n'a qu'une vie　人生は、一度きり。あなたには、後悔してほしくないの、真唯——」

ルネは昏《くら》い瞳で、写真の人物を見つめていた。

あとがき

ごきげんよう、みかみてれんです。

わたなれ第2シーズン開幕！　488ページってなんだよ！


知っていますか？　ライトノベルっていうのは、だいたい300ページ以内に収めると、いい感じに売れたり、いい感じに利益が出るというデータがあるらしいんですよ。だから256ページとか、272ページとかの本が多いんですよね。

なので、これだけページ数が膨《ふく》らむと、さすがに前後編にして2冊に分けるべきなんです。

わたしもそうしたかった。できなかった……。切るところがなかったんです。

だって、もっともっと短い話になると思ってたから！

担当さんにも言いました。「あ、5巻は短くしますよ。ただの楽しいだけの日常回の予定ですし。4巻はさすがに厚すぎましたからね笑」

なにを切るかというと、しいて言えばわたしの腹を切るべきなんですが。

というわけで、今から宣言させていただきます。

6巻と7巻は前後編にします！　そして、なるべく早く2冊をお届けできるようにします。もしできなかったらわたしを木の下に埋めて貰っても構わないよ！　ババーン！

さて……。今回はあとがきもたっぷり6ページいただいたので、第2シーズンに関わるトピックをなるべくネタバレナシでやっていこうと思います。

やっていくぞ！

1：第2シーズンってなーに？（5巻内容の微ネタバレあり）

ここで改めておさらいを。第1シーズンはわかりやすく、各キャラの担当回を進めていきました。1巻で真唯《まい》ちゃん。2巻で紗月《さつき》さん。3巻で紫陽花《あじさい》さん。4巻で香穂《かほ》ちゃんと第1シーズンのまとめを。

それに対して第2シーズンは、ちょっとだけ構成が複雑になっています。なるべく複雑なものを面白い部分だけ切り取って、シンプルにお届けできたらなーと思っています。今回ページ数が膨らんだのも、伏線に予想以上の紙幅《しふく》を取られたから、というのもあるんですよね。

あと第2シーズンだからって第1シーズンのおさらいのつもりでキャラいっぱい出したらもうおしまいだった。わたなれ、キャラ多かったよ……。でもどの子も好き……。

あ、そうそう。あとこれを言っておかないと。

5巻内容の微ネタバレになっちゃうんですが、今回さも追加ヒロイン面《づら》で現れた女の子がいるじゃないですか（登場人物がさらに増えた！）、でも、メインはこれからも変わらずクインテットの五人です。

これはわたしの趣味なんですが、メインキャラが好きで読み始めたお話なのに、メインキャラの出番が少なくなってサブキャラクターがメインになると「あっ……」って気持ちになりませんか？　わたしはなるんですよね……。

もちろん、それで面白くなったお話もたくさんあるものの、わたしの作劇に関してはクインテットをもっともっと好きになってもらえるようにがんばっていくつもりです。わたしは最初に捕まえたポケモンたちでチャンピオンに挑むタイプのポケモントレーナー……。

だから結局、第2シーズンでやることは、真唯ちゃんと紗月さんと紫陽花さんと香穂ちゃんを好きになってもらえるようにがんばることですね！　がんばってくれ、れな子。

2：4巻の紗月さんのヒキについて

あんなヒキでこんなにお待たせしてしまって、申し訳ございませんでした。紗月さんのお茶目なところが出てしまいましたね。しまいましたね、じゃないんだよ。

琴《こと》紗月の落とした爆弾の対応は、まだもうちょっとかかります。爆弾の解体処理というのは、手順が複雑で時間がかかるらしいので……。

お話に決着がつくのも、もう少し先のことになるかもしれませんね。

（でも、少なくとも4巻であれだけ悩んで答えを出したくせに、れな子が次の巻でいきなり「あ、わたし紗月さんとも付き合いますねｗ　うぇーいｗ」とか言い出したらやばすぎない？　さすがに許せなくない⁇）

ただ、わたなれは話を引っ張るということを一切せず、全力でアクセルを踏んできた作品なので……。もしかしたら6巻書いてみたら紗月さんが急にれな子か誰かと付き合っているかもしれません……。紗月さんがなにをするのか、わたしにもわからないから……。

ともあれ、恋人には恋人の良さがあるように、友達にも友達の良さがあります。

関係性が進む前に（進むかどうかはわからないんですが！）今しかできない関係性の面白いところをぜんぶ余すことなく読者の方にお届けできたらいいなあ、と思いますので、一生懸命がんばりますね。がんばってくれ、れな子。

3：今回のヒキについて

なんかすごいことになってる……。

いったいどうなっちゃうんだ。がんばってくれ、れな子。

４：というわけでまとめ！

２０２２年の２月に発表になった**『次にくるライトノベル大賞２０２１』**において、わたなれはめでたく『書き下ろし新作部門・最優秀賞』をはじめとした、数々の賞をいただきました。

それもこれもすべて、支えてくださった読者さんのおかげです。本当にありがとうございます。わたなれをここまで続けさせてくださったのは、皆さまの「なんか面白いもんあるぞ」という口コミや評判のおかげだと心から思っております。

これからも面白い物語を書くことで、その恩に報《むく》いることができたら幸いです。

第２シーズンは「第１シーズンも面白かったけど、第２シーズンはそれ以上だよね！」と言ってもらえるようにがんばりますので、どうぞ今しばらくお付き合いくださいませ！

とりあえず**６巻は甘織遥奈《あまおりはるな》のメイン回**です！　姉より優れた妹だ、悔しいか？　れな子。


それではここまで長々と語らせていただいたので、謝辞に参ります。

竹嶋《たけしま》えく先生、まずは、**ささこいアニメ化おめでとうございまーす！　うぇーい！**　竹嶋さんの描く魅力的なキャラクターが動いているところが、今からすっごく楽しみです！

また、今回も素晴らしいイラストをありがとうございます！　わたなれが売れたのは10割竹嶋さんのおかげですよ、へへへ。５巻のお風呂シーンも最高だったので、６巻も最高のお風呂シチュエーションを用意しておきますね、へへへ。

担当のK原さん、いつもお世話になっております！　5巻もメチャメチャ面白い赤字を入れてもらって、ありがとうございます。褒《ほ》められることで筆が加速する人間なので、いつも妥協なく作品を作れるのは、10割K原さんのおかげです、へへへ。

さらに、この本を作るために協力してくださったすべての方に、ありがとうございます。特にデザイナーの方には毎回無茶ぶりをしてしまって、すみません。おかげさまで遊び心のたっぷり詰まったエンタメ本になりました！　恐らく！

また、コミカライズの作画を担当してくださっているむっしゅ先生と、担当の編田《あみだ》さんにも大きな感謝を！　わたなれがここまでやってこれたのは、10割お二方のおかげです、へへへ。毎月のマンガをわたしもすっごく楽しみにしています。くっ……お二方のせいで、どんどんれな子が愛《いと》おしくなってしまう……！

さらに、そんなむっしゅさんの**『わたなれコミカライズ5巻』**は、**3月17日**に発売！　内容はついに、原作3巻の紫陽花さん編スタートだ！　ひゅー！

さらにさらに、もうひとつのガルコメ『ありおと』もよろしくね！　にぎやかなわたなれとは違って、いちゃいちゃしたガールズラブコメを描くありおとですが、7巻はほんのちょっとだけえっちな内容になっちゃうので……気をつけてね！

それでは、次は6巻でお会いいたしましょう！　な、なるべく早く……！

みかみてれんでした！

わたしが恋人に
なれるわけないじゃん、
ムリムリ！
(※ムリじゃなかった!?)
ニコニコ漫画 にて大好評連載中！

この作品の感想をお寄せください。

あて先　〒101-8050　東京都千代田区一ツ橋2-5-10
集英社　ダッシュエックス文庫編集部　気付
みかみてれん先生　竹嶋えく先生

ダッシュエックス文庫

わたしが恋人になれるわけないじゃん、ムリムリ！（※ムリじゃなかった!?）5

みかみてれん

2023年 2 月28日　第1刷発行
2024年11月11日　第3刷発行

★定価はカバーに表示してあります

発行者　瓶子吉久
発行所　株式会社　集英社
〒101−8050　東京都千代田区一ツ橋2−5−10
03（3230）6229（編集）
03（3230）6393（販売／書店専用）03（3230）6080（読者係）
印刷所　TOPPAN株式会社
編集協力　梶原　亨

ISBN978-4-08-631480-0 C0193